重寻巨浪

不为人知的葛饰北斋

[日] 神山典士·著

褚方叶·译

上海文化出版社

图书在版编目（CIP）数据

重寻巨浪：不为人知的葛饰北斋 ／（日）神山典士
著；褚方叶译． -- 上海：上海文化出版社，2021.1
ISBN 978-7-5535-2165-7

Ⅰ．①重… Ⅱ．①神… ②褚… Ⅲ．①纪实文学—日
本—现代 Ⅳ．① I313.55

中国版本图书馆 CIP 数据核字（2020）第 224394 号

SHIRAREZARU HOKUSAI
by NORIO KOYAMA
Copyright © 2018 NORIO KOYAMA
Original Japanese edition published by
GENTOSHA INC.

All rights reserved
Chinese (in simplified character only)
translation copyright © 2021 by United
Sky (Beijing) New Media Co., Ltd.
Chinese (in simplified character only)
translation rights arranged with
GENTOSHA INC. through Bardon-Chinese
Media Agency, Taipei.

图字：09-2020-981 号

出 版 人：姜逸青
选题策划：联合天际·文艺生活工作室
责任编辑：王建敏
特约编辑：邵嘉瑜　杨子兮
封面设计：刘彭新
美术编辑：夏　天

关注未读好书

书　　名：重寻巨浪：不为人知的葛饰北斋
作　　者：[日] 神山典士
译　　者：褚方叶
出　　版：上海世纪出版集团　上海文化出版社
地　　址：上海市绍兴路 7 号　200020
发　　行：未读（天津）文化传媒有限公司
印　　刷：三河市冀华印务有限公司
开　　本：787×1092　1/32
印　　张：10.125
版　　次：2021 年 1 月第一版　2021 年 1 月第一次印刷
书　　号：ISBN 978-7-5535-2165-7/I.840
定　　价：68.00 元

未读 CLUB
会员服务平台

本书若有质量问题，请与本公司图书销售中心联系调换
电话：(010) 52435752

目 录

序　为何现在会有"北斋热"？

2017 年日本博览会

从巴黎市区乘坐开往戴高乐机场的地铁，偶然遇上同乘的十多岁的女孩们，其中一个女孩怯生生地向我打招呼：

"您是去日本博览会吗？"

那一天，因为在巴黎市内看到了"2017 年日本博览会"活动的海报，我决定前往观看。7 月的巴黎，阳光异常炽热。

那是在机场附近的一处大型展览馆举办的活动，展示日本的漫画、动画、游戏以及与此相关的周边商品。连日以来每天都有数万人观看，展期为期四天，参观人次达二十五万之多。居住在巴黎的朋友也建议道："你应该去看一看，现场的氛围非常热烈。"

很早以前我就知道，日本的动画与漫画在亚洲和欧美都非常受欢迎。一家日本的老牌出版社在旧金山有自己的展室，会定期举办和漫画相关的活动。以日本漫画为蓝本创作的音乐剧被称为二点五次元音乐剧，经常在香港和澳门的剧场上演，据说比迪士尼动画更受欢迎。

　　虽说如此，我并非对漫画和动画有特别大的兴趣，只是去欧洲采访，恰巧有一天空闲，所以就想观察一下那些对日本文化痴迷的欧洲人的风貌。所以，我用拙劣的法语回答了这位少女的问题：

　　"是的，当然是去那儿。"

　　她们一行四人，跟我说话的是穿着紫色和服、上面绣有花纹的少女，是个可爱的白人姑娘。和服的材质较薄，颜色鲜艳，腰带的系法有点奇怪。女孩的和服里面穿着短袖，脚上穿着白色运动鞋。在日本人看来，这样的搭配着实不搭调。但是，既然是参加名为"动画100"的活动，这可能是cosplay（角色扮演）的服装。她看到我这个日本人，猜想我也一定是要去会场，所以善意地向我打招呼。

　　不过，接下来她们问的问题让我发现我想错了。

　　"你这样的打扮是什么的cosplay？"

　　那天，我如往常一般穿着浴衣。在炎热的欧洲，穿浴衣是最舒服的。而且无论带几件，折叠起来根本占不了多少行李空间。这天，我穿的是我最喜欢的黑底，带战国室町时代独具匠心的裂格花纹的浴衣。这看起来很像cosplay的衣服吗？

　　"不是的！这不是cosplay！是日本当代流行的服饰！"

　　我虽然努力解释了，但是对十几岁的孩子们来说，她们究竟能理解多少呢？说起日本，她们的第一印象大概就是动漫，说起动漫，那自然就想到cosplay。不仅仅是衣服，连动漫作品中人物吃的拉面和寿司都非常受欢迎。欧美人对于日本的想象，完全来源于动漫作品。在这样的环境中，把浴衣当成 cosplay 的装扮，也无可厚非。

魅惑人心的日本空间

没过多久，我就来到了位于机场附近的展馆，距离市区三四十分钟车程。从地铁站到展馆的路上，有一个鲜红的鸟居。行走的时候不会通过鸟居，它立在路的左边。我一边看着它，一边向着有如飞机机库一般巨大的展馆走去。我身前身后、左右两边都是装扮成动漫角色的 cosplay 团体。她们戴着黄色的假发，涂着夸张的腮红，身穿迷你短裙。还有一些穿着鲜红的宇航服。还有二三十岁的男性 cosplay 团体，他们则扮成忍者、武士和妖怪。这些人普遍说着法语或者英语，但是氛围已经完全是日式的了。我感觉自己仿佛置身于科幻电影的世界中，心情不自觉地也变得激动起来。

进入展馆大厅，整个"飞机库"都是售票的场所。排队等候的人里三层外三层，整个队伍将近一公里长。我默默地想，这得等多长时间啊？

出乎意料的是，排如此长的队伍一点都不令人烦躁，整个队伍顺利地往前移动，不一会儿工夫我就来到了售票处。主办方提前预料到会有如此多的人，所以不管工作人员也好，活动路线的设置也好，都做了周到的安排。不愧是从

1999 年起就开始举办的老牌展会。

　　付完十五欧元（约一千八百日元）的入场费后，我的手腕被套上了做成黑色腕带的门票。接下来就是入场了。展馆很大，看样子能容纳四架波音 747 飞机。展馆内有巨型舞台、若干个可容纳一百人左右的隔间，刀具、cosplay 的衣服，还有售卖色情卡片的大小不一的摊位和游戏角，以及广告牌上写着"饭团"（ONIGIRI）的美食广场等。一些比较受欢迎的展位前排着长长的队伍，一旁狭窄的通道人来人往拥挤不已。

　　展馆左侧的小包厢内，画家们正现场作画，向观众售卖绘有动漫角色的卡片和塑料板。突然传来震耳欲聋的轰鸣声，是歌手和着节奏明快的低音鼓和浩室音乐（House music）正在唱歌。在电视游戏区，充满怀旧风格的电玩机周围聚集了很多年轻人，伴随着嘀嗒嘀嗒的电子音投入地玩着游戏。

　　年轻人们竞相扮演的角色有来自《美少女战士》《鲁邦三世》《名侦探柯南》《精灵宝可梦》《火影忍者》《海贼王》等作品的，也有很多我没见过的。

　　我徘徊在这个令人目眩、刺激全身感官的空间中，不知不觉间早已被一种不可思议的感觉所笼罩。

　　这里是一百五十年前巴黎的大画廊。热爱日本美术的人们，他们的热情在其中激荡。面前售卖的是歌麿、写乐、师宣、国贞、丰国、广重等人的浮世绘，种类有美人画、风景画、役者绘，以及仅此一幅的肉笔画[1]，还有在地下颇有

----

[1]　用笔直接描绘在和纸上的浮世绘。——编者注（若无说明，本书注释均为原书注）

人气的春画。人们都被那鲜丽的颜色折服，热烈地发出赞叹声，纷纷聚集在浮世绘的周围，奋力寻找着保存完好又漂亮的那一张浮世绘。

位于正中央的是去世已经二十年的葛饰北斋的作品。其中，《北斋漫画》和《富岳三十六景》等作品尤其有人气。《神奈川冲浪里》中，海浪用了较深的绀青色，令人印象深刻。无论是收藏家还是艺术家，都带着好奇的眼神观看着——这样的场景，就像此刻《精灵宝可梦》和《美少女战士》受到的追捧一样。

在日本展览会的展馆里，我仿佛做了一场白日梦。在我眼前，聚集在动漫角色周围的人们，以及一百五十年前巴黎大画廊中的景象，两者仿佛以某种相似的形式重叠在了一起。

一百五十年前的日本展览会（日本主义）

从 1870 年左右到 1900 年，欧洲以巴黎为中心掀起了一场声势浩大的对日本文化的狂热浪潮，被称为"日本主义"（Japonisme），其狂热的程度丝毫不输眼下的日本博览会。

据曾任卢浮宫美术馆馆长兼奥赛博物馆名誉馆长的热纳维耶芙·拉康布尔（Geneviève Lacambre）女士所说，"日本主义"一词最初由美术评论家菲利普·比尔蒂（Philippe Burty）于 1872 年提出。正是在这一时期，在得势的资产阶级、美术评论家、艺术家中，出现了很多热爱日本文化的人，陶瓷、工艺品以及浮世绘受到了他们的热烈欢迎。

日本从开国到 1900 年的四十年间，有数量众多的陶瓷器和工艺品从日本流通到欧洲。其中约有三十万幅的浮世绘被带往欧洲。助长这股浪潮的则是每十一年一次在巴黎举办的世博会，分别于 1867 年、1878 年、1889 年和 1900 年举办了四次。这也是以动漫为主的"日本博览会"的起点。

1867 年，当时幕府将军的弟弟德川昭武历时一个半月坐船（途中由于苏伊士运河正在修建，使用了陆路交通）来到巴黎参加世博会。当时，与他一同前往的还有被称为"日本资本主义之父"的涩泽荣一等人。不仅是幕府，萨摩藩、佐贺藩也参加了展出。日本馆内经营茶叶铺的手艺人摆出茶具请观众品尝现泡的茶，受到很多人的欢迎。普遍的说法是，这就是浮世绘初次在世人面前亮相。

在此之前，浮世绘进入欧洲主要依靠两种途径。

第一种是通过长崎县出岛[1] 的荷兰商馆馆长甲必丹、医生等作为收藏品带回自己的国家。这些人就像菲利普·弗兰兹·冯·西博尔德[2] 一样，由于身份特殊，即使是在闭关锁

---

[1]　一个在日本江户时代长崎港内的扇形人工岛、外国人居留地。在 1641 年到 1859 年期间，它是荷兰商馆所在地。在锁国政策实行期间，出岛是日本对西方开放的唯一窗口。——译者注

[2]　菲利普·弗兰兹·冯·西博尔德（Philipp Franz Balthasar von Siebold, 1796—1866），德国内科医生、植物学家、旅行家、日本学家和日本器物收藏家。1823 年抵达日本。因其特殊的身份，在锁国时期的日本能够从事一般外国人无法完成的活动。——译者注

国时期也能进出日本。甲必丹和医生等人每四年一次来到江户觐见幕府将军，他们便趁此机会购入大量浮世绘。据说西博尔德直接见了北斋本人，向他预定了主题从日本男女的诞生到晚年的浮世绘作品。

日本的陶瓷器（唐津烧、有田烧等）从那时候开始就非常受欧洲人的青睐。在这样的背景下，浮世绘就作为陶瓷器的缓冲材料被带入了欧洲。每每打开包装好的陶瓷器，就会发现包裹材料是好几张漂亮的彩色绘画。1856 年，铜版画家、卢浮宫陶绘师费利克斯·布拉克蒙（Félix Bracquemond）在朋友家的陶瓷器的包装盒中，偶然发现了画着形形色色人物以及他们生活场景的浮世绘。这种精巧的绘画技艺令他震撼不已，将其向朋友们展示。据后来的考证，这就是《北斋漫画》。欧洲收藏浮世绘的风潮自此就拉开了帷幕。

如果说这时期的浮世绘，就像星星之火一般在某些特定的人群中流传开来，那么到了 1867 年，于明治维新时期举办的巴黎世博会上展示的浮世绘，则在欧洲人的心上点了一把火。之后，日本主义以燎原之势迅速席卷了世界美术界，不仅仅是业余爱好者们，就连当时的艺术家们都为之倾倒。

艺术家们的日本主义

17 世纪时，国王路易十四创立了"美术学院"，从此沙龙文化引领了整个法国美术界。如果作品没被选入沙龙，画家的身份就不会被承认，也不会被画廊理睬。为了反抗这个现实，年轻的印象派画家登场了。

与以沙龙为主导的宗教画的古典美术样式不同，被称为现代绘画之父的马奈，以及其后的莫奈、德加、塞尚等年轻的艺术家们，从庶民生活和自然中发现了美。因此，他们的绘画受到了沙龙一派的抨击，始终不被画廊和评论家们接受。

正是在这时候，进入他们视线的是来自遥远东方岛国的浮世绘。他们震惊于浮世绘的与自然一体化、不对称性、鲜艳的着色等，并憧憬不已，竞相将这些技法运用在自己的创作中。这种绘画中的"动势"（movement）后来被同时期身处巴黎的梵高、高更、劳特累克所继承。

从 1886 年起在巴黎居住了两年的梵高，收藏了约五百幅浮世绘，甚至临摹了歌川广重的《名所江户百景》、溪斋英泉的《身穿云龙打褂的花魁》（和英泉作品的人物扭转方向相反）。在描绘蒙马特尔画商的《唐吉老爹》中，人物身后的背景就包含北斋和英泉的六幅浮世绘。梵高在阿尔完成的《星夜》和《丝柏》，则使用了与北斋《神奈川冲浪里》一样的运笔手法。

生前只卖出了一张画的梵高，死后却成为世界级的画家，很大程度上是因为早期日本白桦派作家们的大力推崇。

据说克劳德·莫奈在位于吉维尼的工作室里收藏了数百幅浮世绘，并把它们悬挂在包括卧室在内的各个房间内，装饰得满满当当。莫奈晚年的作品《睡莲》中所描绘的池塘，周围长着繁茂的竹林和芒草，另外还可以看到拱桥和藤架，充满了浓浓的日本风情。生长在池塘内的睡莲和周围的牡丹、菖蒲等，是日本画商林忠正从日本带去根茎，赠送给莫奈的。这点我会在第二章详细叙述。起居室的若干幅浮世绘上留着"林忠正印"，可以知道这几幅画是从林先生那儿所得，也足见两人之间的友谊之深厚。在 1876 年所作的《穿和服的卡美伊》中，莫奈的妻子穿着和服，摆出日本艺人的姿势，手上拿着绘有法国国旗颜色的扇子。整幅画面的背景是十六个团扇。

　　与莫奈不同，保罗·塞尚则是在视角和构图上吸收了日本主义的元素。从 1886 年左右开始创作的作品《圣维克多山》，用若干幅画从不同角度描绘法国南部的圣维克多山。这样的灵感来源正是取自北斋的《富岳三十六景》和《富岳百景》（但是在塞尚的追随者中，仍然有人并不承认这点）。莫奈的《睡莲》系列也类似于此。

　　以画舞女出名的埃德加·德加，则将日本主义纳入了观察事物的视角中。例如《擦后背的浴女》从半裸的女性背后观察，《粉色和绿色的舞者》描画了舞女双手叉腰的背影等。德加不再描绘一直以来经常出现在绘画作品中的专业模特，而是从普通的女子那里寻找"美感"。这正是受了描绘普通民众毫不做作的表情和神态，以及真实生活状态的《北斋漫画》的影响。

　　不仅仅是绘画，雕刻家、工艺美术家和音乐家也深受这股浪潮的影响。

　　将日本称为"菊之国"的玻璃艺术大师埃米尔·加莱（Emile Galle），把北斋的作品《南瓜花群虫图》和《北斋漫画》中所描绘的蝗虫、鲤鱼、南瓜的花和叶子的意象加入了自己的作品中。这些作品后来孕育了20世纪初被称为"新艺术运动"的美术潮流。

　　在日本近几年才作为展览会主题的春画，也对当时的美术界产生了巨大的影响。其中最具代表性的是罗丹的《思想者》。罗丹是日本情色文化的忠实拥趸。罗丹作品的原型花子小姐曾说："罗丹说要把《笑颜》给我看，着实非常困扰。"花子小姐所说的《笑颜》正是一幅春画。其后，日本美术史家池上忠治曾集中研究了罗丹美术馆中罗丹收藏的浮世绘。他在书中如此写道："（罗丹收藏的浮世绘）很多是在和纸上用墨线勾勒如杂技动作般的形态。这类绘画的数量究竟有多少，我还不能确认。"[1]

　　卡米耶·克洛代尔（Camille Claudel）既是罗丹的学生也是他的情人，她同样也是北斋作品的爱好者。

　　卡米耶曾创作一幅作品，使用了与《神奈川冲浪里》一模一样的波浪。画上还有险些被波浪吞噬的女子。这个作品恰好暗示了她渺茫无常的命运。

---

[1]　摘自《从梵高到世纪末欧洲近代美术馆之旅》，池上忠治著。

在纽约第五大道拥有总店的蒂芙尼，其创始人之子路易斯·康福特·蒂芙尼是一位装饰艺术家。他以北斋画中的昆虫为原型，制作了"蜻蜓台灯"。

在音乐界，克劳德·德彪西吸收了日本主义。他受到《神奈川冲浪里》的强烈冲击，从 1903 年至 1905 年创作了交响乐《大海》。初版的封面使用了《神奈川冲浪里》那张画，只是去掉了画面中的三艘小船。初次演出时，虽然有人批评说，"即使听着曲子，也完全感觉不到大海"，但是德彪西想描绘的不仅仅是人们眼前能看到的风景。他自己曾如此说道："我的音乐想描摹的是，那些在大自然中无法用眼睛看到的情感。"从这句话中，我们可以看出德彪西深受以鸟、鱼、昆虫、波浪为素材的北斋的影响。

日本主义不仅影响了巴黎的艺术家们。挪威的爱德华·蒙克、奥地利的古斯塔夫·克里姆特、丹麦斯卡恩画派（Skagen）的画家们、挪威的艾利夫·彼得森（Eilif Peterssen）、美国的建筑家弗兰克·劳埃德·赖特（Frank Lloyd Wright）等，都留下了很多深受日本主义影响的作品。

这个影响超越了时代。活跃于 20 世纪 60 年代的美国当代艺术家罗伊·利希滕斯坦（Roy Lichtenstein），以及从 20 世纪 40 年代开始创作《姆明一族》的芬兰作家托芙·扬松（Tove Jansson），都留下了很多以北斋作品为原型的作品。2007 年，迪奥的设计师约翰·加利亚诺（John Galliano）还发布了以海浪为灵感的大衣作品。

这些不同领域的艺术家，多多少少都继承了北斋或者浮世绘的精髓。

只有日本人不知道？

一百五十年前和现在，在这两股狂热的潮流中存在着相似的现象，那就是拥有一部分狂热爱好者的同时，普通大众却对此毫不关心。

在巴黎，有很多爱好者聚集在日本美术作品（一百五十年前是浮世绘，现在是动画）的周围，但同时普通市民却对绘画的"动势"一无所知。或者说，这些"动势"跟他们的生活鲜少有交集。

这跟日本的情况一样，除了极少数相关人士，普通老百姓并不知道在遥远的欧洲竟然有人如此热爱自己国家的文化。

生活在当代的很多日本人，都把亮相于"日本博览会"的漫画和动画的形象当作小孩才会喜欢的玩意儿。就我来说，要是把浴衣说成 cosplay，我毫无疑问会反驳。但是对聚集于此处的爱好者来说，cosplay 既是他们向往的东西，也是他们的梦想，是令人尊敬的日本文化。

和现在的动画情况相似，在彩色版画店，浮世绘的价格只要二十文到三十文。对普通老百姓来说，这相当于一碗素汤荞麦面的价格，买回去装饰在墙壁上，给生活增添些乐趣。还有些浮世绘绘有当红演员和相扑力士，跟现在的日历和明星海报很相似。

然而，欧洲的爱好者和艺术家们，却在其中发现了在他们艺术中没有的美术特质，并作为有价值的东西收藏起来。当时，日本旧家具商和彩色版画店的老板每每收到在横滨有分店的海外美术企业的订单时，都会抱怨"又是采购浮世绘，真麻烦"。那时候日本人还没有意识到这股狂热的潮流，所以就把浮世绘以很便宜的价格卖给了他们。

令人遗憾的是，现在的日本美术界依然没有正视日本美术对欧洲美术的影响，或者说直接忽视了。在随处可见的介绍印象派诞生的书籍中，很多根本只字未提"日本主义"一词。

假如一百五十年前欧洲的美术界没有发现浮世绘的价值，那会怎么样呢？于 2017 年 11 月举办"北斋展"的大阪阿倍野海阔天空美术馆馆长浅野秀刚曾说："毫无疑问，日本现存的浮世绘数量只有总数的四分之一到三分之一。那些流落到欧洲被保存起来的珍贵作品，如果留在日本的话，应该就下落不明了。像现在这样在美术馆举办浮世绘展，大概也会变得很困难。"

我们往往会听到这样的话：为了发现故乡的魅力，振兴小镇，有必要带着"异文化视角"，从"他人、年轻人、愚人"的视角去观察故乡的事物。这个现象并不是现在才出现的，在约一百五十年前的明治维新时期，我们自身就难以清楚地认识到作为江户庶民文化的浮世绘的价值。不仅是浮世绘，明治维新之后，奈良兴福寺的五重塔据说售价只需二十五日元，也有一说是二百五十日元。

以萨长同盟为中心的新政府，他们的目标是根除旧政府推行的政策和形成的文化，尽快建立"王政复古"[1]的国家。在这样的背景下，表现江户风貌的浮世绘等文化就近乎被完全唾弃。

正是在这个时候，欧洲文化挽救了濒临消失的浮世绘。其中，受到极大欢迎的就是葛饰北斋。北斋其后之所以会成为"世界的北斋"，毫无疑问是因为他的作品恰好在日本主义出现的时候被带往了欧洲。

北斋的诞生一：与多色版画一起

葛饰北斋。

从众多浮世绘中脱颖而出，吸引欧洲人一致将目光投向北斋的原因，据说是其作品色彩的丰富、主题的多样，以及技术的精湛和视角的丰富。北斋活到了九十岁，是当时人们平均寿命的两倍。其受欢迎的秘密或许就藏在他罕见的生命力和旺盛的好奇心，以及多舛的命运之中。

北斋于 1760 年（宝历十年）9 月 23 日出生于江户本所

[1]　天皇权力至上的近代国家。

割下水的一户贫农家中。取名为时太郎。四岁时成了幕府御用的磨镜师中岛家的养子。北斋幼年时期的事迹没有具体的资料可查阅，所以没有定论，但他后来在《富岳百景》的跋文中写道："六岁起，我就养成了描摹事物状貌的习惯。"

这时期的浮世绘，出现了铃木春信的《座敷八景》。铃木春信与吾妻锦绘一起共同推动了多色版画的发展，多色版画也因其鲜艳的颜色深受民众喜爱。在这之前，版画只有两到三色，所以多色版画的出现具有划时代的意义。

江户中期以后，随着商品经济和交通方式的发展，城市的町人文化蓬勃发展。浮世绘也是随之发展起来的庶民文化的一种。多色印刷技术的发展，使得迎合江户百姓趣味的拥有华丽色彩的作品成为可能，民众口口相传，争相夸赞。春信描绘的穿着华丽服饰的女子，就像现在的偶像艺人一般，是江户百姓的梦中情人。从幼年开始就养成"描摹事物状貌习惯"的时太郎，正是成长于这样的环境中。

时太郎长到十岁就改名为铁藏。那时以本所横网町界为中心，非常流行五张一册的"绘草纸"[1]。幼年的时太郎就阅读了非常多的绘草纸。讲述以《猴蟹大战》《桃太郎》等童话故事为主的"赤本"，以复仇故事、英雄故事为主的"黑本"和"青本"，还有类似现在的小说的"黄本"等。这个时期的少男少女们会根据绘本出品年代和各人学习能力不同，挑

[1] 江户时期创作的面向妇女或儿童的带有插图的小说。根据封面的颜色分为赤本、黑本、青本、黄表纸等。——译者注

选不同的作品阅读。绘草纸也成了幼小的铁藏的一大乐趣。

那个时候，下町的孩子们一旦长到十几岁，就会成为商人或者职人的学徒。铁藏没有继承家里磨镜师的工作，而是成了租书屋的丁稚[1]。当时江户一共有五百至六百家的租书屋。对于热爱绘画和文字的铁藏来说，在租书屋能够读到最新的书，是他梦寐以求的工作。在四处奔走递书的时候，铁藏肯定边走边沉浸在讲述武士、妖怪等故事的书本中。

铁藏长到十五岁的时候，开始跟着雕版师学习雕版印刷。北斋后来回看自己的这段经历，如此说道："洒落本[2]《乐女格子》的最后六丁[3]是我雕刻的。那时候我十六岁，到十九岁为止一直都做着雕版师的工作。"

北斋的诞生二：体验雕版师的工作

浮世绘的创作需要原画师、雕版师、刷版师三个工种协力完成。原画师绘画制版用的原稿，雕版师将原画雕刻在木板上，刷版师则将墨和颜料涂在木板上，并将纸铺在上面，通过摩擦复制下来。将这三种职业统筹起来的是通

---

[1] 或称子供、小僧、坊主，是江户时期商家的职务晋升体系中最基础的一种，主要负责店铺和主人家里的一些杂役。——译者注

[2] 江户中后期主要面向江户市民的青楼文学。其特色以对话为基调，真实描写风月生活。——译者注

[3] 书籍的正反面两页的纸页算一丁，用于计算日式线装本。——译者注

俗读物的批发商。他们通过资金控制着手工业人，所以他们掌控了职人的收益多少。原画师如果没有收到批发商的邀约，就接不到活儿。即使接到了活儿，但是画完的原稿由批发商保管，所以之后也跟他们无关。而且他们获得第一次印刷的报酬之后，之后作品无论重印多少次，都不会跟他们的收益产生联系。雕版师和刷版师的情况也是如此，与临时工无异。

与北斋生活在同一时期的小说家十返舍一九文笔高超，被人赞誉"如雕版师一般，工具虽小却拥有淘金的技能"。但即使他的作品深受民众欢迎，最后赚得盆满钵满的还是出版商。职人与版税无缘。

北斋七十岁创作的《富岳三十六景》中，有一幅《神奈川冲浪里》，据说重印了约八千次。深受好评的《北斋漫画》，北斋也结集出版了。但是无论哪一件作品，北斋获得的报酬就是初版的每张数百文[1]钱的"原画费"。按照江户时代的平均货币值换算，一文相当于现在的十六日元。所以，北斋画一张浮世绘的收入也只有三千至六千日元。

虽说如此，在成为画师之前，十几岁的北斋有了作为雕版师的经历，这对他后来的创作来说是非常宝贵的经验。活跃于 20 世纪 60 年代的浮世绘评论家尾崎周道，在他的著作《北斋 —— 那个绘画狂人的一生》中写道：

---

[1] 一日元＝一百钱＝一千文 ——编者注

　　看北斋的书信，可以看到他会告诉雕版师细节的地方该如何雕刻，也会向刷版师传达颜色调配的小秘诀。这是非常慎重和周到的做法，也是源于他有过雕版师的工作经历。

　　在十几岁感受力丰富的时候，北斋先后在租书屋和雕版师那儿做学徒，这段经历对他之后的人生有着巨大的意义。

　　十九岁的铁藏做了个决定，那就是成为一名画师。这时期的日本，下级武士、学者、商人群体日渐壮大，成为江户文化的中心力量，民众也积极参与其中。

　　在这样的潮流中，铁藏以绘画赌上了自己的未来，成了有"歌舞伎役者似颜绘名人"之称的浮世绘巨匠之一——胜川春章的弟子。彼时的春章五十三岁，无论是绘画技术还是为人都达到了成熟阶段。北斋从春章那里学到了写实的画风和观察人物动作的视角，以及无比热爱绘画的精神。北斋遇到春章，就如干涸已久的大地受到了雨水的滋润，他几乎将春章的所有技能都一一吸收。一年后，北斋承袭"胜川"之姓，再从春章的别号"旭朗井"中取了一字，改名为"春朗"。这足以见得师傅春章对他的厚望。

　　从改名为春朗开始，这位年轻画师曲折的人生就拉开了序幕。这些曲折的经历不仅提高了他的技艺，也磨炼了他强韧的精神，并最终造就了一代画师北斋。他之后的经历可以证明这一点。

北斋的诞生三：学习多流派的画法

在春章身边学习的春朗，画的是役者绘和相扑绘。然而在春朗三十二岁那年，师傅春章仙逝，胜川一门发生了风波。那个时期春朗因受绘双纸批发商所托，画了广告画。这画正好被师兄春好看到，批评"这画是往胜川的脸上抹黑"，当着春朗的面把画撕破。春好一直以来对师傅偏爱春朗就嫉妒不已，师傅一死，平时藏在心底的情绪一下子就显露了出来。

春朗对春好的行为怒不可遏，但却没有反唇相讥，忍着怒气默默地走开了。从那时候开始，春朗就默默地下定了决心："总有一天我会成为日本第一的画师，以雪今天受到的耻辱。"

不久之后，春朗就离开了胜川一门，敲响了位于滨町的狩野派五世宽信的大门。狩野派从室町中期开始兴盛，这一派的画师是幕府御用的画师。江户中期之后，狩野派是全国各大名府中画师的总领头人，其画风流行于全国。

这时期的春朗对绘画有一个观点，那就是"学绘画，不是学习古人"。

狩野派的画风正好符合春朗的期待，但是那时的五世宽信只有十七岁，比春朗小十八岁。狩野派完全秉承世袭制度，成为这一门弟子的春朗感到并没有多大意义。

之后发生了一件事。荷兰商馆馆长甲必丹带来的医生，大幅压低预定的浮世绘的价格。春朗当然不同意，说"这与约定的价格不一样"，便提高了所有作品的价格。这就是他性格上死心眼的一面。不久之后，因为与师傅发生争执，他离开了狩野派，其后陆续来到云谷派、琳派、土佐派。差不多在同一时期，胜川派禁止了他使用"春朗"这个名字。从此，新生的北斋开启了他的新道路。

离开狩野派之后，为了磨炼绘画技能，北斋师从承袭自中国沈铨派的花鸟画与文人画的圆山派。这一派在读本插画和肉笔画上颇有成就。在北斋三十六岁的时候，他向大和绘装饰画画师俵屋宗理学习，并承袭了二代目宗理的名字。在此期间，他留下了以衣服纹样精细著称的肉笔美人画。

虽说如此，从三十四岁离开胜川派，再到三十八岁改名为北斋辰政的四年间，对北斋来说是一段苦闷的时期。那时他没有师傅，没有名气，也没有能让批发商认可的作品。为生活所迫的时候，他甚至背着辣椒和挂历沿街叫卖。

江户时期，十五位幕府将军的平均寿命是五十一岁。所以说那时人们一旦上了四十岁，就进入老年阶段，开始隐居的人也不在少数。三十五岁左右的人就是各自领域的佼佼者了。如果进入有名的画派，应该能够获得相应的收入，甚至根据世袭制度，成为师傅也并不稀奇。胜川派也好，狩野派也好，都是那时具有代表性的画派，他们无一例外都看中北斋，足见其绘画技能是被认可的。然而，北斋生性清高，不愿与人为伍，所以生活始终一贫如洗。这样的北斋游走在不同流派之间，如饥似渴地吸取各派的画法。

让北斋作为画师的名气渐渐被人熟知的是他在二代目宗

理时期创作的美人画。他的美人画浪漫而富有想象力，女子表情生动，被世人誉为"宗理型美人"。北斋也收到了来自绘双纸的邀约。

北斋可以说是大器晚成。在一只脚踏进不惑之年的三十九岁那年，改名为不染居北斋，开始画狂歌本的插画，获得大家的好评。四十岁之际，以画狂人之号，运用西洋画法创作出的风景画受到了世人极大的关注。以江户名所为主题的绘画甚至被誉为杰作。

如此想来，正是在胜川派期间遭到师兄春好的无情对待，北斋才会在不同的画派间学习，吸取不同画派的画法和画技。

北斋的诞生四：狂人传说

北斋即使做起被人称作"穷人买卖"的卖辣椒，也没有因此懈怠磨炼自己的画技。随着北斋被人熟知，预定五月锦鲤旗的客人也纷至沓来。在1893年，也就是北斋过世四十四年后，第一部关于北斋的传记《葛饰北斋传》出版。作者饭岛虚心在书中写道：

那时，画驱鬼师钟馗是江户时期的习俗。民众相信，用红色画出来的钟馗可以治愈孩子的痘疮。北斋收到这样的请求，就非常开心地用朱红作画。他笔下的钟馗怒目圆睁，目不转睛地看着正前方，身体呈倾斜状，将身体的整个重量落在左脚上，整个画面透出极强的压迫感。客人看到这幅画，非常欣喜，给了他二两钱。

当时给武士的最低的报酬是三两。江户时代，一两大概相当于六万六千日元，所以三两将近于现在的二十万日元。依靠一张画就获得了十三万日元左右的报酬，卖辣椒为生的北斋真是高兴极了。

后来北斋的名气越来越大，也过上了不为金钱所困的生活。批发商把报酬给他，他就原样放在桌上，来取借款的人就直接把桌上的报酬拿走。可是第一次收到二两钱的时候，看着装着钱的袋子，北斋时不时会看得入迷。

以此时为契机，北斋的生活发生了巨大的变化。

抱着不求畅销的心情画的画，一开始并没有什么问题。可是不知不觉间，他开始为了画能够畅销而画。或者说，他强迫自己必须画能够畅销的作品。在北斋看来，世人的眼光是正确的。

从此以后，北斋夜以继日地创作绘画，画技也日渐精进。只有在手臂发麻、眼睛感到疲惫的时候，才暂时搁置画笔，吃两碗荞麦面，然后入睡。

他滴酒不沾，也不抽烟，甚至不喝茶。他信仰位于本所柳岛的妙见菩萨，三十八岁的时候改号为北斋辰政。

妙见菩萨在佛教中是天上的神仙，也唤作北辰妙见菩萨。传到日本之后，妙见菩萨就与崇尚北极星的信仰合二为一。这种中国的天文学思想，人格化了北极星。北斋之后取的名字，无一例外都源于这一思想。

这之后，北斋每每在路上行走，口中就会念诵法华经。

"在路上行走的时候，口中如果念诵咒文，即使遇到认识的人也不会注意到，真的非常奇妙。"对北斋来说，在路上与人攀谈无疑让他觉得麻烦。

北斋后来改号三十多次，搬了九十多次家。

不染居、辰政、锦袋舍、画狂人、画狂老人、九九蜃、雷震、戴斗、镜里庵梅年、天狗堂热铁、月痴老人、为一、卍、卍翁、所随老人、百姓八右卫门、三浦屋八右卫门、乞食坊主卍、土持仁三郎等。

北斋为何会频繁改号呢？

尾崎周道在书中说，因为"这些号都基于北斋个人的信仰"。

频繁搬家的原因，是北斋没有打扫房屋卫生的习惯。当屋子杂乱不堪，无法创作的时候，北斋就会搬到附近空置的房子内。

北斋的诞生五：丰富多彩的作品

从四十岁开始，北斋就埋头进行绘画创作，这样的生活持续了半个世纪。他留下的作品数量极其庞大，约为三万四千幅。粗略计算，五十年来他平均每天要画两幅作品。

而且，作品的主题非常丰富多彩。

《北斋漫画》是北斋素描作品的集合（一共有三千一百九十一幅），题材包罗万象，有不同的人体动作、历史人物，也有虫鸟、花草、建筑物、佛教道具等。浮世绘作品中，不仅有美人绘、相扑绘、役者绘这样的人物画，也有富士山、瀑布、桥等的风景画，还有妖怪、大象、老虎、龙等想象中的生物，也有以波浪、风、雨等自然现象为题材的作品。当然，还有春画。

此外绘画的种类也非常多样，不仅有浮世绘，还有肉笔画，甚至还有运用西洋透视法的西洋画，还有油画，以及使用阿拉伯胶的水彩画。

为薄薄的黄表纸和写有优秀小说的读本配插画，给当时的畅销作家曲亭马琴的小说配插画，四十岁开始创作之后让他拥有"水之画家"称号的狂歌本……在五十五岁之前，北斋几乎创作了各种不同类型的插画，并在五十二岁的时候出版了绘手本《略画早指南》，书中写道：

所有画都有规则，所谓没有规矩不成方圆。

有这样一个说法，画由圆和角构成，所以如果有规尺和圆规的话就能表现所有的事物。当时北斋门下的弟子越来越多，绘手本其实是写给这些弟子的。在五十二岁至六十一岁期间，北斋持续创作绘手本，完成了超过十四本的绘手本。

集北斋绘画之大成的无疑是《北斋漫画》。五十五岁左右，他发表了第一卷，其后五年间画了十卷。北斋一度中断了创作，但是由于它获得了极大的反响，便又开始创作。直到他去世后的 1878 年，一共出版了十五卷作品。

在六十岁至八十岁期间，北斋创作了日本最初的风景画《富岳三十六景》。之后又创作了《富岳百景》。从八十岁至晚年，他将工作场所搬到长野县的小布施町，开始创作肉笔画。

北斋不会长时间停留在原地，而是不断地开拓新的绘画表现方式，朝着更高的目标磨炼画功。这就是北斋的精神。

北斋回望自己的一生，并在七十四岁出版的《富岳百景》的跋文中写道：

　　六岁起，我就养成了描摹事物状貌的习惯。五十岁时，我的创作常被出版（中略），到七十三岁时，我对鸟类、昆虫、鱼类的结构及草木的形态充满灵感。八十六岁时，我在艺术上日渐精进。九十岁时，我开始真正领悟艺术的奥义。百岁之际也许能达到神妙的境界。百十岁时，仅仅一个点或一条线都被赋予了生命。

按照现在的说法，就是"人生百年时代"，但是葛饰北斋早在一百七十年前就已领悟到这一点。他为绘画而生，为绘画而痴，洞穿了人类的真理和局限。而且他八十多岁时创作的钟馗图，与六十多岁时创作的相比更加厉害。也就是说，即使在晚年，北斋的绘画水平也没有停滞，而是一直在提高。可以说他是健康长寿人生的最典型代表。

正因如此，北斋的画才能紧紧抓住欧洲艺术家的心灵，拥有了超越国家和时间的生命力。

为何现在会有"北斋热"？

重新回顾北斋的一生，以及日本主义和北斋对当代人的影响力，仍然还留有很多疑问。

日本主义起源于出入长崎出岛的荷兰人，以及输出到欧洲的陶器的缓冲材料，在 19 世纪巴黎世博会开始被大众熟知。但是，如果要在一定范围内引起欧洲美术爱好者的追捧，输出到欧洲的浮世绘的数量必须足够多。如果没有人组织将浮世绘运到欧洲，就不可能出现这样大规模收藏浮世绘的热潮，浮世绘也无法收获众多西洋人的青睐。这样一来，浮世绘也好，其他的日本美术也好，就不会以现在的形式被保存下来。究竟是谁发起了日本主义，又究竟是谁将日本美术系统地介绍给西方世界呢？

1893 年，由饭岛虚心所著的《葛饰北斋传》出版。之后仅三年，当时红到发紫的作家龚古尔兄弟写的《北斋》也在巴黎出版了。两者相比较，龚古尔兄弟的版本内容上更加详细。身在遥远的巴黎且从未来过日本的龚古尔兄弟，为何能写出如此翔实的北斋传记呢？这背后难道也有人操纵着吗？《葛饰北斋传》和《北斋传》其实存在共同点，关于这点，我将在本书的第二章详细叙述。

另一方面，在明治时期的日本，包括北斋作品在内的所有浮世绘作品都被大众舍弃了。即使在保存有北斋晚年肉笔画的长野县小布施町，战后很长时间，人们都认为这幅肉笔画是鸿山的作品，说"那个作品是高井鸿山先生和一个来自江户的人一起创作的"。鸿山那时将北斋的作品带到小布施，当地人都将他当作英雄般崇拜。可见，当时除了极少数人，北斋的名字渐渐地被遗忘在了历史中。

那么，从什么时候开始，出于什么契机，北斋的名字再次回到了大众的视线中？其中的原因究竟是什么？

其中最令人费解的是，从 2017 年开始在世界各地不约而同地举办的"北斋展"。5 月开始是大英博物馆，10 月开始是大阪阿倍野海阔天空美术馆和上野国立西洋美术馆。罗马也举办了北斋展，日本国内的太田纪念美术馆、名古屋市博物馆等也相继举办了北斋展。上野的东京都美术馆从日本主义的视角出发，也举办了"梵高展 —— 流转的日本之梦"。2011 年在柏林，2014 年在巴黎，2015 年在波士顿。从 2010 年开始，世界各地都相继举办了大规模的北斋展。2013 年，大英博物馆还举办了春画的展览，盛况空前。

为何现在会有这么多北斋主题的展览呢？明明也没有到

北斋出生和逝世的纪念日。

策划了"北斋和日本主义展"的国立西洋美术馆馆长马渊明子说："我从二十五年前开始就想策划以日本主义为主题的展览。为什么会今年举办呢，因为从我担任馆长之后这件事才得以实现。事先并没有想到大英博物馆和海阔天空美术馆也会举办北斋展。"

而策划"北斋 —— 超越富士山"的大阪阿倍野海阔天空美术馆馆长浅野秀刚则说："二十五年前，我曾跟大英博物馆的策展人蒂姆·克拉克说起，想举办一场聚焦北斋晚年作品的展览。其间虽然中断了这个计划，但担任馆长之后，我得以实现了这个想法。它的举办与其他美术馆无关。"

由此可以看出，各个美术馆举办北斋展事先都不知道其他美术馆会举办，也不是因为正巧赶上北斋的纪念日。可以说，他们不约而同，都将目光投向了北斋以及日本主义。

在世界美术界，北斋也越来越受到推崇。2017 年春天，在纽约的拍卖会上，《神奈川冲浪里》最终拍得的价格是一亿日元。这幅画当时印刷了大概八千张，现在存世的据说有两百张。这个价格在浮世绘中可以说是从未出现过的。

那么，为何现在会有"北斋热"？人们究竟想从北斋那儿获得什么？

带着这些疑问，我奔走于欧洲和日本之间，追寻着其中的答案。

第一章

北斋初登世界舞台：
19 世纪风靡欧洲的"日本主义"

莫奈的日本爱

"恳请您，把那十八幅画卖给我。"

四十多年前，在 1973 年的东京、京都及福冈三地，曾举办过一场声势浩大的莫奈作品展。在展品图录中，美术评论家矢代幸雄曾写下：

> 松方先生带我四处游走期间，最开心也是最有意义的一天，就是拜访大画家莫奈的日子。那时他已步入晚年，隐居在吉维尼小镇。

矢代出生于 1890 年，在东京大学的前身——东京帝国大学以本科首席优秀毕业生的成绩留校读研，1921 年至 1925 年期间去往欧洲，跟随当时居住在佛罗伦萨的美国艺术史家伯纳德·贝雷尔森（Bernard Berelson）学习。

彼时，川崎造船所的社长，同时也是艺术收藏家的松方幸次郎赴欧开展了一场"购画之旅"，留学欧洲的矢代则有幸与之同行，于是有了展品图录上的那篇文章。

松方幸次郎出生于 1866 年，是明治时期的开国元勋、日本第四任和第六任首相松方正义的第三个儿子。从东京大学预科中途退学后，曾在耶鲁大学等校留学，其后有一段时间担任过父亲的秘书，三十岁时受川崎财阀创始人——川崎正藏之邀，成为川崎造船所的第一代社长。第一次世界大战期间，大量来自军方的造船订单令松方积蓄了一笔数额不小的钱财，他把这笔钱都拿去购买收藏艺术品，一手缔造了"松方收藏"。其后，在公司经营不善破产时，一场大火又令保管在伦敦收藏库的藏品损失大半，幸存下来的藏品被转移到法国，直到战争结束后才被送回日本国立西洋美术馆，成为这间美术馆的藏品根基。

与矢代一起登门拜访那日，松方将一瓶提早买好的 1808 年的白兰地交给了莫奈，对着瓶身上的拿破仑帝章，莫奈朗声大笑地说了好一阵"拿破仑啊，拿破仑"。随后，松方参观了莫奈的画室，当看见那些挂在各个房间墙壁上的莫奈画作时，便向莫奈直接提出："恳请您，把那十八幅画卖给我。"

这般直白的请求好似令大师莫奈也吓了一跳，他深受感动似的问松方先生："你就这么喜欢我的画吗？"随后才说，"我挂在自己家里的画，本来都是不打算卖的，既然你都这么说了，就如你所愿吧。"这一幕知己之间的惺惺相惜，真是令我感动不已。

矢代在文中写道。

那一年，收藏莫奈画作的橘园美术馆已经开始设计和建造。虽然矢代在文章中没有提及，但当时迈入八十岁高龄的莫奈，在双眼白内障恶化的困扰下，依旧没有停止创作。1925 年，莫奈的抑郁症病发，距松方和矢代两人的造访仅数年后，就于 1926 年 12 月 5 日长眠在吉维尼小镇的画室。

就像矢代文中所说的那样，松方的这次拜访恰逢莫奈一生的终章，那十八幅画作也因此显得异常珍贵。

彼时的日本人对于莫奈及印象派画作的喜爱之深，从这则故事中也得到了充分佐证。

强烈得令人感到害羞的 "爱"

莫奈是日本人最为钟爱的印象派画家。而莫奈本人，在 19 世纪末欧洲兴起的 "日本主义" 热潮中，和梵高一样，也是敢毫无忌讳地公开发表喜爱日本艺术言论的画家之一。反而当时被视为 "怪人" 的塞尚，却从未主动谈及日本艺术带来的影响。德加也没有在公开场合说过喜欢日本艺术。他们对持有浮世绘一事，之所以如此遮掩，难不成是出于画家的尊严？这样想来，前文中提到的，收藏有春图类型的浮世绘却毫不避讳，甚至引以为豪的罗丹，性情倒是真实可爱。

在当时的社会背景下，莫奈对于日本艺术的热爱，强烈到令日本人也感到害羞。

2017 年秋天，为了造访心中的圣地，我在巴黎的圣拉扎尔车站登上了去往布列塔尼地区的列车。这辆满载着家庭、情侣、年轻团体、外国游客的两层列车，向着西北方向行驶了约五十分钟后，停在了韦尔农站，绝大部分的乘客都在这里下车，转而坐上了巴士。沿途欣赏着道路两侧带着 13 世纪遗风的街景，约二十分钟后，低矮的丘陵、牧草地、吃草的肉牛和路旁林立的白杨树构成了一幅经典的法国山村美景。吉维尼小镇的莫奈故居，就在这里。

小镇在法国大革命时代属于洛里耶家族的领地，莫奈很喜欢这里，四十三岁的时候，也就是 1883 年，他借住在一间田舍和宽阔的庭院里，当作住所和画室。1886 年在美国举办的莫奈展大获成功，画作也随之大卖，莫奈便在 1890 年买下了吉维尼的房子，并改建了三处画室。也就是说，吉维尼的莫奈故居，算得上是莫奈成名前后，一道鲜明的分水岭。

一百三十多年后的今天，这个常住人口仅五百人左右的法国小镇，每年却迎来六十万人到此一游，游客数量高达居民人数的一千两百倍。官方的游览指南上写着："对于吉维尼所有的劳动者而言，游客就是他们最好的犒劳。"莫奈故居不仅成了吉维尼小镇的标志，还是它拉动经济和产业的支柱。理想中的艺术兴邦，大概就是如此了吧。

莫奈故居车行道对面的右侧，是那片著名的池塘，以睡莲闻名于世的"水之庭园"。手持小圆镜似的池形、半圆拱桥、桥上的藤萝架，维持着和莫奈生前一模一样的光景。最初，向莫奈提议以睡莲为作画对象的，是当时的"一战"指挥官、法国首相乔治·克里孟梭。他曾说："每天上午，莫奈都会在池畔站上好几个钟头，沉默不语地看着白云和蓝天在湖面上流淌的神秘倒影。"晚年的莫奈以种植在水池里的睡莲为主题，创作了两百多幅画作。

道路左侧，一幢高大的两层楼房矗立在占地广阔的欧式花园深处，仿佛一所小小的小学校舍。房子曾经是一间果酒作坊，后来被莫奈买下，给墙壁刷上了粉色。作坊被茂密的植物所包围，隔壁就是画室，阳光可以从高高的天井（现为纪念品商店）直泻而下。花园中种植着多彩多姿的四季花卉，玫瑰、郁金香、鸢尾、芍药、桔梗……每一株都像还享受着已逝主人的精心照料一般，绽放得越发娇艳。

我在主屋里头的办事处买了参观的门票，先去了睡莲池塘。穿过车行道下方的隧道，突然间，一片青翠的竹林映入眼帘。再往前，是令人恍如置身日本一般的狗尾巴草丛。往左绕过去，是一条水量充沛到漫到脚下的小河。塞纳河流经小镇中央，这条小河的水流就是从与之交汇的埃普特河中引流的，常年澄澈无垢，令池塘倒映着天光美景的同时，也让盛放其中的睡莲更加醒目。

我参观的这天，水面上有船，船上站着身穿绿色工作服的人，正拿长柄网兜，打捞池中的垃圾和掉落的花叶树枝。他们是管理故居的克劳德·莫奈财团的工作人员。

　　这处既算是莫奈的作品之一，又承载了其生前创作热情的居所，约是在他逝世半个世纪后，即 1977 年开始修复工作的，目标是完成占地范围内所有建筑物和道路、庭院等的完全修复。从那以后，约四十年过去了，如今的我们所看见的莫奈故居的房屋和花园，可以说和原本别无二致。

　　但是，当我得知那些盛开在池塘里的无数睡莲有着不为人知的秘密时，我对莫奈故居的看法，进而对莫奈"日本爱"的印象都开始有了改变。

　　　　莫奈先生一开始打算栽种的，似乎不是睡莲，而是荷花。（中略）荷花是那种叶子大，花也大，很有生气，给人印象又强烈的植物。对比起来，睡莲的花和叶子都很小巧，是比较玲珑可爱的植物。

　　这是日本画家平松礼二从莫奈故居的管理负责人那里听来的，记录在《莫奈与日本主义》一书中。平松礼二曾以莫奈的睡莲画为灵感，绘制了樱花和金色云彩倒映在湖面的装饰画，在欧美地区颇受欢迎。

　　　　如果只是随意将睡莲种在池中，只会长成杂乱无序随处扩生的水草。这样是没法当成作画对象的。深谙其理的莫奈于是先将睡莲种在花盆里，然后才按照自己设想好的位置，把每盆睡莲放入池底。

　　因为是单株种植，每个花盆最后都只会有一根植茎伸出水面，并在几乎正中央的位置绽放出美丽的花朵。这样一来，只要构想好花盆与花盆之间适当的位置间隔，并把红、蓝、黄等花色的分布也纳入计算，就会长成非常具有观赏性的景观。莫奈就是这样先在脑子里描绘了一幅睡莲盛放图，才把花盆埋入湖底的。"这不就相当于把整个池塘都当作画布，然后在上面画睡莲吗？"平松写道。

　　池塘周围的景物，无论是竹林、狗尾巴草丛，还是半圆拱桥和桥上的藤架，全都不是法国本土的景物。这一切都是莫奈为了表现自己的"日本爱"，而特意制造的结晶。甚至可以说，连流淌进池塘的水流所营造出来的美丽湖面，也寄托着莫奈的意志。平松这样写道：

　　　　日本人会觉得，倒映在水面上的景色，或者水面与他物的结合，是非常唯美的。（中略）我认为睡莲池塘中那一汪"清澈的流水"，正是符合日本主义审美的一处点睛之笔。

　　与位于道路左侧的欧式楼房和花园相比，右侧的水之庭院的一切景观，都是日本主义的呈现，也是莫奈"日本爱"的集中体现。

　　不过，应该有一部分日本人，会对这种露骨直白的爱的表现，抱有不安和困惑吧？

　　"那个大画家莫奈竟然会深爱日本到这种程度？"

像莫奈这种级别的画坛大师，越是由他亲口说出的"深爱"，越是令人对此抱有疑问。就像那些花招百出的中年坏大叔，越把"我爱你"这话抛前头，越会有纯情的女孩被勾引。诸如我这般的"保守型日本人"，就是这么想的。

啊，完全是同样的色彩

左侧的欧式楼房里，亦疯狂般地装满了莫奈对日本的"爱"。

约百年前造访了此处，见识过这幢房屋最美好一面的矢代如此写道：

> 一进屋里，感觉非常宽敞，所有的墙壁被刷成白色，走廊安着巨大的玻璃窗，阳光可以自由地照射进来，屋子里流淌着户外的光线、天空的蔚蓝色还有绿树的阴影，十分炫目。从这个开阔的走廊爬楼梯来到二楼，就看到了那一整面都挂着日本浮世绘画作的墙。

莫奈闻名至今的浮世绘收藏，就是在他财富、名声双丰收的这个时候，达到了巅峰。现在的故居虽然都换成了复刻品，但在莫奈生前，挂着的可都是原作真迹。考虑到长期强烈的日光照射造成褪色现象，矢代当时目睹的浮世绘，色彩肯定比现在要鲜艳许多。

　　虽然因为挂在光线强烈的地方，好多浮世绘似乎都褪色了。（中略）但还是可以看出，莫奈先生对于浮世绘一定有着相当深厚的喜爱。（中略）那时，墙上浮世绘的色调，与走廊楼梯的大窗户照进来的光线、蓝色的天空、户外绿树成荫的花园、暖洋洋的太阳色等，极为和谐地融合在一起。正因如此，浮世绘才会成为法国印象派画家们的灵感来源吧。我从没有哪一刻像此时这般，强烈地感受到这一点。

接着，矢代参观了挂在室内的莫奈画作，他写道：

　　我在室外走廊上看到的浮世绘，和大量挂在室内的莫奈画作，两者即便在色彩的强弱和明暗上有差异，整体色调上却是一致的。我不禁自言自语感叹道："啊，完全是同样的色彩啊。"

学生时代，矢代所学的是水彩画，作品还曾入选第七届文部省美术展览会。拜访莫奈前，矢代在佛罗伦萨，处于每天鉴赏古典艺术作品的环境中，看惯了那些色彩暗淡的画，对于印象派这种被称为"革命性"的鲜艳色彩和光线，便很是敏感。

对于浮世绘和印象派的色彩，他写道：

法国的印象派画家，借由浮世绘看到了自然界本身的色彩美，敏锐地感受到了自然光线和空气的细微变化，于是，莫奈在艺术上大有所成。这之间的关联，我还从没有像此番这样深切地感受过。

迄今为止，许多艺术评论家和学者都针对"浮世绘与印象派的关联性"展开过论述，但与亲眼见识过莫奈生前浮世绘巅峰收藏期的矢代相比，尚没有一位比他的论说更具说服力。从那以后，矢代被称为"日本的西方艺术史之父"，1970年获得了由日本政府授予的"文化功劳者"称号。在当时罕有的国际经历中，矢代这一次与莫奈的邂逅，显得珍贵无比。

印象派在举办官方沙龙的潮流到达顶峰时，逆势而为，以追求"绚烂的光影与色彩"的态势，成为绘画界的"革命派"。而处于先锋位置的莫奈，因画作《日出·印象》而成为印象派名字的由来。这样的莫奈竟会如此这般深爱着日本艺术，并从浮世绘中学习色彩和色调，实在令人始料未及。

莫奈与北斋

在莫奈的浮世绘收藏中，当然少不了葛饰北斋的作品。二楼小房间的墙上，就挂着北斋的《朝颜蛙》《隅田川关屋之里》、"诸国名桥奇览"系列中的《佐野浮桥》和《足利行道山的云中吊桥》，还有那幅著名的《神奈川冲浪里》。本书第二章"'林忠正'印"中，将会对其中几幅进行展开论述。

莫奈收藏的浮世绘作品，共有一百四十九件，除去四十三号至四十五号的无署名作品，铃木春信、歌川广重、歌川广重二代[1]、鸟居清长、歌川国贞、歌川国贞二代[2]、东洲斋写乐、胜川春潮、歌川丰国、歌川丰国二代[3]、喜多川歌麿、月冈芳年等浮世绘名家的画作都在其中，光葛饰北斋的作品就有二十三件，不仅收藏时间跨度大，种类也非常丰富。

在小布施町北斋馆馆长、浮世绘研究家安村敏信看来，莫奈这份收藏清单的特征如下："除了当世名家北斋和歌麿的画作，里头还不乏一些比较低调的画师作品，歌川国芳的名作《近江之国的勇妇于兼》也在其中。收藏范围可说是相当广泛。"

但是，莫奈越是这样对日本艺术爱得深沉，我对此抱有的疑惑越是巨大。日本艺术当真有被如此深爱的价值吗？带着这个困惑，我在吉维尼小镇逛了一圈，意外地发现了隐藏在这份深爱背后的秘密。

---

[1] 本姓铃木，后又称安藤、森田，本名为镇平。江户幕府末期的浮世绘画师，歌川广重的弟子，与其养女结婚，继承师门名号，被称为"歌川广重二代"。与妻子离婚后，改名号为喜斋立祥。绘有《赤坂桐畑雨中》《隅田川八景》等。——译者注

[2] 江户幕府末期到明治时代初期的浮世绘画师，初代歌川国贞的弟子，先是继承了歌川国政三代的名号，娶了师傅的女儿后，又获得了歌川国贞二代的名号。师傅死后，还承袭了歌川丰国四代的名号。本名为政吉、清太郎，享年58岁。——译者注

[3] 江户时代后期的浮世绘画师，初代歌川丰国的弟子，入门时取名国重，又后改为丰重，在年轻的师兄弟中画技最佳。1824年成为歌川丰国的养子，在师傅死后，于1825年继承了其名号，被称为歌川丰国二代。主要画作有《名胜八景 大山夜雨》《樱下游女图》等。——译者注

爱的背后·收藏主义

家政妇三田

造访吉维尼小镇期间，我还有另一个发现。从莫奈故居出去后，就像电视剧《家政妇三田》演的那样，我从一扇门的缝隙里，撞见了莫奈"日本爱"背后的秘密。这是一次突如其来且"残酷无比"的发现。

走回巴士乘车场的路上，我一时起意，拐向小路的右侧，在那里意外地看见了一栋与印象派圣地格格不入的建筑。

建筑名为"Muséum de mécanique naturell"，直译过来，是"自然力学博物馆"。

虽冠以博物馆之名，这栋高大的石头建筑从室内一路摆到外头院子的展览品，却更像一个个巨大的钢铁块。数以百计的各式发动机（内燃机），被放置在门户大开的宽敞馆内，大的有一个火车头那么大，小的也不比一辆汽车小。其中最巨型的一台机器上，挂着"鲁道夫·狄塞尔"（Rudolf Diesel）的名字。

　　鲁道夫生于 1858 年，1913 年因不明原因离开人世，是一位德国籍的机械技术人员，也是一位发明家。与莫奈、梵高等印象派画家们差不多出生在同一时代，他所发明的狄塞尔发动机被后世称为柴油机，是这项技术的奠基人。

　　西方人连发动机都可以当作收藏对象吗？这是我当时非常直观的感受。日本也不是没有奇葩收藏家，校服、广告牌、玩具、性爱玩具等，还有那些私人美术馆里的展品，各种各样稀奇古怪的收藏对象数不胜数。但总归来说，大多都是在成本上较易取得，且存储上比较方便的东西。对于连挪个位置都得支付一大笔钱的发动机，日本人会有想要收集的欲望吗？至少我本人就没这个想法。

　　我一边胡思乱想一边看着馆内的发动机，不由想起在日本读过的《收藏与资本主义》。这本书是经济学者水野和夫与画商山本丰津的趣味对谈集，水野先生曾在其中一段中说道：

　　　　我来到英国的大英博物馆和法国的卢浮宫，这里的藏品盈千累万，花费一天都无法看完。（中略）他们从全世界网罗各种稀罕的、珍贵的物品，而且明白这番举动会成为一股"力量"。

　　彼时，英国兴起的工业革命波及法国，机械文明和钢铁文明蓬勃发展。我眼前的这堆小山似的发动机，正是最能代表这个时代背景下的西方人收藏主义的藏品。通过亲眼目睹这股名为爱的强大执念，我得以隐约窥见莫奈及19世纪末欧洲人"日本爱"背后的秘密。

以收藏主义为名的征服欲

水野和夫先生在其著作《资本主义的终结与历史的危机》中，以陷入零利率和负利率的日本为例，主张"全世界的资本主义正在迎来终结"，得到了许多读者的支持。随后，法国学者托马斯·皮凯蒂提出了资本主义下经济不平等的理论。我还清晰地记得，他针对资本主义更迭的经济制度，撰写的《21世纪资本论》一书，曾在全世界掀起热潮。

在此背景下，水野把关注重点放在了保罗·高更的画作《你何时出嫁》拍出三亿美元天价，创造了当时最高拍卖纪录这件事上。他带着"为什么实用性很低的绘画能卖出这种高价"的疑问，与主张"正因无用才会升值"的山本会面，思考了"从艺术世界中，直观感受到关于预测新世界的重大提示"，所以策划了那次对谈。

两人在对谈中着重探讨的，是诞生了资本主义的西方社会，自"诺亚方舟"以来持续不断进行着的"收藏主义"的本质。水野认为，西方社会的本质在于，公开宣扬"从各国掠夺有价值的资源，经由自己的价值观重新体系化，从而将全世界占为己有"的言论，并以此夸耀自己地位和力量的优越。

资本主义就是一种频繁地寻找新大陆（各种经济、社会、文化上未被开垦的土地、空间和概念），通过迅速占有财富和连根拔起地掠夺资源，反复地进行扩大再生产的机制。15 至 17 世纪的大航海时代是如此，18 至 19 世纪的工业革命也是如此。更近的例子，还有 2000 年左右发生的互联网泡沫、2008 年在雷曼事件中暴露的"金融资本主义"。它们都是这个机制的产物。

然而，资本主义的背后，还附带着搜刮异国艺术品的"收藏主义"。经济上的较量和对立时常会引发伴随武力冲突的纷争，艺术金字塔的建立却几乎不会有基于力量大小的压制。

例如，达·芬奇是意大利人，梵高是荷兰人，他们的作品却因收藏于卢浮宫和奥赛美术馆，而被当作法国的文化遗产。这个国家早在法王路易十四的时代，就推行了"用文化称霸世界"的国家战略，经过无数的努力和金钱支出，庇护艺术家，收集艺术品，最终获得了文化国家的形象。

西方文明就这样熟练地把"资本主义和收藏主义"分别用在表和里，领导了全世界两千年。如果把"诺亚方舟"看作西方文明的第一次收藏主义事件，也能说得通。

这样想来，19 世纪末欧洲兴起的日本主义潮流也好，我在吉维尼小镇看到的莫奈的"日本爱"也罢，表面上看起来都是"西方喜爱日本的艺术",背后其实藏着西方人企图"用艺术吞并日本"的野心。这些都是出于占有的本能,和堂而皇之的算计。

回国后,我拜访了山本先生,关于19世纪的日本主义,他是这么说的:"当时的日本大开国门,以东方日出之国的姿态进入西方社会的经济圈。西方列强打着的,则是一有机会就要吞并日本的主意。他们最先想占为己有的,我认为就是日本主义。"

不得不承认西方人的热爱的背后就是这么一回事。这样一想,因为一瓶白兰地就大方出让画作的莫奈的狡猾,从浮世绘和莫奈绘画中看出"同质性"的矢代的纯朴,正好代表了西方和日本的身份差异。结果,松方那时花费巨额买下的十八幅莫奈作品,有一部分因为"二战"后法国的拒绝归还,而没能回到他手里。目前收藏于日本国立西洋美术馆的莫奈画作共有十七件,其中十一件为松方的藏品,比当初买下的十八件少了七件之多。日本人的纯朴憨厚,在此可见一斑。

不开放的日本

顺带一提,根据山本的考据,纵观日本历史,收藏之风古来有之。从奈良天平时代开始,正仓院就收集了很多日本当地以及从中国和波斯等地引进的艺术品和工艺品；室町时代，足利幕府第八代将军足利义政广纳中国美术作品，形成了著名的"东山御物"；安土桃山时代，织田信长也发起过"名物狩"，四处征收各种珍贵的茶具，并用"天子茶具"代替领地，赏赐给有功的武将。信长死后，这项遗产被丰臣秀吉和千利休的"茶道"所继承。

值得一提的是，无论是正仓院还是东山御物，藏品都是非公开性质的。眼下为期两周的正仓院展，正在展出的藏品也仅仅是其九千多件宝物中的数十件而已。在（被认为是）单一民族国家的日本看来，没必要通过展示艺术收藏，去威慑其他国家和民族。

可以这么说，日本人的爱（收藏）是"无垢"的，背后没有附着资本主义下开拓新大陆的征服欲。

只有丰臣秀吉是唯一的例外。他召开"大茶会"，并邀请平民参与，公开展示自己的茶具收藏和黄金茶室。这么做的目的，和免费开放大英博物馆的西方世界一样，就是利用收藏品的展示来彰显实力（压过对手一头）。

欧洲大陆有史以来，接连充斥着不同民族、不同宗教、不同国家之间的战乱斗争。不凌驾于对手之上，自己就会被击溃；不站在优于对手的位置上，连跟其他民族的协调合作都办不到。连年内斗导致他们在新大陆的开发竞争中，也最终失败了。

在这样的状况下，西方人编造了"艺术收藏"，这种能够刺激人类本能的"和平战争",取得胜利后,通过大英博物馆和卢浮宫向外展示成果,使自己在激烈的战场中得以幸存。

被卷入 19 世纪末欧洲的日本主义,对西方人而言,就是艺术领域的"新大陆"。浮世绘所具有的艺术特性,并非日本主义能在欧洲受到热烈追捧的原因。这份热爱的背后,其实有"周密的盘算"在驱动。

这股热潮的诞生,实际上还有另一个原因。

19 世纪末,民众的思想被"世纪末"所动摇,英国爆发的工业革命影响波及法国、科学和工业蓬勃发展、封建统治和革命之间的斗争引发了政治体制的变化、美术史上也掀起了"革命"……一连串事件的接连发生,造就了欧洲当时特有的时代氛围,静静等候着来自最东边岛国的浮世绘——一个偶然时机的到来。

世纪末的欧洲和印象派

钢铁、科学与城市生活的时代

　　1889 年，埃菲尔铁塔成为第四次巴黎世博会上万众瞩目的不朽建筑。这座以 19 世纪的象征物 —— 钢铁为材料建造的铁塔，充满了新时代的气息。[1]

　　第一条巴黎地铁线终于通车了。这条线起于万塞讷车站，止于马约门车站，全长近十公里，横贯整个巴黎。[2]

从以上两则新闻所述，以及我在自然力学博物馆所见来看，19 世纪末不仅是一个钢铁时代，也是一个由钢铁带动科学及产业迅猛发展的时代。

早在建造埃菲尔铁塔之前，埃菲尔建筑公司已经承接过一系列建筑工程，包括 1878 年巴黎世博会展览馆、法国最古老的商场乐蓬马歇百货、纽约港自由女神像的骨架、高架铁路、巴拿马运河工程等，每一项都是亲力亲为。他们将铁

---

[1]　摘自"近代技术的展示场——世界博览会"网页。
[2]　摘自巴黎杂志《画刊》，1900 年 7 月 4 日号。

桥的构架技术应用在垂直方向上，从而建造了埃菲尔铁塔。

十一年后，第五次在巴黎举办的世博会创设了电力馆，集中展示了来自世界各地的发动机和动力器械。

18 世纪中叶爆发工业革命一百年后，机械与钢铁的文明成了这个时代的象征。

日本国立西洋美术馆研究官、群马县立近代美术馆馆长、美术史学者、出生于 1927 年的中山公男，对这个时代是这样评价的：

> 从蒸汽机车、铁路、铁桥、铁架车站、电话、电报的相继应用到 1889 年埃菲尔铁塔问世，法国人民的生活急速发展，其中，尤以巴黎城市生活的变化最为巨大。[1]

同一时期，被拿破仑三世[2]任命为塞纳区行政长官的奥斯曼男爵，开始主持巴黎的城市改建计划。这次大胆而彻底的改建以凯旋门和香榭丽舍大街为中心，构建了辐射状的街道和使之贯通的环城道路，使市区到市郊的交通得以疏通，巴黎与其他城市之间的铁路系统得以完善。此外，他还兴建了巴黎歌剧院、圣心大教堂、奥赛美术馆。广场、公园、剧院、教堂、上水道、下水道、瓦斯灯和公共马车等城市生活

[1] 摘自《中央公论》，1981 年 9 月 30 日号。
[2] 1848 年，法国爆发二月革命，路易·拿破仑·波拿巴当选为法兰西第二共和国总统。1851 年 12 月，他发动政变，解散议会，恢复帝制，成为法兰西第二帝国的皇帝，称拿破仑三世。——译者注

的必备要素，也包含在内。

中山称，在这场改头换面的城区改建中，巴黎市民的生活方式和生活品质也跟着有了翻天覆地的变化：

> 妇女们开始流行在新建的布洛涅森林公园里骑马嬉戏。（中略）露天咖啡座出现在街头各处，夜幕下灯火通明的模样还被诗人波德莱尔写入散文诗中歌颂。

巴黎市民的生活乐趣还扩展到了郊外，到塞纳河的下游划船、赛艇、玩水、河边散步等，都是当时极为常见的娱乐活动。

而此前只一味埋头在画室里的画家们，这时也都奔赴野外开始新的创作。马奈在作品中，就描绘过杜伊勒里花园的音乐会、斗牛、布洛涅森林的骑马和阿让特伊的泛舟等场景；莫奈的绘画里，也有不少公园家庭聚会、庭院野餐、划船和赛艇等题材；德加画过赛马、歌剧院的舞台、排练室和看台座席；雷诺阿也有游船、餐厅和《红磨坊的舞会》等相关画作。

这些绘画作品的主题和创作手法，在当时的欧洲画坛都是前所未有的。

五届巴黎世博会和日本主义

从 1851 年首届世博会到 1900 年，巴黎分别于 1855 年

（日本没有参加）、1867 年、1878 年、1889 年及 1900 年举办了五次世博会。毫无疑问，这五次世博会给予了时代和人们以感性上的影响。展览汇聚了当时最先进的技术、美术工艺品以及艺术品，越发刺激着人们的感受，令他们的精神也为之兴奋。在半个世纪内，一共举办了十三次世博会。除巴黎外，其他城市共举办了八次（伦敦两次，维也纳、费城、墨尔本、巴塞罗那、芝加哥、布鲁塞尔各举办了一次）。

　　从参观人数来看，在为期一百五十天至两百五十天的展期内，其他城市的参观人数在五百万至七百万之间。但是巴黎世博会从第二届之后，每届的参会人数都超过了一千五百万，1900 年甚至超过了五千万人次。展会期间，许许多多的人从欧洲乃至遥远的美国和亚洲赶来，随之带来的还有美术工艺品、舞台艺术等。

　　世博会本是法国大革命期间在巴黎举办的国内博览会，随后才发展成国际博览会。1848 年，当时的法国首相首次提出了举办国际博览会的想法。最终，伦敦于 1851 年举办了首届世博会。

　　正如前面说到的，法国为了彰显其"文化立国"的传统，不仅是世博会，还相继提出了举办现代奥林匹克运动会、世界杯、世界一级方程式锦标赛等活动。在法语的日常寒暄语中，有一句话叫"Bonjour tout le monde"，直译为"世界朋友们，你们好"。从这一句子中，我们明显能感受到，法国有这样的国家战略，有其深厚的历史背景。

巴黎在举办了两次世博会后，就把会场的地点固定在了战神广场，该广场成为法国"现代生活"变迁的象征，也成为展示技术文明进步、发布新发明或发现、增进国家之间的了解的舞台。对日本来说，1867年首次参加法国世博会，也成了日本文化在世界范围内的首次亮相。

浮世绘正式出现在法国是在1867年。其后在巴黎举办的四届世博会期间，日本不仅仅把美术工艺品，还把艺伎、茶道、舞台剧女演员介绍到了法国。欧洲人透过这些文化以及活生生的人，渐渐形成了对"日本"的印象。伦敦、维也纳、布鲁塞尔的世博会上，甚至还专门设置了日本馆。毫无疑问，这加速了日本主义在欧洲的发展。

1867年的世博会期间，幕府将搜集展品的工作交给了当时一些有权势的商人。江户商人清水卯三郎正是其中之一。他收到幕府的命令，于是贷款了两万两金钱，将柳桥的三位艺伎素弥、纱户、可音[1]带到了巴黎，并让她们在茶屋中用日本茶招待观众。

那个时候，幕府带去了官服、武器、书籍、绘画、乐器、漆器、陶器、金属器具、纸类等进行展出。书籍中，除了《江户名所图鉴》《东海道名所图鉴》等，还有北斋的《北斋漫画》。另外，用作展出的浮世绘基本以人物画、风景画为主。

---

[1]　此处三个译名由译者翻译，中文资料上并未记载。——译者注

艺伎的登场

在展出的"物品"之中，最引人注目的是"日本的女性"。寺本敬子（迹见学园女子大学文学部讲师）在《巴黎世博会和日本主义的诞生》一书中写道：

> 从日本去往欧洲的三名女性，对大多数参观日本馆的法国人来说，是第一次亲眼看见日本女性，因此吸引了很多人的注意。

那届世博会第一天的参观人数约为四百人，但是到了第二天就增加到一千三百人。那三位艺伎，以及在 1900 年的世博会上站在洛伊·富勒（Loie Fuller）舞台的女演员川上贞奴，可以说是欧洲人第一次亲眼看见活生生的日本女性。这形成了世界范围内对"艺伎"的最初印象。

被誉为"日本近代头号女演员"的贞奴，1871 年出生于日本桥。由于家族没落，七岁时被父亲卖给了艺伎屋[1]，唤作"奴"。她年纪轻轻就像艺伎一般陪酒侍宴席，二十三岁那年，与民权运动家、演员川上音次郎结婚。

1899 年，川上成立演出团体"一座"，去往美国旧金山、西雅图等城市进行巡回表演。演出的作品《艺伎和武

---

[1] 拥有一定数量的艺伎，以向茶馆、料亭提供艺伎的服务为主业。——译者注

士》出自川上音次郎之手，在巡演中获得了极大的反响，这得益于贞奴的异域风情和扎实的演技。

　　1900 年，一座在伦敦表演后，收到了巴黎世博会的邀请，并在可以容纳两百位观众的洛伊·富勒舞台进行了表演。毕加索、罗丹、德彪西等都是台下的观众，他们都被贞奴的表演所吸引。激动的罗丹当下就对贞奴说"想为你雕刻画像"，而不知道罗丹是何人的贞奴，以没有时间为由拒绝了罗丹。8 月，一座受邀在总统官邸的游园会上表演了歌舞伎曲目《道成寺》。

　　一座在巴黎世博会后，还前往了布鲁塞尔表演，于1901 年 1 月回国。由于名声大噪，不久后的 4 月至 7 月，一座再次来到欧洲，并在英国、德国、奥地利、匈牙利、意大利等国家进行了巡演[1]。"艺伎"在欧洲的演出，在欧洲人的心中留下了深刻的印象。

　　著有评论作品《北斋》的日本美术爱好者、小说家埃德蒙·德·龚古尔在《一位艺术家的房子》中如此写道：

　　　　只要是参加了 1867 年世博会的人，想必会记得表演茶道的日本女性在凉席上如漂亮的小动物般用双手双脚爬行的样子。

　　日本文化爱好者们那时候就已经开始收藏浮世绘和春图，

---

[1]　摘自《舞台上的日本主义》第四章，马渊明子著。

尤其喜欢绘有艺伎和贞奴的"美人画"。浮世绘中所描绘的日本和日本女性，通过世博会在欧洲人的心中深深扎下根。就像现在的明星和明星写真一样（类似于现在的 Instagram 和 Facebook）。在这样的背景下，日本主义越演越烈。

印象派在批判声中登场了

从 19 世纪 70 年代开始，成为浮世绘坚实拥趸的是印象派的画家。他们最初进入公众视线中的时候，往往伴随着"落选""非难""批判"等字眼。

首当其冲的是爱德华·马奈，他在 1863 年的沙龙（官方展览）落选展中展出了《草地上的午餐》，作品描绘的是在森林中穿着正装的男子与两位裸体的女性谈笑风生的画面，这样的内容在当时引起了极大的争议。马奈那时候三十一岁，在年轻的印象派画家中属于年长一辈，年龄仅次于毕沙罗。在此之前，根本没有多少人认识马奈。他虽在前一届的沙龙展上获得了优秀奖，但是在同一年举办的年度沙龙展上却落选了。

那时期的沙龙展落选的概率非常高，五千件作品中约有三千件作品落选。因落选而产生的愤怒和不满在画家们的心中累积，形成了大规模的寻求公平的运动。这件事传到拿破仑三世那儿，于是他下令："为了公平起见，举办落选展。"《草地上的午餐》在"落选展"（又称"落选者沙龙"）中再次被展出，获得了极大的关注，但同时也成了被批判和攻击的对象。

首先是批判画面中穿西装的男子和裸女坐在一起的行为有伤风化。另外，他们还批判画面的技巧，认为"此画在细微处没有充分的修饰，所以欠缺立体感"[1]。文艺复兴之后，绘画要表现出阴影成为传统的做法，而马奈没有表现出阴影，这点正好成了美术界老一辈画家们批判的地方。

那时候的法国艺术界，"不仅仅沙龙展，连所有的美术教育机构都受法兰西美术学院的支配"。这是从 14 世纪开始就根植于法国美术界的标准，所以画家很难完全从中脱离，印象派画家要入选沙龙展也基本不可能。而且，那时候法国还没有形成成熟的绘画交易市场，所以画家的作品一旦落选基本就无缘美术市场了。

正是在这样闭塞的环境中，1863 年的"落选展"后，年轻一代的前卫画家都渐渐聚集在马奈的周围。他们有自己的画廊，巴黎市区巴蒂诺尔大道上的盖尔布瓦咖啡馆成了他们聚会的场所。然而，无论与朋友的交谈有多么热烈，无法入选沙龙展的年轻画家们依然是一贫如洗。

那时的莫奈，因立志成为画家，被家里放弃，所以生活非常穷困潦倒。他几乎参加了每一届的沙龙展，但是除了 1865 年和 1866 年，每次都不得不面临落选的事实。他也参加过几次在盖尔布瓦咖啡馆举行的聚会，也曾受到住得很近的雷诺

---

[1] 摘自《近代绘画史（上）》，高阶秀尔著。

阿的援助，一起进行绘画创作。莫奈因为无法忍受把自己珍贵的作品作为抵押品贷给债主，所以亲手撕毁了两百幅作品。

1870 年，普法战争爆发。莫奈独自一人前往伦敦避难。雷诺阿加入了骑兵队，德加加入了炮兵队，马奈则进入了国防参谋本部。巴齐耶不幸在战场上阵亡。

画家们历经艰辛回到巴黎之后，继续在盖尔布瓦咖啡馆开展着活动。巴蒂诺尔大道上的朋友们共同举办群展还是在 1874 年 4 月 15 日，那时战争带给人们的创伤渐渐愈合。"盖尔布瓦聚会"成员之一的摄影师纳达尔，把自己的工作室用作群展的会场。群展的名字在几经考虑之后，定为"画家·雕刻家·版画家等的匿名协会展"。莫奈、毕沙罗、雷诺阿、德加、塞尚、西斯莱等三十位画家齐聚，展示了一百六十五件作品。

屈辱的命名

展会开始后第十天，也就是 4 月 25 日，《喧声报》长篇刊载了批评家路易·勒鲁瓦（Louis Leroy）题为《印象派的展览会》的文章。文章以路易·勒鲁瓦和学院派画家对谈的形式展开。

"（把莫奈的《嘉布遣会林荫大道》放在面前）这就是

名为《印象》的那幅画吧。画面下方许多的黑点点到底要
表达什么呢？"

"那是行走在街上的人。"

"什么？真是胡来。这是在愚弄我吗？"

围绕着这篇报道，整个社会对这样的作品展开了批判，
"印象派"的名字也就固定了下来。

这段对话还有另外一个版本：

"我认识这个画家，但是这幅画究竟是在描绘什么呢？"

"好像叫《日出·印象》。"

"印象啊？运笔是如此随意，毫无章法。画到一半的
壁纸，与这幅画比起来也更加细致。"

1827 年，穷困的莫奈从雷诺阿房子的窗户望出去，"雾
中的太阳，以及矗立其中的桅杆"跃入了他的视线。他画出
了《日出·印象》，成了传世名作。

高阶秀尔在《近代绘画史（上）》一书中写道：

莫奈针对雷诺阿的建议，很快回答："那就增加印象两个
字吧。"这一点就足以显示，这正是莫奈一以贯之的美学思想
的体现。（中略）莫奈捕捉到的自然"印象"，其实是他个人
主观中的世界。

印象派追求的东西

那时，被法国美术界称为"革新者"的印象派年轻画家们，他们所追求的是"光以及光所呈现的摇晃、色调和亮度"。

19世纪末正是科学技术迅猛发展的时候，光学知识也比此前更加普及。关于色彩和光，化学家谢弗勒尔（Chevreul）从理论上进行了阐明。他认为，颜料混合的数量越多，色调就会越暗。如果想表现明亮的自然光的话，就尽量不要将几种颜料混合。

画家们在三原色、三间色、复色等理论的驱使下，往往不会在调色板上把颜料混合，而是会用笔尖蘸取颜料涂在画布上。这样从观赏者眼中看去，几种颜色也达到了混合的感觉，但是在色调上又不会显得暗。

"自然"这个新的主题，是印象派画家们追求的全新领域。

在沙龙中，绘画的主题和题材都存在着明显的等级制度。描绘众神和神话英雄的绘画是最高级的，描绘人类的肖像画次之，描绘风景和动植物的绘画则是最下等的作品。而且风景画必须以神俯瞰大自然的视角来画，绝对不可以用动物、昆虫等作为画面的主题。透视法的中心既然是"神"，所以神必须放在画面的中心。

身处那个时代的印象派画家们追求的主题则是"自然"。他们把画布带到作画现场（自然环境中），将自然呈现出的转瞬即逝的"印象"完美地表现在画布上。

那个时候也正好出现了新型的辅助材料——金属皂。如果将其和颜料混合，画面的色调会一改以往的单调和乏味，并留下细微的笔触。

高阶秀尔曾在《近代绘画史（上）》中写过这样一个故事。

在莫奈创作《花园里的女人们》期间，库尔贝常常拜访他的画室。

莫奈把巨大的画布放在花园内，手拿画笔，但是却并没有往上画任何东西，只是一直站着。库尔贝不禁问道："为什么不画呢？"莫奈指着笼罩着太阳的云，回答"都是因为那个的缘故"。

对库尔贝来说，太阳光可以通过给画面增加阴影来表现，但是对莫奈来说，有没有太阳光是完全不同的世界。

这是光、色彩、自然、构图，以及包含这些所有概念的全新的主题。

19世纪末，莫奈、马奈、德加、雷诺阿、塞尚等人，对贫困的生活甘之如饴，一心追求绘画的自由。正是在这个时候，来自遥远东方岛国的艺术出现在了印象派画家的世界中。那些艺术作品拥有他们执着追求着的色彩、明亮、构图、主题等特性。轮廓鲜明，没有阴影，不仅仅是描绘人物和风景，甚至连鸟、蝉、蛇以及波浪等都是绘画的主题，西方画家对此惊喜至极。同一主题通过不同角度描摹的创作方法，以及精湛的画技，也让他们惊讶。这些作品不为统治阶级服务，而是描绘了普通市民生活的细微之处，是真正的民间艺术。

浮世绘带给欧洲人的震撼，就相当于"黑船"登陆日本时带给日本人的惊讶。

就是在这个时候，欧洲人注意到了一个画家。相比其他画家，他拥有更为丰富的主题和高超的画技。

画出如此不成体统的姿态，可以吗？花、蝴蝶、蜻蜓和蝉竟然可以作为画面的主题？竟然可以用如此大胆的构图描绘浪头？

在印象派画家惊讶、感动、担心的声音中，一位画家登上了欧洲美术的舞台。他，就是葛饰北斋。

为了邂逅"世界的北斋"，我决定动身前往欧洲。

为什么是巨浪？ 北斋和梵高

收藏主义的大本营

2017 年初夏，我来到了威严地伫立于伦敦市中心、被誉为西方收藏主义大本营的大英博物馆。

博物馆的柱子犹如帕特农神庙的柱子般威严地矗立着。大英博物馆创立于 1753 年，1759 年正式对外开放，几乎与英国产业革命蓬勃发展处于同一时期。馆内收藏有约八百万件古今东西的艺术品、书籍等。其中，像罗塞塔石碑、帕特农神庙雕塑等通过抢夺或者殖民掠夺来的藏品非常多，真可谓收藏主义的殿堂。直到现在，馆藏的数量仍在不断增加。

每年参观大英博物馆的人数大概有六百五十万人次，其中超过一半是外国观光客和研究人员。除了 20 世纪 70 年代的三个月除外，博物馆从开馆到现在入场都是免费的。馆内的募捐箱上写着"接受任何国家的货币"。馆内设施维护的费用来源于社会的募捐以及周边产品的售卖。

2017 年 5 月 25 日至 8 月 13 日，在博物馆入口巨大的柱子上，挂着画有北斋《神奈川冲浪里》的巨大海报。早上最早取票的人也得等到下午一点才能入场。在八十一天的展期内，一共有十五万人参观，北斋的人气令人惊讶。据说，《神奈川冲浪里》在欧美国家的认知度可以与达·芬奇的《蒙娜丽莎》相匹敌。且不说这说法是否属实，来参观北斋名画的人的确非常多。

我会在那个时候去往大英博物馆，其实有几个原因。

那时候，博物馆正举办名为"最后的北斋"的展览，主要展出北斋迎来花甲之后的三十年间创作的作品，以及少量的肉笔画。除了从日本带过去的浮世绘，还会展出北斋的祭屋台天井绘[1]《男浪图》和《女浪图》。这幅画由长野县小布施町保存，我将在第四章详细叙述。在展览入口悬挂的日本地图上，除了标示有江户、大阪、京都，还标出了小布施。出现江户和京都不言自明，但是为什么会有小布施？小布施又在哪里呢？歪着脑袋绞尽脑汁思忖的欧美人的样子，真是令人莞尔。

说起北斋的《神奈川冲浪里》，一般人都认为这幅画是《富岳三十六景》中最出色的，但事实上它的进一步发展形态是小布施的肉笔画《男浪图》和《女浪图》。欧美人看到这样一幅抽象的画，会有什么反应呢？那些只知道浮世绘的欧美人，看到肉笔画会作何感想呢？那时就在现场的我，用

---

[1]　祭屋台指的是祭祀等典礼时的临时舞台。祭屋台天井绘，也就是画在屋台天花板上的画。——译者注

自己的双眼见证着这些。

　　而且，那时还发生了一件事。这次展览是大英博物馆和大阪阿倍野海阔天空美术馆共同企划的，阿倍野海阔天空美术馆的展览将在 2017 年 10 月举办。令人不可思议的是这次展览的主题 —— 大英博物馆以"超越巨浪"为主题，大阪却选择了"超越富士山"的主题。

　　巨浪和富士山，都出现在《神奈川冲浪里》这幅画中，但是着眼点却大相径庭，是日本和欧洲对北斋的看法存在着差异吗？

　　为了弄清这点，我采访了策划这次展览的日本美术研究者、日本馆馆长蒂姆·克拉克。在大英博物馆顶层的馆长办公室，我向蒂姆·克拉克先生抛出了问题："为什么这次展览的主题会定为'超越巨浪'？"

凌驾一切的视觉魅力

　　"之所以选择这个主题，是因为来自世界各地的人即使不了解日本和浮世绘，也肯定知道《神奈川冲浪里》这幅画。在欧美，它被叫作 The Great Wave，其知名度堪比《蒙娜丽莎》。比如'那位画家'在很早的时候就曾经给巨浪留下过一些评论。"蒂姆如是说。

　　确实如此，来到英国我才体会到，北斋在《神奈川冲浪里》描绘的"巨浪"是多么受欢迎。如果去与美术相关的书店，就会看到《北斋的巨浪：世界的印象》(*Hokusai's Great Wave：Biography of a Global Icon*)这本书摆在店中。这本书收录了欧洲各地描绘巨浪的作品，并附有照片。

据 BBC 官网的消息，泰晤士河南边的坎伯韦尔的一处私人住宅的墙壁上，从二十年前开始就画着巨浪。宅子的主人为了重新开启崭新的人生，参加了有益于自我启发的讲座。讲座上，讲师提出了一个课题，"承担地区建设的重任"。那时候他就想到，自己正好想在家中墙壁上画画，所以"与其向慈善团体招募捐款，倒不如画一幅让大家心情振奋的画"。

所以他与朋友商量画什么比较好。思忖之际，两人异口同声："不如画日本的吧。"就这样，他决定画巨浪。

刚开始画的时候，附近一位来自希腊的性情粗犷的工厂主听说要画北斋的巨浪，就毫不犹豫地过来帮忙。同时过来帮忙的还有当地的居民和偶然经过的路人，有些还带着妻子和孩子。在此之前，这里一直是毒品走私和抢劫频繁发生的地区，但那时当地人的脸上头一次露出了笑容。

在法国，有一处安葬着死于革命和战争且身份不明的遗体的地底墓穴。在墓穴的墙壁上，也画着一幅巨大的海浪图。

2007 年，时尚大牌迪奥的设计师约翰·加利亚诺(John Galliano)在迪奥春夏时装秀上，发布了以巨浪为元素的裙子。而在日本，从 2019 年开始，护照上就使用了巨浪和富士山等元素。在 2017 年跨年夜的红白歌会上，石川小百合唱歌时的舞台背景上也出现了巨浪。2018 年，设计师桂由美将"北斋"作为巴黎春夏服装展示会的主题。

与大英博物馆共同策划北斋展的大阪阿倍野海阔天空美术馆馆长浅野秀刚，在回答巨浪如此受欢迎的原因时这样说道：

"'巨浪'之所以在西方如此受欢迎，我想是因为它直观地表现出了浮世绘的精髓。此前的西洋美术中，没有只以波浪为主题的作品。然而，北斋却夸张地描绘出了巨大的波浪，仿佛是人从下往上仰视得到的，这样的构图在自然界是不可能存在的。印象派初期的画家们都以写实为主，所以看到北斋的画，他们都非常好奇，他究竟是站在海上的哪个位置才能画出这样的画？"

正如上文所述，西洋画一直以来都将神作为绘画的主题。但是，北斋却将波浪置于画面的中心，并且采用了极低的视角和前所未有的构图。

浅野先生接着说："在大海的正中涌起这样的巨浪，在现实中不可能出现。而且那犹如手掌般的浪头，凭借肉眼是看不到的。那么，北斋究竟带着一双怎样的眼睛在观察着这个世界呢？还有，他究竟站在什么位置呢？欧洲画家们第一次见到北斋作品的时候，都陷入了不可思议的情绪中。"

令梵高折服的北斋

在伦敦采访蒂姆·克拉克先生进行到一半的时候，他忽然笑着问我："我刚才说的，在很早的时候就曾经关于巨浪留下过一些评语的'那位画家'，你知道是谁吗？"

在欧洲，首先认可北斋的巨浪，并留下评语的画家——毫无疑问，在来这里之前我并不知道他是谁，但是来到这里，我看到了墙壁上的这段话：

> 你看了北斋的画，在信上写道："波浪是利爪，紧紧地将船抓住了。"北斋与你一样，也在大声地呼喊着。当然，北斋是通过线条和画面来表现他的心情的。如果用惯常的色彩和构图来画，那就不可能像现在这样引起共鸣。

这是 1888 年 9 月 7 日，梵高在法国南部阿尔勒的画室写给弟弟提奥信中的一段话。

当梵高看到浮世绘的时候，他觉得那种没有阴影的明丽色调是独属于日本绘画的。他希望在南法也能找到这种明亮的阳光，所以他才搬到了阿尔勒。在信中，他写道："想成为日本人。"

> 其他的艺术家在强烈的光照下，在更为日式的透明感中寻找色彩，这我能理解，但是像我这样在法国南部隐居

起来，建立画室，却也不是愚蠢的行为。[1]

这样的表述可能连日本人都会觉得很困惑，但足见梵高的认真了。他之所以在阿尔勒从事创作，完全是出于对日本的热爱。

"北斋"也经常出现在梵高的日记中。蒂姆·克拉克先生是这么说的：

"巨浪之所以在欧洲受到如此高的评价，是因为梵高在其中起了重要的作用。北斋的《富岳百景》在 1880 年由英国人弗雷德里克·维克多·狄更斯[2]翻译成英文，并在伦敦出版。1888 年，梵高感怀巨浪带给他的感动，因此才会在给弟弟提奥的信中如此写道。在我的认知中，在欧洲艺术家中，这封信是最早提到北斋的文字。"

梵高对日本的热爱，处在中心位置的是北斋。蒂姆接着说道：

"梵高关于北斋写过两点。首先是北斋运用色彩的不自然。他认为北斋使用的颜色具有象征性，与德拉克洛瓦的画形成鲜明对比。北斋的大海运用了蓝色和绿色，这是极其违反客观事实的。第二点是北斋画面上凌驾一切的视觉魅力。

---

[1] 摘自《梵高的书信》第五百三十八封。

[2] 弗雷德里克·维克多·狄更斯（Frederick Victor Dickins，1838—1915），英国的日本文学研究家。1864 年至 1866 年作为海军军医驻扎在横滨。1871 年第二次来到日本，直到 1879 年才返回英国。翻译有《百人一首》《竹取物语》《忠臣藏》《方丈记》等。——译者注

梵高认为，即使是对巨浪，'他也像描绘动物一般'。当然，其他的艺术家中赞赏北斋的人不在少数，但是梵高却比任何人都更早地认可了北斋的艺术价值。"

不自然的色彩

东京目黑区美术馆学艺员[1]降旗千贺子女士从原材料的角度，研究浮世绘和西洋画的色彩。她如此说道：

"浮世绘中使用的颜料，其原材料主要来自植物，西洋画上的颜料主要取自有机物，有一定的荧光特性。所以，西洋画看上去才显得如此鲜艳。而且，由于红色等颜色随着时间变淡，那些绘画在当时肯定更加鲜艳。"

蒂姆·克拉克先生也表述过类似的观点："北斋很多的作品都以淡黄色、淡灰色为主，在空白处会有淡淡的粉色。纽约大都会美术馆收藏的巨浪画，是世界上收藏的巨浪图中颜色最清晰的。虽然整部作品稍有褪色，但是其中的蓝色现在仍然很清晰。"

北斋在《神奈川冲浪里》中使用的蓝色，后来被称为"北斋蓝"，其实是被称为"贝罗蓝"的普鲁士蓝。普鲁士蓝在当时的浮世绘中被广泛使用，是相对比较新的颜料。它

---

[1] 学艺员是日本的一种国家级从业资格，由文部科学省认定。在博物馆从事专门职位的工作需要持有学艺员资格。相当于欧美国家的策展人。——编者注

的制作方法最初并不为人所知，直到 18 世纪中期英国科学家将银、铜、铅等原料和代替血液的牛肉混合才制作出来，渐渐地在世界范围内广泛使用。

在日本，这种蓝色最早于 1763 年由发明家平贺源内介绍进来。伊藤若冲在 1765 年左右使用过它，是最早使用普鲁士蓝的画家。

北斋创作《神奈川冲浪里》是在 1831 年左右。当时，普鲁士蓝大量地从英国进口到日本，所以蓝色颜料可以以很便宜的价格买到。从那时开始，普鲁士蓝在日本渐渐被叫作贝罗蓝。

我问蒂姆·克拉克先生，梵高看到的北斋的绘画，颜色肯定远比现在来得鲜艳吧。

"是啊。德拉克洛瓦在基督坐着船迎着大风的画中，用了蓝色和绿色。在梵高看来，这个颜色是'令人感到恐惧的颜色'。北斋在巨浪画中使用这个颜色，同样是为了让人感到畏惧。虽然巨浪画中没有使用绿色，却使用了激情蓝（Passion Blue）、靛蓝或者两者混合的颜色。正是这个蓝色，引起了梵高的兴趣，因此看到北斋绘画的梵高，才联想到了德拉克洛瓦，但是……"

蒂姆接着说道："在我看来，梵高生活在阿尔勒的期间，不可能收藏有北斋的绘画。他只是凭借记忆做了联想。所以，他是否将浮世绘带到了阿尔勒，这点令人怀疑。"

有一个说法，说梵高收藏有五百件浮世绘，甚至在巴黎的一家熟人开的咖啡馆举办过浮世绘的展览。众所周知,梵高生前可以说是一贫如洗,所以那些浮世绘应该是作为画商的弟弟提奥购买的。据说,梵高将这些画转卖给了熟识的画家。在书信上,也确实记述了梵高委托提奥转卖画的事。

> 萨穆尔·西格弗里德·宾[1]有一个带阁楼的房子,那里收藏着无数的风景画和人物画(在其他的翻译资料中,据说超过了一万件)。(中略)我自己也不明白,为什么你在蒙马特尔大道(的公寓里)没有精美的日本版画。(中略)现在,一张版画大概三生丁就可以入手。所以,如果支付一百法郎,就可以购得六百五十件版画。[2]

明治末期,一法郎约为四十钱[3],这样一来,梵高所说的版画价格大概为一点二钱。当时收入最高的职业日薪二十五钱,一份报纸一钱五厘,所以可以看出浮世绘的价格差不多跟一份报纸一样。虽然出乎意料的便宜,但是其价格又会随着绘师、绘画种类、刻版的质量等出现明显的差别。在第二章会详述的日本美术家、文豪埃德蒙·德·龚古尔,每年会花费三万法郎购买日本的美术作品。转换成日元约为

---

[1] 萨穆尔·西格弗里德·宾(Samuel Siegfried Bing, 1838-1905),专门购入日本美术作品的巴黎画商。
[2] 摘自《梵高的书信》第五百一十封信。
[3] 日本货币单位,一百钱等于一日元。——译者注

一万两千日元。当时，一石（一百升，约一百五十千克）大米需要二日元九十钱到三日元六十钱。现在，一石大米约为四万五千日元（按十千克三千日元计价）。这么一算，一万两千日元相当于现在的一亿七千万。上乘的浮世绘作品以及一些稀少的作品甚至可以卖到数百元法郎的价格。

梵高开始购入浮世绘是在 19 世纪 80 年代末，那时他正好生活在巴黎。之后，卢浮宫美术馆设立了东洋部门，日本主义开始渐渐被富裕阶层熟知。浮世绘的价格也因此水涨船高。根据作品不同，价格也天差地别。而且仅仅隔了没多久的时间，价格就会出现巨大的差异。

江户最先进的媒体

引起梵高兴趣的蓝色，究竟是种怎样的颜料呢？

墨田北斋美术馆的学艺员五味和之先生说："提议在浮世绘上使用这种全新的贝罗蓝的，是当时的浮世绘的出版商。"[1]

一直以来画家们使用的蓝色，是从打碎的岩石和鸭跖草中提取的蓼蓝。出版商认为，如果让北斋使用比蓼蓝更加鲜艳的颜色，带给人极大的冲击感，那浮世绘就会大受欢迎。

[1] 摘自《SARAI.jp》，2017 年 12 月 5 日刊。

出版商们觉得，画面的主题也得贴近当下。19 世纪初，北斋使用贝罗蓝画《富岳三十六景》系列作品的时候，正是江户的人们开始来到城市外享受自然风光的时期，旅行渐渐成为普通民众生活的一部分。被称为"伊势参拜"的旅行，据说六十年间有数百万人参与。18 世纪后半叶开始，围绕丹泽山系的大山参拜、江之岛参拜等比较轻松的旅行路线，成为江户老百姓的首选旅行。被称为"富士讲"的则是参拜富士山，其中增加了很多有宗教信仰的信徒。他们在关东一带堆积石头和泥土，以此来祭拜寄宿在富士山的神明。这被称为"富士冢"，现在还有那时留下来的遗迹。越来越多的信徒开始攀登富士山，富士山也渐渐成了热门的旅行地。

在这样的背景下，出版商西村屋与八认为，如果用最新的贝罗蓝画富士山，一定会很受欢迎。

五味和之接着说道："最开始用单一的蓝色刷了十张，有《信州诹访湖》《甲州石班泽》《相州梅泽左》等。其中，北斋画的那些很快就卖出去了。"

墨田北斋美术馆内由彼得·莫尔斯（Peter Morse）收藏（在终章会详述）的《甲州石班泽》，据说是将蓝色用得最为出彩的一幅画。江户老百姓第一次见到这个色彩就禁不住发出感叹，"世上竟有这么漂亮的蓝色"。

以这十张蓝色的浮世绘为发端，北斋陆续创作了许多以富士山为主题的绘画。在制作完十张之后，出版商让画师增加了红色、棕色等颜色，以色彩的层次感为卖点，绘制了另外二十六幅画。因为受到了极大的欢迎，又画了十幅。就这样，北斋成了第一位在商业运作下使用贝罗蓝的画师。

那时，北斋凭借《北斋漫画》已经尽人皆知，他因此也成为那个时代第一位被誉为"风景画家"的画师。歌川广重的《东海道五十三次》正是诞生于这样的背景下。然而，令北斋的人气达到顶峰的，则是《富岳三十六景》系列。

"我们在想展览主题的时候，大英博物馆已经决定用'超越巨浪'了。"阿倍野海阔天空美术馆的浅野先生说，"在欧洲，广为人知的是巨浪。而在日本，'红色富士山'却更为人所熟知。由于展览的内容聚焦于北斋晚年的作品，又因为北斋一生追求的是'不死'和'富士'，阿倍野海阔天空美术馆的展览主题就定了'超越富士山'。"

确实，巨浪给人的冲击感非常震撼，然而巨浪给日本人的印象却不会像欧洲人受到的冲击一样。

例如，与北斋生活在同一时代的小林一茶，曾以"瘦蛙"为主题创作过俳句。不仅是一茶，俳句、川柳、绘画、和服纹样等方面，日本人都偏爱以自然万物为主题。但是与以石头、玻璃建筑为主的欧洲不同，日本房子仅用一扇拉门相隔，延续了千年与自然一体的生活，人们生活在被大自然包围的环境中。基督教的信徒们相信是神创造了自然界，而在日本却没有这样的概念。日本人生活在多神论的世界中，所以与信奉一神教（基督教）的欧美人有着显著的区别。

因此，浅野先生他们毫不犹豫地就决定将"富士山"作为展览的主题。最终，在四十五天的展期内，一共有二十六万人前来看展，排队三个小时才能入场的情况也并不稀奇。

现在，不同国家的人们究竟想从北斋那儿获得什么呢？其实追本溯源，我们想探究的不是北斋本身，而是东西方国家世界观的差异。

传播流行文化的媒介 —— 浮世绘

为什么浮世绘来到欧洲之后，价值就一下子上升了呢？

专门研究日本主义的小山碧姬女士（武藏大学人文学部教授，出生于巴黎）写道：

> 江户时代的商业非常繁荣，尤其是江户时代末期作为餐饮店和百货店前身的吴服屋将浮世绘用作宣传的工具。歌川广重在浮世绘中，曾描述过大丸吴服店（现在的大丸百货）的情景。[1]

那时，浮世绘不仅是旅行杂志，同时也是商店的广告。前面提到的画商山本丰津先生也说过："美人画和役者绘也相当于当时的时尚杂志。"

---

[1]　nippon.com，2013 年 11 月 22 日发布。

江户时代，老百姓越来越富庶，开始穿起绢材质的和服。那该如何穿才会显得美观，什么样的花纹更漂亮呢？这个时候，美人画和役者绘就成了他们参考的资料。因此，浮世绘又被称为是传播流行信息的媒介。

浮世绘还用于教育和信息的传播。孩子们上学的寺子屋，会通过浮世绘上描绘的鸟和画，来教他们记忆名字和汉字。《北斋漫画》是北斋为弟子书写的创作指导手册。歌川国芳的《武士猜谜本》是双六 [1]，歌川广重的《即兴冲泡茶碗台》是影绘 [2]，无论是大人还是孩子都能乐在其中。

在演剧界，以《曾根崎心中》为人所熟知的剧作家近松左卫门往往会将当下发生的事情作为歌舞伎演出的题材。在没有报纸的年代，浮世绘画家经常会以歌舞伎演员的死亡、自然灾害、犯罪案件等社会事件作为绘画的主题。吉原的花魁也因为出现在浮世绘上，受到了极大的欢迎。

也就是说，浮世绘完全是实用之物。即使是被称为"锦绘"的多色版画，虽然拥有细腻的笔触和大胆的构图，但也不是纯粹追求"美"的本质的艺术。

在江户时代，日本还没有"艺术"和"美术"这样的概念。明治维新之后，人们在从欧洲传入的语言和概念的基

---

[1] 起源于埃及或印度，奈良时代以前由中国传入日本的一种室内游戏。——译者注

[2] 用剪纸或手做成物体的形状，通过灯光将其影子照在窗户或银幕上。——译者注

础上，才创造出了这些"新词"。因此，茶具、隔扇绘、柜橱、刀具的护手、坠饰以及浮世绘，首要目的都是实用。被称为"名人"的职人制作的就成了"名物"，是非常贵重的物品。而且，因为它们本就是实用的物品，所以价格也必须在一般人都能承受的范围之内。

然而，正如序章和本章中所介绍的，这些物品一来到欧美，价值一下子就不同了。

对欧美人来说，茶具、陶器、刀具护手、坠饰和浮世绘，并不是实用的物品，而是"纯粹的艺术"。正因如此，北斋与达·芬奇、米开朗基罗、德拉克洛瓦等一起屹立在了同一个舞台上。

这个价值转换的过程是自然发生的吗？这是否意味着，日本的美术作品成了西方收藏主义的收藏对象？

就此，我开始查找各种资料以及实地走访。在这个过程中，有一个人进入了我的视线。这个人既是一位画商，也是一位策划人，他的工作就是将日本的画家介绍给整个世界。他向当时的政府首脑建言："西欧列强正将美术作为国家战略的一环，日本也……"他认为日本有必要成为那些发达国家的盟友。他的思想可以称得上是极具启蒙意义的。

如果没有这个人，就不可能出现盛极一时的日本主义，也不会出现当下的北斋热潮。虽然如此，这个做出如此非凡努力的男人，却始终未得到过客观的评价。

　　为什么会出现这样的情况？他为什么得不到应有的评价呢？

　　怀揣着这个疑问，我踏上了去往巴黎的路途，探寻他一生的足迹。

第二章

将北斋介绍给世界的林忠正

坐镇奥赛美术馆的面具

去往印象派的圣地

我来到了位于塞纳河左岸的奥赛美术馆。

1986 年奥赛美术馆刚开放之时，展出的多为第一次世界大战之前的 19 世纪的美术作品。现在它继承了旧印象派美术馆（现国立网球场现代美术馆）的藏品，作为"印象派美术馆"为世人所熟知，每年都吸引着许多来自世界各地的观光客。

巴黎时值七月，我从地铁站出来，一股热浪扑面而来。顶着酷暑，我朝着拥有圆形顶棚、曾是长途汽车站的建筑走去。一路上，浮现在我脑海中的不是莫奈，不是塞尚，也不是梵高，而是一位日本人。

据说在奥赛美术馆，有一位日本画商的雕像，是他串联起了北斋、莫奈和梵高。告诉我这个信息的是在这次旅途中相遇的荷兰朋友，他是一家 IT 企业的经理。

在这次行程中，我首先参观了大英博物馆举办的"北斋展：超越巨浪"，并采访了日本馆馆长蒂姆·克拉克先生。接着坐飞机来到荷兰的莱顿，向兼任国立民族学博物馆和西博尔德住宅（SieboldHuis）的策展人丹·科克先生说起了北斋。

出乎意料的是，从两人的口中我不约而同地都听到了这样的话："在19世纪末的日本主义中，最为重要的人是画商林忠正，是他串联起了印象派和浮世绘。"那时的我，连林忠正是谁都不知道，所以完全没有想到，在这次欧洲之行期间，竟会邂逅一位与日本主义紧密相关的人物。虽说如此，能从欧洲两位专攻日本美术研究的馆长口中先后听到这个名字，可见至少美术界对林忠正非常重视。

林忠正究竟是谁？为什么说是他串联起了北斋和印象派的画家们？他做了什么？回国之后，我必须得从最简单的资料开始了解他。

而且，在与朋友仓促的重逢中，从他那儿听到了"奥赛美术馆有一位日本人的雕像"。在我的直觉中，这个人就是林忠正。

我怀着激动的心情，来到了19世纪末"日本主义"的重镇巴黎，接着马不停蹄地赶往奥赛美术馆。

为什么北斋会成为世界的北斋？

在世界范围内，北斋的《神奈川冲浪里》是与《蒙娜丽莎》齐名的。在大英博物馆内收藏着长野县小布施町祭屋

台的天井绘（肉笔画）《男浪图》和《女浪图》，被认为是
《神奈川冲浪里》的改良版。为什么北斋能够在世界范围内
获得如此高的人气呢？

　　我这次围绕北斋的旅程，主要就是怀揣着这个疑问展
开的。

　　19 世纪中叶，从日本带到巴黎的浮世绘深受印象派画
家的喜爱，其中的技法和主题都成为他们模仿和学习的典
范。以此为开端的被称为"日本主义"的美术潮流，让普通
的美术爱好者也参与了进来，同时成为北斋受人欢迎的源流
之一。在此过程中，还有这样一个故事：

　　　1856 年，法国设计师兼版画家费利克斯·布拉克蒙在
　　刷版师兼版画出版商奥古斯特·德拉特（Auguste Delatre）
　　的家里，看到了作为物品包装纸和缓冲材料从日本运来的
　　《北斋漫画》。他将这些作品介绍给了爱德华·马奈、埃
　　德加·德加、詹姆斯·麦克尼尔·惠斯勒以及他们身边的
　　人，因此掀起了一场日本热。[1]

　　其后，在 1862 年的伦敦世博会、1867 年的巴黎世博会
上，日本美术"掀起了一场巨大的风暴"[2]，影响至包括德国
和比利时在内的整个欧洲。

---

[1]　摘自《是中国风，还是日本主义》，东田雅博著。
[2]　同上。

　　然而，由于是作为陶器的包装纸被发现的，浮世绘要传播到整个欧洲还需要一定的供给量。总是皱巴巴的包装纸，肯定无法满足收藏者的要求。而且浮世绘是版画，质量会随着刷版次数的增加而变化。如果有了一定的人气，就必须采购大量能够满足收藏者要求的高质量的作品，否则就无法掀起大范围的追捧。那西方人是如何从遥远的东方将浮世绘带到欧洲的呢？

　　这样想来，明治开国前后的巴黎为了确保日本美术品的质量和数量能够满足欧洲美术界，就必须在一定程度上确立引进制度。毫无疑问，一定有人在中间推动。

　　但是，画家们是否有购买浮世绘的财力呢？这点我还是抱有疑问的。当时马奈、莫奈、惠斯勒等新锐的画家刚开始在巴黎举办群展，"印象派"这个称呼出现还是在其后的1874年。那种丰富的光线和色彩引起了整个美术界的批判，所以他们的画作也卖不了多少钱。印象派画家有能力购买浮世绘，还要等到19世纪90年代印象派在美国受到欢迎的时候。尤其是梵高，他一生仅卖出一张画，然而却收藏有五百幅浮世绘。不仅《唐吉老爹》的背景上就出现了很多浮世绘，而且梵高还留下了模仿英泉和广重的画作。

　　在大英博物馆的北斋展中，出现了梵高和弟弟提奥之间的对话。梵高看到《神奈川冲浪里》后感叹道："我相信谁看了都会觉得，海浪的利爪仿佛抓住了小船。"

　　他还说："我的所有作品，都是日本美术的延展。"

那么，该如何将浮世绘卖给像梵高这样在生前不被大众认可的画家们呢？这中间一定有人以低价收购了大量的浮世绘。不然的话，没有财力的印象派画家以及同时代的艾米里·加莱、卡米耶·克洛代尔等雕刻家、工艺家，便无法创作出模仿北斋等浮世绘画家的作品。

究竟是否存在着处在日本主义核心的人呢？如果存在的话，他是日本人，还是法国人？这个谜底或许只有去往奥赛美术馆才能水落石出。我穿过密集的人群，快步走上通往美术馆的石阶。

印象派的功臣

那天，我请在索邦大学上学的日裔法国人吉莱亚由理小姐担当我的翻译。到了美术馆，她向前台的工作人员咨询："这个美术馆内展出的物品中有日本的雕像吗？"可是工作人员却干脆地回复："没有。"

"不会的。"我提出了质疑，"一位在日本主义时期的日本人，他串联起了浮世绘和印象派。在美术馆内一定会有与他相关的陈列物品。"

没过多久，一位工作人员忽然笑着说道："啊，对了，那个人在五十七号室。"

我们急急忙忙地乘坐电梯赶到那个馆，果然在那儿。但并不是雕像，而是一个棕色的复古面具。此刻，它被静静地放在玻璃柜中。左边是法国的文豪巴尔扎克，右边是《昆虫记》的作者、著名的博物学家法布尔，再往里是近代雕刻之父罗丹的面具。

那个蓄满胡子的男子正是"林忠正"。在美术馆安静的环境中，我感到了一丝威严。

"而且这个面具背后还有一段故事呢。"亚由理小姐对我说道，"在面具的一旁标有'感谢奥塞博物馆之友的捐赠，1990'的字样，原来是美术馆的友好协会从一位叫保罗·艾伯特·巴托洛梅[1]的作家那儿购得了忠正的面具，然后捐赠给了美术馆。这难道不正说明忠正对印象派的发展具有一定的贡献吗？"

林忠正是明治开国之后活跃在巴黎的画商。但是他的事迹，甚至连他的名字我都是这次来到欧洲之后才知道的。我已经多次到访巴黎，但却是第一次听说这个名字。我惊讶之余，很快发了邮件给几位在巴黎的朋友，问他们是否听过忠正的名字。结果无论是在巴黎住了三年的官员夫妇，还是在迪奥工作的朋友、学习法国文学的留学生，都对林忠正一无所知。

他究竟是何方神圣？他是如何影响美术界的？为何在法

---

[1] 保罗·艾伯特·巴托洛梅（Paul Albert Bartholomé，1848—1928），法国雕塑家，起初想当一名画家，曾担任印象派画家德加的助手。此处可能原文有误，他是雕塑家和画家，并不是作家。——译者注

国评价很高的他，却并不被日本人所熟知？这个把北斋带到世界舞台的人，围绕在他身上的疑问令我久久伫立不忍离去。

忠正的面具

从欧洲回国后，我就通过网络查阅了不少与林忠正相关的资料，重点查找了大宅壮一文库和国立国会图书馆。不一会儿，我就知道了忠正的孙媳妇是一位作家，写了好几册关于忠正的著作。我决定见一见这位女士。如果是亲人的话，那应该收藏了不少关于他的资料和遗物，或许还可以听到代代相传的轶事。这位女士出生于 1929 年，现在已将近九十岁，不知道她的健康状况如何。我通过出版社的编辑给她寄了一封信，很快就收到了回信。信上写着："如果有帮得上忙的地方，欢迎你来我的住处。"

从东横线的反町站下来，步入住宅区，我来到一处西式住宅门前，门牌上写着"木木康子"。这便是我此行的目的地。我思忖，莫不是将"林"字拆分成了"木木"，将此作为自己的笔名。木木女士把我领到用石砖打造的客厅。客厅中摆放着三角钢琴和一整套布艺沙发，墙上装饰着用木框裱好的绘画和摄影作品，书架上有好几册厚厚的法文摄影集。

吸引我目光的是挂在墙壁中央的贵妇肖像画。木木女士在《林忠正》一书中写道，这幅肖像画是印象派蓬勃发展时期巴黎社交界最具人气的肖像画家保罗·埃勒（Paul César Helleu）所作的《格雷菲勒伯爵夫人》。画中的妇人是诗人罗贝尔·德·孟德斯鸠（Comte de Montesquiou）的表妹，也是出现在普鲁斯特《追忆似水年华》中的拥有倾城美貌的盖尔芒特公爵夫人的原型。整个屋子的陈设透露着复古感，仿佛法国巴黎 20 世纪初的香气弥散在空气中。

我被眼前的光景所吸引，环顾四周，终于看到了那个在奥赛美术馆看到的忠正的铜面具。

这是忠正真实地生活在这个世上的痕迹。与忠正的面具再次相遇的时候，我重新认识到了这一点。

关于忠正的回忆

例如，关于陈列在奥赛美术馆与木木女士家里的忠正的铜面具，奥赛美术馆的官方主页是这样描述的：

《林忠正的面具》，林忠正（1853—1906），是最早在法国推广日本文化的大使之一。他于 1878 年到达巴黎，以日本馆负责人若井健三郎的翻译身份开始工作。1883 年，他开设了名为"日本主义"的店铺，风靡于众多爱好者间，由此开始活跃于艺术界及文学界。《林忠正的面具》的创作者巴托洛梅与林忠正的相遇，大约是在德加的沙龙上。被他那富有异国情调的脸庞吸引的雕塑家，从 1892 年开始创作忠正的肖像画。巴托洛梅从象征日本雕塑的能面中获得了灵感。这一铜雕作品发表于 1894 年的国立美术学会沙龙。那泛红的青铜色令人印象深刻。德加自己则保留了这一面具的石膏复制品。

我对他进行研究后了解到，以巴黎为舞台的林忠正那令人诧异的举动以及其对美术界的贡献，还有他于 1905 年回国后的寂寞晚年。

西乡隆盛自缢、西南战争结束后的次年，也就是 1878 年，在大学南校（当年改名为开成学校，最后定为东京大学）学习法语的忠正时年二十四岁，被贸易公司"起立工商会社"聘为翻译兼销售。这家公司是首次参加在巴黎召开的世博会的日本公司。忠正于 1 月 29 日从横滨港出发，前往巴黎。

在世博会期间，早已沉浸在日本主义热潮中的印象派画家及艺术评论家们，为寻求"日本知识"，接连数日前往博览会的日本展示区。木木女士在高冈市立美术馆于 1996 年举办的名为"林忠正的目光"的展览官方宣传册上，这样写道：

面对他们众多的疑问与质疑，积极回答且富有教养的青年"林"，给大家留下了深刻印象，而忠正与他们的结交正是从那时候开始的。

为期半年的世博会结束后，忠正没有回国，定居在巴黎。自此时至 1905 年回国间的二十七年的时间里，忠正作为艺术品商人大显身手。在 1900 年召开的巴黎世博会上，原本该由官员承担的日本馆负责人一职却由没有公职的林忠正承担。而且他因表现出色还受到了表彰，被法国政府授予了"三等荣誉国家勋章"。

他才是日本主义的推动人之一！如果没有他，印象派画家、手工艺术品家、雕塑家才不会蜂拥而至模仿北斋和浮世绘的风格。

据说，忠正曾有过这样的梦想 —— 把自己收藏的大量的西方绘画带回日本，在定居法国期间购买的东京木挽町（现中央区银座六町目）约一千三百坪（约四千二百九十平方米）的土地上，建造起西洋美术馆。忠正说的这片土地，现在是新桥歌舞剧场。如果他的梦想实现了，这又将是何其气派的美术馆。

不承想，病来如山倒，忠正于回国后的第二年，也就是 1906 年 4 月 10 日离世了，年仅五十三岁。由于忠正过早离世，"某个误会"至今未解。

在说起忠正一生的时候，我提到的木木女士，是一位让人看不出已八十有余的精神矍铄的女性。她的亡夫忠康是忠正的嫡孙。在 1976 年的《苍龙系谱》中曾记载，木木女士获得了被誉为女性芥川奖的"田村俊子奖"。阐述将近一个世纪的史实的木木女士记忆十分清晰，至今仍然在结合资料，撰写着关于忠正一生的轨迹。在她脑海里存在的忠正，正如"美好时代"[1]一般，意气风发，熠熠生辉。然而在其家中，对这一荣光的记录却几乎毫无留存。她沉重地说道："祖父忠正在明治三十八年回国时，带了莫奈、马奈、高更等画家的六百多幅作品。那时他想在日本建一座西洋美术馆。但是我们的父辈处理掉了相当多数量的画作，所以现在我家里已经没有多少当年祖父从法国带来的作品了。"

木木女士面朝墙壁上的作品，向我讲述起来："也许你会觉得奇怪，为什么正中间挂着一幅这样不起眼的画？那是泰奥多尔·卢梭（Théodore Rousseau）的铅笔画《森》。婆婆曾教导我们一定要珍惜这幅作品。"

后来我调查得知，泰奥多尔·卢梭是印象派之前的"巴比松派"的代表画家。与柯罗、米勒一同住在巴黎南部距离市区六十公里的巴比松村里，可以说是法国绘画史上首位正式画风景画的画家。

木木女士接着说道："似乎当时忠正通过物物交换的形式，将浮世绘送给了还没有出名的印象派画家们。他也多次拜访了住在吉维尼小镇的莫奈。如果不是这样，贫穷的画家们是不会有那么多浮世绘的。"

忠正通过物物交换的方式将北斋等人的浮世绘，送给还没有被世人认可的印象派、巴比松派的画家们。那些换来的

---

[1] 原文为 Belle Époque，从普法战争结束到第一次世界大战爆发前巴黎上层社会的"歌舞升平年代"（1871—1914），也是文艺大繁荣时期。——编者注

画中，毫无疑问饱含着艺术品商人忠正的收藏精神。在忠正
逝世后，遗孀里子抚养着两个儿子和一个女儿。然而没有收
入，若想要维持忠正生前的生活水平，经济上自然是如穿了
孔的水桶一般。大正[1]末期，里子夫人就变卖了土地。再加
上时运不济。昭和[2]初期，两个儿子事业失败。1930年，长
子忠雄早逝。在大正年间至昭和初期，里子夫人将许多珍贵
的藏品以今天来看过于低廉的价格卖给了美国等国家的收藏
家们。家中只剩下几件残余的画作。说起这些，木木女士脸
上不免带上了遗憾的神情。

国贼

"到了大正昭和时期，浮世绘的价值已经升至需要从欧
洲反进口至日本，忠正就开始被人说成是'将浮世绘流失
到国外的国贼'。甚至在千禧年后，仍然还有人在我面前说
'那种国贼'。把在日本花几分钱就能买到的浮世绘高价卖
到欧洲，进而大赚一笔的商人行为，使得日本从事艺术相关
工作的人从心底里无法原谅忠正。"

之后我调查发现，忠正开始收集浮世绘是从1890年至
1900年，他确实将十五万六千四百八十七幅浮世绘和大约

---

[1]　日本大正天皇使用的年号，1912年—1926年。——编者注

[2]　日本裕仁天皇使用的年号，1926年—1989年。——编者注

一万册的绘本带到巴黎出售。[1]

　　每每有忠正回国进货的消息，古董商手中的浮世绘价格就会上涨，原本三四十钱的歌麿与清长的作品会涨到三四日元。即使涨到这样的价格，忠正也会一并购入。

　　并非徒有数字，木木女士给我看的 1964 年东京奥运会时期的报纸上，有如下表述：

　　　　"举办浮世绘风俗名画展，五十七名画家的三百幅代表作，及流失国外的百余幅名画回归。"在九十七个国家地区参与的东京奥运会隆重召开之际，日本经济新闻社与日本浮世绘协会共同举办的"浮世绘风俗名画展"在东京白木屋举办。[2]

报纸上还有如下的记载：

　　　　现在价值数百万日元的歌麿与写乐的名作，那时候几乎无人关注。以在巴黎的林、若井某等为代表的部分日本人，以几近免费的价格有组织地收购数以万计的浮世绘，并将它们送到海外。

　　若井即为若井兼三郎，是忠正在起立工商会社工作时

---

[1]　《浮世绘的出口》，涩井清著，《三田文学》，1939 年 2 月号。

[2]　《日经新闻》，1964 年 10 月 13 日号。

的上司。从那时起二人就开始合作，成立了"若井·林商会"。在一流报纸的整版报道里，只字未提二人的全名，而是写了"某"，可见对二人的评价之低。

后来，我拜访了正在举办"北斋与日本主义展"的国立西洋美术馆馆长马渊明子，她也说："忠正的故乡富山县高冈市立美术馆的馆长定塚武敏曾在 1972 年出版了《画商林忠正》，在 1981 年出版了《越洋浮世绘》。在这之后，木木女士写了数本与忠正相关的书籍，对他进行了重新评价。在此之前，忠正在日本国内，尤其是在日本画相关人员及研究者看来，是让浮世绘流失国外的罪人。那时，在日本，'日本主义'尚未被重视，浮世绘与印象派画家之间的交流也还不为人所知。直到 1988 年，奥赛美术馆与国立西洋美术馆举办了'日本主义展'，我才对日本主义有了重新认识。"

日本主义的变迁

1988 年，奥赛美术馆与国立西洋美术馆举办了"日本主义展"。在此之前，即使是当时的国立西洋美术馆策展人马渊女士都表示，说日本的浮世绘对印象派等西方美术史产生影响，总有些自卖自夸、良心不安的感觉，所以一直没有公开说过。然而，1983 年因为准备"日本主义展"她去了法国，见到了当地的研究人员，却被呵斥了一番。马渊女士回想起当时的经历，回忆道："'好好看看 19 世纪末之前和之后的西洋画，风格发生了明显的变化。你觉得为什么会有这样的变化？是变得更有日本风格了吧？'他就这样发表了一通长篇大论来说服我。"

现在已经是日本主义学会会长的马渊女士，竟然也经历过这样的事。

顺便一提，现在被认为是日本主义研究先锋的是，昭和二十二年撰写了《北斋与德加》的美术评论家，小林太市郎。

1901 年，小林出生于京都西阵织商家庭。20 世纪 20 年代时，他在法国索邦大学学习了三年，留下了关于日本与西方各个时代的艺术及其之间的影响关系等先驱性的研究。日本主义也是其研究的内容之一。

但即使是在"二战"后，西方艺术研究者也并没有完全接受日本主义。即使现在研究印象派诞生的著作中，也有研究者不用"日本主义"这一表述，而是用"日本的影响"。如果继续将日本主义解释为"对日本艺术的憧憬"，而没有认识到它是"西方收藏主义"的表现之一，那么这个现象就会一直持续下去。这是将艺术的主流不自觉地置于西方体系中，正是西方中心论史观的表现。这种观点若反推到爱国者的国粹主义上，自然会不自觉地批判起忠正。

此后马渊女士与木木女士为了重新评价忠正，在 20 世纪 90 年代中后期，曾考虑在日本与巴黎两地举办名为"忠

正藏品"的艺术展,幸运的是得到了报社协助。于是二人向
江户东京博物馆提出了这个计划。然而,当时的馆长却声
称:"怎么可能举办那种卖国贼的艺术展。"

在与巴黎的吉美博物馆沟通的时候,负责人坚定地说
"请务必举办",而江户东京博物馆馆长却给出了"绝对不
行"的回复。馆长认定以忠正为主题的展览肯定不会有人来
看,所以这个计划没有实现。

正是在这样的背景下,虽然艺术界有人知道林忠正,但
普通人却鲜少有人知道他。

北斋的成名早于忠正去往巴黎

木木女士继续说道:"1884 年,忠正作为艺术商最初在
巴黎开店的时候,还没怎么涉及浮世绘,主要是做古代艺术
品的买卖。在 1883 年之前,只有北斋的浮世绘作品得以来
到欧洲。此后,法国艺术商及评论家访问日本,在横滨开店
的时候,发现了早期的铃木春信及歌麿等人的浮世绘作品。
也就是说,并不是忠正在巴黎掀起了浮世绘热潮,而是忠正
在日本主义最盛行的时候出现在了巴黎,并按照大家的需
求,大量购入了浮世绘。"

2017 年秋,来日本出席"北斋与日本主义展"的巴黎
奥赛美术馆荣誉艺术策展人热纳维耶芙·拉康布尔女士也说

过类似的话："日本主义在巴黎兴起应该是在 1872 年左右，由一位叫比尔蒂的艺术评论家将这个词传播开来。在忠正来巴黎之前，日本主义热潮就已经兴起，并不是他点燃了这把火。"

拉康布尔女士正是那位在 20 世纪 80 年代中期，对现在已经是国立西洋美术馆馆长的马渊女士滔滔不绝地讨论"日本主义"的法国研究者。她是卢浮宫美术馆为了培养策展人而设立的卢浮宫美术馆大学的毕业生，是法国日本主义研究的第一人。虽然已年逾七十，但一提起日本主义，便能将美术史的重要史实及相关年份信息娓娓道来，足见其知识之渊博。

据她所说，西方最开始将目光投向日本艺术上是在 19 世纪 20 年代。也就是，在闭关锁国的日本，西方人发挥了自己擅长的收藏主义（收集癖）。

拉康布尔女士继续说道："长崎出岛的荷兰商馆里的人将所有东西都作为文化资料带了回去。"其中，有一位有名的医生，名叫西博尔德。参观荷兰莱顿的"西博尔德住宅"，就能看见各式各样的藏品——动物和植物的标本、陶器、生活工具、绘画、和服、展示人体的木制人体结构等——陈列于此。

1823 年来到日本的西博尔德因为对日本过于深入地了解，于 1829 年被驱逐出境。回国后，从 1832 年开始发行刊物《日本》，其中刊登了从《北斋漫画》第五、六、七篇中截取的大约四十幅插画。荷兰人见过北斋吗？西博尔德见过北斋吗？

　　来到出岛的荷兰商馆馆长享有每四年参拜江户将军的义务与权利。其中有一人知道《北斋漫画》的作者北斋。据说1822年，荷兰商馆经由出岛的御用画师川原庆贺（1786—1860年以后）介绍，向北斋订购了绘画作品。并在1826年交给了商馆馆长。那一年，这些画中的三十六幅作品被带到了荷兰。西博尔德的藏品中也有北斋的作品，从这一点可以看出，他应该也见过北斋。1843年，西博尔德从日本带回的书籍由巴黎的国立图书馆管理在案。

　　之前讲到的版画家布拉克蒙在1856年发现了《北斋漫画》，但其实早在这之前，日本的艺术以及北斋的作品就已经通过长崎的出岛运到荷兰的方式，传到了欧洲。

北斋的登场

　　不久以后的1854年，美日、英日签署了友好条约。日本和法国则于1858年签署了《安政五国条约》，结束了闭关锁国政策。从此之后的大约十年间，有一个日本人的名字经常出现在西方的书籍中。国立西洋美术馆的马渊明子女士在该美术馆举办的"北斋与日本主义展"的公开图册上，撰写了一篇名为《日本主义中的北斋现象》的文章。

　　这是一位以"Ou-Kou-Say""Oksai""Hoffksai"署名的画家，从这些读音可以推测出他就是葛饰北斋。其实早在这之前，他的绘画作品，尤其是《北斋漫画》中的几幅画，已经未署名地刊登在了西方的旅行杂记等刊物上。那些刊物为了再现日本的风俗与场景使用了北斋的作品。这些作品在19世纪60年代初期被大量反复使用，即使是同一家出版社的刊物也会用同样的图。

　　根据马渊女士所说，这些旅行杂记的作者用了大量北斋的画，但对他的名字却只字未提。

　　那么是谁最先提到北斋的名字的呢？

　　"（虽然是个比较难的问题）现在来看，这个人应该是前拉斐尔派的画家丹蒂·加布里埃尔·罗塞蒂（Dante Gabriel Rossetti）的弟弟，也就是艺术评论家威廉·迈克尔·罗塞蒂（William Michael Rossetti）。"据说他在日记里写，1865年5月24日在巴黎买了两册北斋的画。

　　那么，谁又是最早对北斋做出评价的评论家呢？拉康布尔说到了一个名字，即艺术评论家菲利普·比尔蒂。他在1866年发行的《产业艺术的杰作》中记述："著名的《北斋漫画》二十八卷作品（中略），优美可比华托，力量可比杜米埃，幻想可比戈雅，动态可比德拉克洛瓦。"

　　他拿北斋与创立洛可可艺术的华托和浪漫主义的德拉克洛瓦相比，可谓是极高的赞誉。

此后，虽有不少浮世绘和其他艺术品一同漂洋过海，但北斋的评价得以巩固，是在 1882 年。

在艺术期刊《美术报》（*Gazette des beaux-arts*）中，收藏日本艺术品的研究者泰奥多尔·迪雷（Théodore Duret）曾这样阐述：“他是日本诞生的最为伟大的艺术家。（中略）北斋的素描如此鲜活，观察如此敏锐，坚实而正确，却又顺滑。”

其后的第二年，日本艺术爱好者路易·贡斯（Louis Gonse）也写道：“他是日本最伟大的画家之一，（中略）甚至可以比肩我们法国最著名的艺术家。（中略）他是日本的伦勃朗，是卡洛，是戈雅，也是杜米埃。”

正是在这样的时候，忠正来到了巴黎。在 1878 年的世博会中，日本馆引起了极大的关注。观众络绎不绝，门庭若市。不过，真正的日本主义，是从这之后正式开始的。下定决心来到巴黎的忠正，一跃而至舞台中央。

叛逆的"民间外交官"

生于高冈，心怀浪漫的法国情怀

　　与木木康子女士见面后，我在国内尽可能地收集了日本主义相关的书籍，而且反复前往国立西洋美术馆、大阪阿倍野海阔天空美术馆、东京都美术馆等地进行采访，还参加了日本主义学会。

　　越调查，越能从忠正的生活轨迹中捕捉到，生活在明治[1]开国年间的年轻人那热情的姿态。我被那热情所吸引，因此不满足于资料，拜访了忠正的故乡富山县高冈市。

　　1853 年 10 月 21 日，佩里抵达浦贺，前一年日本正好结束闭关锁国政策。也是在那一年，忠正作为现在富山县高冈市外科医生长崎言定的次子出生，小名志艺二。

　　当时的高冈是个繁荣的工商业城市，其中加贺、能登、越中三州的收入都超过一百万石。在江户时代，只要有二十个左右的武士长期居住，即可以由城镇的代表进行自治。因

[1]　日本睦仁天皇使用的年号，1868 年—1912 年。——编者注

此城镇充满了自由的气息，在拥有粮食产地、经济富裕的背景下，当地居民的文化水平也十分高。现在虽然属于富山县，但是人们却将富山市称作吴东，高冈市作为吴西的中心，当地人对此颇为自豪。

忠正的祖先在城市中心"一等地"拥有住宅，而且长崎家第一代当家孙兵卫在长崎学习了荷兰的外科知识，被大家叫作"长崎医生"，家中常会聚集许多患者。第五代当家康斋则去了江户，在兰学[1]者大槻玄泽、杉田玄白的儿子立卿跟前学了大约半年的医学。长崎家本姓萩原，从孙兵卫这一代开始，才改为长崎。

"远道而来。幸亏今天没有下雪。"忠正的哥哥元贞的曾孙长崎圭尔先生笑着说道。我来到冈山的那天，他还特意开车到新干线高冈站来接我。元贞是长崎家的第七代当家，圭尔先生是第十代当家。他只是听祖父和父亲讲过忠正的事。从他的笑容里，能感受到对我这个为采访先祖远道而来的人的暖意。

他首先带我去的是存放加贺藩第二代传人前田利长牌位的寺庙，也就是山门与法堂已成为国宝的瑞龙寺。

"这里是长崎家供奉祖先灵位的寺庙。现在墓地因为积雪无法进入。"

---

[1] 兰学（Rangaku，らんがく）指的是在江户时代时，经荷兰人传入日本的学术、文化、技术的总称，字面意思为荷兰学术，引申可解释为西洋学术。——编者注

我拜访当地是在 2018 年 2 月。北陆遭遇大雪，甚至有报道说，福井县的国道上车辆通行不畅，三天三夜都无法返乡。我在寺庙回廊看到的等身大小的墓碑，确实被及腰高的雪覆盖着，让人无法靠近。不过，我到达此地的第二日却放了晴，按照原计划完成了采访。大概是天上的忠正在保佑着我吧。

将只有二十家檀家 [1] 的名寺瑞龙寺作为供奉祖先灵位的寺庙，出生于高冈名门望族的忠正，在十七岁时，成为当时富山藩大参事（藩内最高行政长官）、即舅舅林太仲的养子。太仲的弟弟是矶部四郎，他明治初期前往法国留学，而后成为制定日本民法的博瓦索纳德的学生。其后，他作为法律学者、律师出任了大审院检察官、众议院议员等要职。

成长于这样的家庭氛围中的忠正，也在长崎学习了法语，接受太仲的教育。1870 年，忠正前往东京学习法语。第二年，作为之后改名为东京大学的大学南校的藩贡进生（藩选拔的留学生）入学。在当时世间的趋势已倾向于学习英语与德语之时，林家依然按照传统继续了法语学习。

然而，明治开国期间，也是萨摩藩、长州藩站在倒幕前线的"藩阀政治"的时代。对忠正这样出身于北陆的人而言，面临的是交通不便等现实的难题。

---

[1]　供养寺庙、支撑寺庙经济的援助者家族。——译者注

养父的下台

收养忠正为养子的林家，属于前田一百万石的支藩——富山前田家十万石。与富庶的高冈相比，此处没有值得一提的产业和资源，在经济上十分紧张。

林家第三代当家即忠正的养父太仲从一开始就主张藩政改革。在尊皇攘夷的热潮下，其同好急于邀功，在维新的动荡之中，将一守旧派的国家元老杀害。受此牵连，太仲遭到处罚，以"勤学"的名义，被流放长崎。

而此地对太仲而言，却是飞黄腾达的地方。当时为幕府末期，长崎不仅盛行来自西方的新知识，还云集了来自土佐、萨摩、佐贺等地的才俊，日日夜夜进行着热烈的探讨。在那个时代，在长崎，英语与荷兰语并不是主流，法语才是主流。太仲学习了法语，吸收了新时代的气息。

不久后的 1868 年，《王政复古大号令》颁布，太仲时隔四年返乡。因其才识与人脉，被提拔为贡士（代议员）、征士（官僚）。1869 年，他作为富山县小参事上京。第二年，太仲正值三十岁之际，成为藩大参事，荣登藩内最高行政长官。

正是在这个时期，太仲将忠正收为养子。十七岁的忠正改了原来的名字志艺二，并搬到富山，进入名为广德馆的藩校，开始学习儒学。同年 10 月，忠正前往东京，开始在私塾学习法语。1871 年作为富山藩贡进生，进入大学南校学习。此后这所学校更名开成学校，便是此后的东京大学，是汇集了全国精英的教育机构。

当时，学制还没有确定。有时会被责令退学，有时校名会发生变动。忠正住校期间，在法国人罗加、里普罗等老师门下学习正宗的法语。

然而故乡传来了坏消息。三十岁的大参事太仲，为了一改藩阀政治带来的落后面貌，急于推进藩政改革，罢免了四十岁以上的家臣，开始募集普通农民百姓，重新设立军队。由于这一费用将从百姓手中收取，于是招致了非难。再加上太仲对佛教进行了严格压制，信众怨声载道。1871 年，太仲面临下台。以此为由，忠正从县里获得的费用被停发，变成了贷款生，而后又作为官费生开始了苦学生活。

那时的忠正，前途渺茫不可知。虽然他是就读于东京大学的精英，但却出生于国家官僚中枢机构萨摩长州，即使想要回归故里，养父却已下台。他看不到未来的方向。正因如此，他才如此努力地向法国人学习正宗的法语。只有这样，他才可以找到左右自己未来的"免死金牌"。

那时，他从学习法语的朋友处听到了这样的消息：1876年，费城世博会结束，1878 年在巴黎举办的世博会正处于筹备时期，那时擅长法语的人自然会得到重用。

这是绝好的机会！年轻的忠正内心的激情被点燃了。

起立工商会社

在费城世界博览会之前，日本政府于 1873 年在维也纳举办的世博会上获得了极大的成功。于是决定以"向全世界介绍日本的艺术，向海外弘扬国家荣光，扩大出口，学习海外特色"为目标，继续参加世博会。不久后，农商务部的管事人给予补助金十万日元，而承办者则表示这些金额不够，申请追加三十万日元。从而成立了日本第一家贸易公司"起立工商会社"，主营传统工艺品的企划、生产、出口。从资金五十万日元左右就可以成立私立银行的角度来考虑，这着实是非一般的方式了[1]。

社长是佐贺县人松尾仪助。日本首次制作红茶，参加了 1873 年的维也纳世博会，在这之后开始开展贸易。大隈重信被称为是"构筑日美贸易基础的男人"。副社长是在维也纳世博会中担任工艺品项目大获成功的古董商若井兼三郎。他们是江户时代维系商人发展的人物，与忠正也一直长期保持着联系。这是一家由政府主导创立，由普通国民来运营、政府承担经营责任的"官立民营机构"。起立工商会社在费城世博会后，在纽约百老汇花费年租金八千美元成立了分公司，制作并大量出口在世博会上受到赞誉的东方工艺品。

---

[1] 摘自《林和三个重要人物》，濑木慎一著。

　　得知巴黎世博会信息的忠正，通过熟人得到了维也纳世博会上担任三等书记官的平山成信的介绍信，也与主营高冈特产铜器的艺术品商人圆中孙平见了面。最终，忠正被起立工商会社社长松尾仪助录用了。

　　忠正正式进入公司是在 1877 年 1 月 17 日。出发前约一个月，由于时间紧张，忠正立即向学校提交了退学申请。而这时，校长滨尾新却强烈反对忠正的决定。因为起立工商会社给他的职位只是世博会召开期间的短期雇佣，无法保证之后的前途。

　　"只要再学半年，学校就变更为东京大学，你可以作为第一届学生毕业，这样就可以在藩阀政治的中心、国家中枢部门工作了。"

　　滨尾这样劝说，但忠正没有接受他的意见。在退学的时候，忠正被要求退还从学校获得的二百余日元学费，他甚至不惜向旧藩主借了钱。与其选择毕业，不如追求梦想。

　　在小说《纵使激流也不退缩》中，作家原田舞叶女士曾这样写忠正："忠正并非只是擅长语言。若决定做便一定做到底的气概，观察事态时的冷静 —— 他是个同时拥有这种动与静的人。"还有一件事，也体现了忠正的这种性格。为期半年的世界博览会结束后，忠正和回国的前辈们告别，说想要留在巴黎。这时的忠正向起立工商会社提出了延续合同的请求，然而被拒绝了。既然如此，就只剩下一条路留在这座城市了：使用精通的法语为来到法国的日本官员担任翻译。同行的前辈苦口婆心地劝说忠正，而他却十分顽固，没有听从。忠正在日记里写道："以一己之力务工经营，身贱业微，予仍欲为独立公民。"

梦想中的巴黎

在那个时代，巴黎在经济产业与文化两方面都独占世界鳌头。工人革命爆发，拿破仑三世登上巴黎的舞台。1867年成功举办世界博览会后，为了摆脱1871年普法战争战败的影响，向世界宣扬文化软实力，法国接着在1878年策划了巴黎世博会。那届世博会的强烈魅力使忠正为之倾倒。

起立工商会社集合了包括美国、法国销售部门在内的二十九个工作人员以及莳绘师、涂师、铸工、下金、贝细工、烧物、指物师[1]、大工[2]、小间物[3]师、画家等二十八位手艺人。忠正是"法国销售店"六人中的一员。因为大学时期主攻化学，对美术完全是门外汉，忠正毛遂自荐的理由是"本人可以进行高水平的翻译"。由于长期向法国人学习正宗的发音与语法，唯独语言能力，年轻的忠正尚有自信，也

---

[1]　不使用一根钉子，仅靠木材的榫头接合制作的家具或工艺品，在日本被称为"指物"。制作指物的人，被称为"指物师"。——编者注

[2]　中世时代以后，人们将原来负责建筑的工匠木匠们称为"大工"。——编者注

[3]　妇女用的小杂货。——编者注

是唯一的优势了。在这个青年热血而毫无谋略地行动之前，老天爷吹起了一股"热潮"。当然，在出发去往巴黎之前的忠正，并不知道这个情况。

那时的巴黎街头，正被一股热潮围绕。忠正如果去得早一些或者晚一些，他的人生都会发生巨大的变化。

那就是日本主义。1867 年，日本艺术品在此前的巴黎世界博览会上被介绍，此后，日本艺术成了收藏的对象，尤其是新兴资产阶级的收藏对象。陶器、瓷器、挂物、根雕以及浮世绘等，日本手工艺人精湛的手艺使法国艺术品爱好者为之折服。正如此前所言，年轻的印象派画家和艺术评论家在工作室及咖啡馆的角落里热烈地探讨着浮世绘，尤其是"Hokusai"的名字，常常伴随着"高超的技巧、大胆的主题"等评论。

有一个年轻人对此毫不知情，却毅然决然地投身于这股热潮中。无可比拟的野心、胆量，在法日本人仅仅二十名左右的时代，拔尖的语言水平，还有异于常人的好奇心、上进心……忠正凭借这些，成了在风靡巴黎等欧美各国大城市的日本主义热潮中最为独特的存在。

全球贸易商人

忠正的足迹

2017 年 11 月初，七叶树开始染上金黄色的时节，我再次拜访了巴黎，其中一个计划是追寻 19 世纪 80 年代时在这个城市为"青春的梦想"而活的男子——林忠正的轨迹。根据采访和资料可知，忠正是一个独立、有才能和勇敢的男人。在日本开国不过十几年后，他便赶往法国，在巴黎开展贸易近三十年，称其为日本第一个从事国际贸易的人也不为过。而且，不单单是在贸易上有力争上游的志向，他还认识到了当时为三等国的日本与日本人需要外来的启蒙思想这一事实。我对他的做法感到憧憬且钦佩，所以想要再次去异国走一遍他的足迹。

例如，从 1900 年开始的两年里，在文部省的命令下，在伦敦居住了两年的夏目漱石患上了神经衰弱，并写下这样的文字：

> 住在伦敦的两年是尤其不愉快的两年。我在英国绅士之

间，犹如生活在狼群中的一只丧家犬，过着悲惨的生活。[1]

在日本，流传着"漱石因为思乡变得不正常"的谣言。同时期，在巴黎的日本人中，"只有忠正一人是普通百姓出身"，木木女士说道。在人生地不熟的异国，收入又不稳定，忠正难道没有沦落为"丧家之犬"吗？

那么，忠正过着怎样的生活呢？

木木女士的著作《林忠正》中，如是写道：1878 年 11 月，忠正被起立工商会社解雇，当时住在泰布大道（Rue Taitbout）四十三巷的公寓里。在这之后两年多里，他作为翻译接待来欧洲考察翻译的日本官员，虽然辛苦，但也有一定的收入。

不久后的 1881 年，由于销量不佳，起立工商会社的若井再次邀请忠正进入公司。忠正开始通过自己擅长的法语，专注于重振公司。他的努力得到了认可，1882 年被三井物产聘任。在一年多的工作中，他致力销售世博会上剩余的艺术品，在 1883 年年末从该公司辞职。

终于在 1884 年，忠正在希特·德维尔 7 号拥有了自己的第一家店，生意步入正轨。1886 年 1 月，店面搬迁至维多利亚大道 65 号。

为了感受当时生活在这座城市的忠正的想法，我想去这三个地方转一转。1878 年，最初来到巴黎时，二十多岁的忠

---

[1]　摘自《文学论——序》。

正的梦想是"在梦想中的巴黎做出一番事业"。从乡下到了东京，在年轻的精英层中出现了一条"东大毕业即当官"的捷径，忠正不愿走这样的道路，一开始便定下了创业的目标。

这条路充满艰辛。我首先拜访了这条路的起点——"希特·德维尔7号"。

"希特就是指没有出口的狭小巷子。"担任我的翻译和助手的是在巴黎住了六年的姑娘，她这样说道。2011年，她追随诗人波德莱尔来到巴黎大学留学，毕业后便留在了巴黎，梦想成为一名作家。对她而言，这个奇妙的地名也是第一次听说。

"找到了，找到了，确实小路弯曲，是个死胡同。"

第二天，我按照她告诉我的信息，靠着地图，去了市内的十区。

作为起点的阿拉伯人街区

那是距离巴黎北站往南一些的巴黎十区——阿拉伯人街区。近处土耳其烤肉店和营业到深夜的杂货店等十分醒目。在巴黎算是少有的胡同小路，略有些阴暗。现在的巴黎北站位于"不建议游客靠近"的区域，虽然不在阿拉伯人街区，但也属于治安不良、租金便宜的区域。

在这之前忠正居住的"泰布大道"的边上是九区商业街

区。忠正在能够独当一面的时候，选择了租金便宜的十区，住在一个位于死胡同角落里的公寓中。来到巴黎第七年的忠正，用自己的存款开始了作为艺术品交易商的第一步。

一开始，他早上从进口商人手中买下商品，下午则转卖给客人，仅是这种程度的生意。然而，在这偏僻狭窄的公寓里，忠正在 1878 年世博会上结识的印象派画家和日本文化爱好者（艺术评论家以及日本艺术爱好者）却连日造访，不分昼夜地倾听他讲述关于日本艺术的种种。为了能向他们介绍更多的知识，忠正不断学习，将从其他地方获得的知识化为己有，一步一步靠近艺术品专家。正所谓教学相长——需求乃成功之母。

忠正在与他们进一步交流的过程中，生意也渐渐有了起色。1878 年世博会、起立工商会社、三井物产时期的顾客下的订单不断增多，他的商业版图逐步扩大。

1884 年 7 月忠正开业的同时，起立工商会社时期的上司若井兼三郎也辞了工作，成了独立的艺术品交易商。若井向忠正提出了共同经营的想法，便是"若井林商会"的原型。二人联手，确立了"若井在日本采购商品，忠正在巴黎销售"这一商业模式。

一年半后的 1886 年 1 月，林忠正搬到了位于九区的维多利亚大道 65 号大厦。那是位于巴黎圣拉扎尔站附近的维多利亚大道沿路的街区。忠正住宅所处的奥斯曼大道，是以 19 世纪中期对巴黎进行大改造的奥斯曼男爵为名的大道之一，林立着代表巴黎的"老佛爷"百货商场等著名商业体。

　　另一方向的维多利亚大道沿途的大厦里是入口坐着前台小姐和迎宾员的 IT 公司、商业学校、证券信托银行类的金融公司。进了门牌号为 65/67 的大厦里一看，里面有室内庭院，大厅正中间展示着气派的物品（艺术品）。这是一片与"希特·德维尔"明显不同的气派商业区，道路宽阔，没有烟蒂，连坐在路边的人都没有。

　　作为艺术品交易商的第三年，忠正在这里开了店。虽然当时只有一层（对日本来说是二层），不久后便扩大了。1891 年，忠正包下了二层到五层的区域，打造成了形如美术馆的店铺。

　　此时，忠正成为艺术品交易商大约有七年，来到巴黎已经十四年了。按照日本的说法，就是实现了从乡村到银座或丸之内的办公区的转身，其精彩程度堪比书上的成功人士故事。在 1890 年之前，他们主要经营的还是陶瓷器、根雕等美术工艺品。而在建成美术馆一般的店铺之时，在日本大量订购的浮世绘到达了巴黎。忠正为了满足交往密切的日本爱好者们的需求，开始做起浮世绘的买卖。

浮世绘价格在巴黎水涨船高

　　那么，那时的巴黎浮世绘以什么样的价格在交易呢？

　　有一个细节是，1886 年梵高曾给弟弟提奥寄了一封信，在信中提及"现在的版画，一张三分入手"。

　　当时，二十分等于一法郎。一法郎大约等于一日元的三分之一，四十钱。明治时期也会因为时代标准不同，日元的价值有所差异，不过以当时的米价为参照，明治初期的一日元约等于现在的一万日元。也就是说当时巴黎的一幅浮世绘的价格约等于现在的四百五十日元。这样来看，梵高拥有五百张浮世绘的事实也能说得通了。但说到底，这笔钱也是提奥资助他的吧。

　　不过，梵高却因为价格太高而买不起忠正的浮世绘。我没有找到资料显示二人曾见过面，但是梵高经常在一家由德裔法国艺术品交易商萨穆尔·西格弗里德·宾经营、销售廉价浮世绘的店购买浮世绘。

　　关于忠正店里销售的浮世绘价格资料则留有记录。在梵高书信出现的七年后，忠正与当时的日本文化爱好者 ——巴黎珠宝商亨利·韦维尔（Henri Vever）的交易记录保存了下来：

　　　此前购买的数张写乐的浮世绘与破损严重有好几个大洞的浮世绘 —— 好像是八十法郎每箱里面的东西。就是最开始不想要，不过最后还是加上的那些，还请帮我发货。

1893 年 9 月 11 日

亨利·韦维尔 [1]

---

[1] 摘自《林忠正书简·资料集》。

即使是破损相当严重，每箱浮世绘也需要八十法郎，约等于二十四万日元。同时，该书信内还写着，韦维尔购买了七千法郎的量。换算成现在的价格，大约是两千一百万日元。

1890 年，最早使用"日本主义"的作家菲利普·比尔蒂去世，翌年举行了遗作拍卖会。拍卖会上，喜多川歌麿的《取鲍》最终成交价为一千零五十法郎，震惊了当时的收藏界。[1] 换算成现在的价格，则是三百多万日元。在那个时代，浮世绘的价格也日益上涨。

增值三千五百倍的《富岳三十六景》

这个时期，日本国内的浮世绘价格如何呢？

"生活在明治大正时期，曾活跃在古籍业的十二位元老与两位浮世绘界的万事通的回忆录"——一本名为《纸鱼昔话》的书出版了。书中，本乡区（现在的文京区）元町二丁目南阳堂第一代店主楠林安三郎关于北斋的《富岳三十六景》，写了这样一段话：

> （《富岳三十六景》）本来是牛込区大杂院里的人的，
> 然后以四十钱的价格卖给了废品回收铺。废品回收铺将画

---

[1] 摘自《林忠正与日本近代》，木木康子著。

以一日元的价格卖给了区里的大回收商（废品回收的批发商），十分满足地回家了。在这之后，（不知道是谁）又有人和批发商的父亲商谈，用三日元的价格买走了。（中略）（想要这画的服装店长森川氏）又花了一晚上的时间好说歹说终于说动，以十倍的价格，即三十日元买了以后，送到了我这里。

关于年份，文中是这样写的："应该是日俄战争后的明治三十九年秋"，那应是 1906 年发生的事。那时正好忠正离开巴黎，刚刚回到日本。《富岳三十六景》之后的事也十分有趣。

根据楠林的判断，那幅作品是第一版，品相也还不错。而森川则说："一百五十日元帮我代卖了吧。"代卖的意思就是，一百日元买进的东西以两百日元的价格卖出，利润为一百日元，然后将这利润平分（一人五十日元）。

楠林答应了这事，"这肯定价值一千五百日元，若是低于这个价格就不卖"。于是拿到了业界人士聚集的"青柳珍书会"上拍卖，相继有人出价六百五十日元、七百八十日元、一千日元。而楠林却连连说，"这个价格没法卖""再出价吧""一千五百日元以上，缺一分也不卖""这种价格不行""既然如此，我就带回去了"，于是带回了家。这一情况在业内瞬间被传开，第二天古董艺术品商源源不断地涌进了楠林的家。"楠林，我再加一百二十日元，就给我吧。""不、不可以。一千五百日元，少一分都不卖。""之后，又有三五个人来，最高出到了一千三百二十日元，但是我还是坚持只能一千五百日元出。"楠林说。后来又来了一个锦绘铺子的人。

"其实美国那边拜托我很久了，可以让给我吗？"那个人开价一千四百日元，接着说道，"我请你喝酒啊"。被这句话打动，楠林服软，卖给了他。楠林写道："售价一千四百日元中，我扣除了进价一百五十日元，将利润一千二百五十日元对半分，六百二十五日元给了森川。"这样，故事迎来了圆满结局。

根据资料，明治三十年左右，小学教师和警察第一笔工资为八九日元。也就是说一日元约等于现在的两万日元。这样看来，《富岳三十六景》按照一千四百日元（现在的两千八百万日元）的价格卖掉，对比最初大杂院主人的价格，确实是增值了三千五百倍。按现在的价值来说，楠林和森川分别获得了一千两百五十万日元的利润。

20 世纪狂热的美国

19 世纪末欧洲掀起的日本主义热潮，20 世纪在美国也风靡一时，在大财阀的收藏理念推动下，越发狂热。艺术评论家濑木慎一在《大收藏家》里写道：

被欧洲的日本审美时尚刺激，美国在 1876 年的费城独立百年庆典后，开始在全美推广日本文化。

有一人被这个热潮触发，这就是被誉为最大的境外日本艺术收藏家，即查尔斯·朗·弗里尔（Charles Lang Freer）。他于 1892 年开始购买浮世绘，1895 年至 1911 年前后五次访日，在日本网罗古董艺术品。现在均收藏在华盛顿的弗里尔美术馆里。

弗里尔在 1917 年，以六万六千一百日元的价格收购了《三十六歌仙二枚折屏风》，以四万日元的价格收购了雪舟的《真山水屏风》。大正初年的货币价格是现在的一千倍，末期则为五百七十。暂时取中间值八百倍换算，六万六千一百日元为现在五千二百八十八万日元，四万日元为现在的三千二百万日元。

纽约大都会艺术博物馆收藏的由尾形乾山创作的《溪流花木图屏风》（六曲一双），据说是 1915 年从大阪古董商山中商会处购入的。室町时代，分别折成六折的屏风左右放置，构成一对，其后这种"六曲一双"的形式就固定了下来。若完全拉直，单独一幅的宽度约三米，两幅的长度则是六米。由于其尺寸过于庞大，左右分开出售的情况不在少数。大都会艺术博物馆这时通过巴黎拍卖，以五万法郎的价格购买了左边那一幅。[1]

---

[1] 摘自《山中之家》，朽木由里子著。

　　而右边那一幅又有怎么样的故事呢？大都会艺术博物馆远东艺术部第一代研究员 S. C. 博斯·赖茨（S. C. Bosch Reitz）认为："林忠正通过东京的光琳茶室购得乾山的屏风，然后运到了欧洲。屏风的其中一幅，被亨利·奥斯本·哈夫迈耶（Henry Osborne Havemeyer）收购，另一幅则收藏在本馆。"

　　哈夫迈耶是企业家，同时也是收藏家，十分有名气。1895 年到 1904 年，他曾五次前往巴黎。在这期间，向忠正购买了这幅作品，即下文中的《春（右）》。关于价格，朽木是这样记载的：

　　　　（哈夫迈耶）从林手中购买的《春（右）》想必是非
　　常便宜。比起这价格，（左边的）五万法郎简直贵得难以
　　想象。

　　大正时期的一法郎等于现在的六百至一千五百日元。五万法郎大约是现在的三千万至七千五百万日元。不论是哪个数字，原本在巴黎价值数百万日元的艺术品，一到美国便飙升至数千万日元。这么看来，正如朽木所说，忠正还是以较为合适的价格卖给了美国人。

价值的质变

19世纪末到20世纪初，从日本流失到国外的浮世绘、肉笔画、屏风和工艺品等从欧洲流转到了美国，不断刷新天文数字般的价格记录。

从事艺术品买卖的忠正在1900年时，以十五万日元的价格在东京木挽町购置了一千三百坪的土地以及第一代文部大臣森有礼建造的洋馆。按照现在的货币价格来换算，则大约是一亿两千万日元！在二十二年前，忠正还只是如同临时工一般去了巴黎，从这一点来说，也可以称得上"暴发户"了。被称作"国贼"的主要理由，大概也是出于对这巨大利益的嫉妒吧。忠正就是明治时期的堀江贵文、村上世彰[1]。

从经济角度来看，"低价买进，高价卖出"被称为"套利"。大量低价购入原产地的大米及蔬菜，再运往城市，加一些附加价值，在超市和便利店高价卖出，这就是做生意，理所当然。但是仅从这个范畴的交易来说，价格是无法涨至三千五百倍的。我们必须看到，忠正的生意里，还有别的影响因素。

这就是"价值的质变"。

浮世绘、屏风、陶器、根雕、刀的剑格，这些东西在日本是日常使用的生活用品。而让被誉为"名人"的手工艺人去制作，就成了"名物"，价值就增加了。但是它们说到底

---

[1]　堀江贵文和村上世彰都是日本著名的投资家。——译者注

也只是实用的物品，即使是价值增加了，也是有限的。北斋也是如此。《富岳三十六景》是当时江户町民盛行旅游热时，出版社推出的"旅行导览手册"，所以有这书的普通百姓才会在不需要的时候，以四十钱转让。

然而，这画漂洋过海到了欧洲人手里以后，对他们来说，富士山不具有旅行的意义。这并不是旅游导览手册，而成了将未曾见过的"波涛"作为主题的"纯粹艺术"。实用价值变成了交换价值。北斋就成了与达·芬奇、米开朗基罗同等的存在。

由此，价值实现了质的转变，所以价格实现了天文数字般的飞跃。

例如，哥伦布横跨大西洋，实现了胡椒和咖啡的价值的"质的转变"。对当地人而言，只是随处生长的植物的种子，漂洋过海到了欧洲以后，却因为其防腐效果显著，被当成了珍宝。土豆、玉米、番茄、南瓜这些自然而然被摆上餐桌的蔬菜也是一样的。

忠正只是恰巧居住在那个时期的巴黎，看到这些艺术品的价值，于是通过在日本与欧洲之间来来回回，买卖书画，赚取了丰厚的利润。即使不是忠正，任何这个时期在巴黎的人，谁都有可能这么做——这想来是毫无疑问的。其实忠正不仅仅是身在巴黎，在艺术品实现质变的时代里，他留下了对日本艺术而言，不可或缺且起死回生般的不朽功绩。大正到昭和初期的艺术相关人士，看漏了这一点，把忠正定位为"国贼"。让人感到遗憾的是，美术界至今仍受此影响，对忠正存在偏见。

19 世纪末，日本与欧洲正处于艺术品实现质变的时代，忠正并没有一味赚钱，而是完成了一件只有他才能做到的事。正因为这点，日本艺术才完全实现了正确的质变过程。我们不可以撇开这一点讨论林忠正，因为这是身处于那个时代的林忠正价值的体现。

艺术界的传道士

日本艺术的背景

　　"忠正的业绩之所以突出，我想是因为他将日本艺术的背景（文脉）准确地传达给了西方。"画商山本丰津先生说道。

　　"西方人就如对待古埃及与古伊斯兰文明一般，按照天生的收藏喜好及感觉搜罗日本的艺术品。不过，他们对其历史完全不清楚，好坏难辨，只搜罗合乎自己口味的东西。而这时，忠正出现了，首先他会为客人进行一遍筛选。经其严格筛选后的浮世绘上会印上'林忠正'的印章，以区别真伪，将价值正当化。因为当时的西方人，还没有日本艺术品的任何相关背景知识。"

　　忠正采用的方法是，首先打造了一间犹如美术馆一般的店铺，在那里构建起日本艺术品的展示台。然后又建了单独的房间，针对一部分顾客，将作为商品的艺术品单独展示。也就是说，他放弃了让顾客挑选艺术品的做法，而是由他主动干预顾客的抉择。"先请看看这个""再请看看这一件""在这里，有这样的日本艺术史的传承"。忠正就是这样介绍着日本美术的历史和作品诞生的故事，以及作家的历史和师承关系，并将专门甄选的艺术品呈现在顾客面前。

在忠正的介绍下，在巴黎学习法律的黑田清辉的才能被拉斐尔·科林发掘，并被收为徒弟。拉斐尔将其培养成"近代绘画的巨匠"。拉斐尔曾在 1913 年于纽约出版的《林忠正旧藏品销售目录》（高冈市美术馆《林忠正之眼展》官方图鉴收录）中这样写道：

> 林以其典雅的姿态，将我们带入了一个完全陌生、充满惊喜的世界。他在维多利亚大道上的公寓里，充满了不可思议的作品。每次拜访那里，都会有新的发现，新的喜悦。他将朝鲜和日本的高雅陶瓷器展示给我们的瞬间，那细致而优雅的模样，我用语言难以描述。（中略）能看到这种作品，是一种发现，是精神和视觉的盛宴，是极为难得的欣喜，以及宝贵的学习机会。

拉斐尔·科林，这位培养了黑田清辉和此后成为西洋画画家的久米桂一郎、冈田三郎助、田英的画家，沉迷于忠正所展现的世界之中。忠正不仅为拉斐尔·科林，还为其他到店的日本文化爱好者和收藏家严格筛选作品，邀请他们在单独的隔间里欣赏艺术品。为无数次造访的客人，每次都选择不同的展品，甚至对先后顺序都十分下功夫。卢浮宫博物馆的艺术研究员雷蒙·克什兰（Raymond Koechlin）曾这样写道：

（在顶楼五层）他收藏了许多法国绘画藏品。作品基本都没有挂在墙上。如果是有哪个特别的朋友要来看作品，他就会从某个隐蔽的角落里拿过来。他不会把所有作品一并展示，而是从隐蔽的地方一幅一幅地拿出来，每一次都让客人震惊。[1]

之所以能做到这样，是因为他从 1878 年世博会时开始，对西方人不断讲述日本艺术的历史和其魅力，每每讲述，都是学习，每次被提问时，又对知识的理解更深一些，如此积累。正因为如此，每次客人来到忠正的店里，才会感到"未知的震惊"。沉浸在忠正的世界里，就意味着成为"被选中的客人"。科林正是其中之一，他对忠正的艺术知识赞不绝口。

因萨穆尔·西格弗里德·宾的提议开始的"日本的晚餐"（Dinner Japan），每次都会汇集住在巴黎的日本艺术爱好者。作家埃德蒙·德·龚古尔、画家詹姆斯·惠斯勒、安利·鲁南、吉罗、收藏家雷蒙·克什兰等，都是精致的日本艺术的狂热爱好者。林是彻头彻尾的艺术爱好者，有决心，又热情，让我们见识了很多精彩的作品。

即使在宴会上，忠正也反反复复地向他们介绍日本艺术的知识，作为开辟者与引导者走在这条道路上，孜孜不倦地在西方艺术界传播着日本艺术的渊源。

---

[1] 《林忠正的法国绘画收藏》，雷蒙·克什兰著，摘自《林忠正旧藏品销售目录》一章。

身为传道士的素养

成为艺术品交易商后的忠正，可以称作是"日本美术的传道士"。其行为，比起商人，更像是美术史家。

1881 年，过了为期两年的翻译生活，回到了经营不善的起立工商会社，重新回归艺术界，帮助艺术评论家路易·贡斯撰写了专著《日本美术》（*L'Art Japonais*）。作为回礼，忠正收到了保罗·勒努阿尔（Paul Renouard）的作品。这成了忠正西方艺术收藏的起点。路易·贡斯对忠正的工作评价是，"拥有可以理解古文的素养，能够提供准确翻译的有良心的日本人（中略），我十分荣幸，在住在巴黎的日本人林忠正的家中，找到了我一直在寻找的知识和涵养"。[1]

1882 年，负责若井兼三郎未完成的日本美术备忘录《扶桑画谱》的翻译。

1883 年，协助若井与路易·贡斯举办"日本美术回顾展"。

1884 年，负责欧洲各地美术馆的日本美术品整理及鉴定。在英国、法国、比利时走动。

1886 年，执笔《巴黎插画》杂志（有插画的大众杂志）的日本特辑。在封面上使用了溪斋英泉的《花魁图》。看到这幅画的梵高，进行了描摹（画面左右位置相反）。[2]

---

[1] 摘自《维系日本主义和文明开化的林忠正》，定塚武敏著。

[2] 《林忠正》，木木康子著，摘自《卷尾年表》。

　　这篇文章，是日本人第一次用自己的笔触向西欧介绍日本。

　时任日本女子大学教授的马渊明子（现任国立西洋美术馆馆长）写道。

　　想来忠正是看到法国人断章取义地发表错误连篇的日本相关论述，所以才接受撰写的工作。（中略）四处维护日本的名誉，略带美化地重复阐释着日本文化。[1]

　杂志里面有《国土与气候》《大名的封建制与法》《切腹》《日本人的性格》《宗教》《教育》《住宅》《服装》《食物》《结婚》《戏剧与表演》《日本的艺术》这些类别，在书末还附加了 E.鲁诺编撰的《日本的谚语》，比如有"好事要急办""傻人无药医""老婆和席子还是新的好"等。这一期不同寻常地卖掉了两万五千份。忠正给住在日本的弟弟长崎千里寄去的杂志封面上写着"两万五千份售罄"的字样。

　1889 年，5 月至 11 月召开的巴黎世博会上，林忠正担任审查官。

　同年，全面协助龚古尔执笔《歌麿》。

　19 世纪 90 年代后，忠正也延续着这些活动，利用各

---

[1]　翻译自林忠正著《日本》，曾刊载于《巴黎插画》1886 年 5 号、《日本女子大学大学院人间社会研究科纪要》第 16 号。

种各样的机会，从各个角度不断为西方人展示"日本艺术的背景"。1894 年开始，忠正全面协助龚古尔执笔《北斋》（1896 年发行）。在日本，三年前的 1893 年，饭岛虚心所著的《葛饰北斋传》出版了。这是忠正的日本合作伙伴小林文七发行的。也就是说，这时的忠正，在日本与法国两地，都支持着北斋相关的自传出版。又或者在那个时代，他就希望"全世界同步发行"吗？

正如我在后文所述，这里也可以看出忠正作为艺术倡导人的"野心"。

"林忠正"印

为了能够简单易懂地传达艺术品的品质，忠正想到了一个令人诧异的点子。

木木女士在《林忠正与日本近代》一书中这样写道：

根据（妻子）里子所说，这一年（1889 年）起，（忠正）开始钻研浮世绘和剑格。"林""若井"的印也是从这时候开始，由里子印上的。因此，印上了"林"印的浮世绘，代表了 1889 年以后受到他认可的作品。

在艺术品浮世绘的左下方或者右下方印上一个红色的小

印。从某种意义上来说，这是对作品的亵渎。而对于这一点，前文提到的山本丰津却并不这么认为。

"从验讫章的角度来说，有惯例，过去中国的乾隆皇帝在自己收集的作品上都按上了皇帝印。凡是有这个皇帝印的，现在的价格都是数百倍。清朝这样一个庞大的帝国里，乾隆皇帝的权威就是如此惊人。"

忠正知道乾隆皇帝的这个行为吗？这印章是他为了1878年世博会出国时使用而制作的。当时忠正对艺术还完全不懂，印章也是出于其他目的而制作，当时在日记等一些地方也用过。

忠正在拥有自己店铺的三年后，也就是1887年，决定停止和若井的合作。同时，时隔十年回到日本，和二十岁的里子相亲。1889年为了结婚，再次回国，在京桥区尾张町2-8（现在的银座六丁目一带）建立了"林商社"的东京总部。这时的忠正正在考虑，娶一位女性取代若井管理日本的总公司，所以"不可以是富裕家庭的小姐，需有工作经验为佳"。所以他选择了在1883年鹿鸣馆建成前负责接待外国人的"红叶馆"的女招待里子。介绍人是琳派的收藏家、鳗鱼店"竹叶庭"的主人别府金七。里子长年接待外国人，而且其人脉中也有艺术品相关人士。忠正正是看中了这些生意上的好处，而选择跟里子结婚。

里子回忆，"林忠正的印是家里的通用印章，只要进了我家的东西就全部会印上，店里的东西也会印上"。而若井的印则是"因为也不能驳了若井先生的面子，所以也印上去了"。[1]

　　不过，在忠正要卖出的珍贵的艺术品上盖印确实是艺术外行人——年轻的妻子里子想出来的方案吗？"是我提出的。"这样的陈述是在忠正逝世后里子的自我润色也未可知。不过不管怎么说，因为这个印的存在，在巴黎忠正经手的浮世绘的价格上升了，这一点毋庸置疑。既然已经是日本艺术的介绍人了，其印自然是具公信力的。

　　了解到这个事实以后，我不论去哪个美术馆，每次看到浮世绘，找这个印都成了一件趣事。在吉维尼的莫奈的家里，二楼的小房间里挂着的北斋的《朝颜蛙》，上面印着清晰的忠正的朱印。歌麿的《蝴蝶飞舞》、胜川春章的作品上也有忠正的印。"若井"的印，则在铃木春信、北斋《飞在空中的鹰》、广重、写乐《四代岩井半四郎》等作品上出现。另外，在东京国立博物馆、纽约大都会艺术博物馆、波士顿美术馆、罗马和平祭坛博物馆、东京国立西洋美术馆、大阪阿倍野海阔天空美术馆、大英博物馆等地方，也遇到了这个印章。

　　居住巴黎期间，忠正十年内经手约十六万张浮世绘，通过藏家的手，传遍了世界各地。忠正则保证了这些是真品，保证了其价值。

　　这也是忠正作为日本艺术的传道士，发挥的重要作用。

---

[1]　摘自《林忠正未亡人古坛》，玉井晴朗著，《浮世绘界》第 12 号。

春画的价值

忠正讲述的日本艺术文脉，也涉及春画。其实可以看到，那个时代的日本主义热潮中，浮世绘大受欢迎的其中一个主要原因，正是春画。雕塑家罗丹拥有大量的春画，还十分愉悦地拿给女模特看。在日本传播民法的学者布瓦索纳德回国时，带了大量春画，据说被家人慌慌张张地扔掉了。

在那个时代的巴黎，男性若要邀请女性，会用"我有浮世绘，你要来看吗"这样的话术。浮世绘据说被称为求爱的标志。描绘男女露骨的姿态以及夸张的性器官的春画，对西方人来说十分新鲜。正如字面意思那般，这种具有私密性质的画，在男性中受到了欢迎。

江户时代的日本人，由于全国推广男女混浴的公众澡堂，人们对异性的赤裸身体十分宽容。对于"哪些地方是羞耻的"认识，深植于这个民族的固有文化之中。例如，西方人在上床之前都穿着鞋子，在外人面前光脚会觉得羞耻。而对日本人来说，赤足并不羞耻，凉鞋、木屐都是露脚的。而对女性的"后颈"，以及膝盖内侧的弯曲部位，即"膝窝"部位，人们则会比较在意。

认识到这种文化差异的忠正，对西方人详细解释了春画存在的理由。作家埃德蒙·德·龚古尔在忠正的帮助之下，在其作品中详细叙述了江户时代的风俗、节日庆典、花柳巷子里的习惯，以及风俗业女子的生存状态。忠正在向西方人说明吉原等地方的风俗业女子时，采取了怎样的态度呢？定塚武敏在《画商林忠正》一书中是这样记录的：

> 林忠正先生介绍十返舍一九的《吉原节日庆典》之时，并非指责日本文化的不道德，而是在备忘录里提出了下面这种不同的观点。佛教和儒教将道德观念带到了日本，若有可以净化人们的心灵、消除肮脏的作用，日本的道德观念就是世界五大洲中最不肮脏的了。

忠正对法国人的"将那种荡妇和下等卑贱的卖身妓女等同于日本高尚的青楼女子"的认识表示拒绝，他强调浮世绘中描绘的吉原花魁们，属于江户文化的一部分，并非只是卖身女郎。其结果便是，龚古尔对歌麿的秘戏画进行了详细的描写，但让人感受不到丝毫的下流气息，而是挖掘了其高超的艺术价值。

> 事实上，从日本国的带有色情味的绘画中，可以通过狂怒般的性交的热度，感受到超绝的描写力下的极端美艳的压迫感，是值得研究的绘画。（中略）这是"阴茎"的素描，那轮廓强而有力，是可以比肩卢浮宫美术馆里米开朗琪罗的作品中的"手"一般的绘画艺术。

即使是在现代日本，春画也不免被当作禁忌，因此，将其比作米开朗琪罗的"手"，多少有些令人惶恐。不过从龚古尔的言论在这个时代流传这一点来看，不难想象，忠正是否身在巴黎，将会影响龚古尔对日本艺术的理解。是看成肤浅下流的民族呢？还是理解为将生命的迸发与跳动感质朴地表现出来的民族呢？其中也有这位传道士的功劳。

传道士的胜利

1900 年的巴黎世博会上忠正向欧洲介绍日本艺术迎来了高潮，当时他被提拔为日本馆负责专员，在夏乐宫建造了"日本古代艺术馆"，成功展示了八百件作品。在这之前，在各国举行的世博会上，日本馆的展品大抵都受到了好评，但其展示技术和方式，与其说是稚嫩，不如说"更像夜市上杂乱无章的销售"。[1] 而展示在世博会举办一个月后才开始的情况也时有发生，看上去就跟非文明国家没两样。卖剩下的艺术品会在世博会后"叫卖"，虽然卖家仍能赚到钱，但价值却极大地降低了。

那时的负责专员相当于农商务副长官，属于名誉职称。而忠正却自己上阵指挥，开始管理让国外感到不悦的展销商的无规划的商业行为。同时，得到了政府一百三十一万日元（约等于现在的二百六十二亿日元）的补助，另外筹备成

---

[1]　摘自《林忠正与日本近代》，木木康子著。

立博览会展品协会。为了展现"并非只有浮世绘才是日本的艺术"，他在日本古代艺术馆将 7 世纪到 19 世纪的国宝级艺术品、历代天皇的物品等进行展示，里面有一百六十四幅画作、二十五件木雕艺术品、一百六十三件金属雕刻品、一百三十件莳绘作品、二百七十三件陶瓷器作品、三十六件古代服装织物等共计约八百件展品。

在请求展出皇家艺术品时，忠正还谒见了明治天皇，当天皇问到"若艺术品丢失了该怎么办"时，他回答："我已经做了与宝物共存亡的准备。"[1] 林忠正还联系了三家保险公司，为展品投了巨额保险。[2]

这次展览大获成功。在开馆前进行视察的法国外相阿诺特在 1900 年 4 月 8 日的《小吉伦德报》（*Petit Gironde*）上写道：

> 我建议大家务必前往日本古代艺术馆。这个馆里面陈列着日本距今一千年前 —— 欧洲还几乎处在原始时代 —— 的独特的艺术，其力量是如此优秀，定会让参观者感动。（中略）欧洲是最早将文明带给日本的地方 —— 这种自大的想法绝对是不合适的。

此外，忠正还为了本次博览会，编撰了介绍包括圣武天

---

[1] 摘自《林忠正》，木木康子著。

[2] 摘自《1900 年的林忠正——伟大的牵头人》，金原宏行著。

皇到丰臣、足利、德川时代在内的艺术史的精装皮面《帝国美术词典》，并亲自翻译成法语，印刷出版了一千份，分发给了欧洲的艺术家及艺术相关人士。

忠正在这次世博会之前，通过驻法国大使曾祢荒助向日本政府提交了《意见书》。里面写着"世博会是国家之间的竞争，是比较一个国家文明程度的和平战争"。

忠正赢了这场和平的战争。靠着大约十年里忠正在艺术界的努力，西方对日本艺术才有了正确的认识。然而这之后，忠正离开巴黎，不久溘然长逝，日本因为中日甲午战争及日俄战争，成为欧美国家的"眼中钉"，一切都分崩离析了。

启蒙日本

忠正发挥的另一个作用是，由于在巴黎时目睹了西方大国的艺术战略，他得以反复客观地审视日本，并对日本进行"启蒙"。围绕着这个观点有许多分歧意见，在日本国内也不时有争论。

1892 年 11 月，忠正在日本的合作伙伴，即在浅草驹形町开了一家名为"蓬枢阁"的古董艺术店的小林文七，在日本举办了首次浮世绘展。忠正对此全力支持。

会场在上野三桥松源楼，参展作品有肉笔画一百十九幅、浮世绘版画三十三幅、古代锦绘集挂件一幅，合计一百五十三幅作品。参展商除了忠正，还有益田钝翁、若井兼三郎、别府金七。

忠正在其目录序文中写道：

> 在法国，浮世绘是何其被尊重，浮世绘的艺术价值是何其高啊。

忠正列举了著名的收藏家的名字，并进行说明：

> 现在（日本人）若对浮世绘的崇高的艺术价值尚未觉醒，数年内，浮世绘就会从日本流失殆尽。

这是给日本艺术界敲响了警钟。

当时，后来成为浮世绘爱好者的欧内斯特·费诺罗萨（Ernest Fenollosa）甚至也说过，"浮世绘是恶俗而淫荡的纸""北斋是街上画广告的人"。

对此，木木在《林忠正与日本近代》中写道：

> 若是林在这两三年前就开始经手浮世绘，那么在直面浮世绘正在（从日本）流失的现实后，他才会发出这样发自肺腑的警告，同时也对大名鼎鼎的巴黎国立美术学校将浮世绘视为艺术品这一事实感到震惊。

　　文七举办浮世绘展的两年前的 1890 年，萨穆尔·西格弗里德·宾在巴黎国立美术学校（法国美术学院）举办了"浮世绘展"，引起了巨大反响。从此，浮世绘被公认为艺术。与这一展览相呼应，忠正在一年前的 1889 年回到了日本，与里子结婚，在东京京桥区尾张町开设了"东京总店"，从第二年 1 月开始，便留在东京，为往巴黎输送浮世绘做准备。

艺术的定义

　　1878 年到 1890 年居住于日本、在东大教授哲学的美国人欧内斯特·费诺罗萨对日本艺术也十分关注，并对日本人趋于西方化的现象，提出了"保护古董艺术即振兴传统艺术"的意见。1887 年成立的东京美术学校（现在的东京艺术大学）里，绘画方面只有日本画学科，如此劣势之下，西方艺术界的西洋画家们在 1889 年成立了明治美术会。忠正一开始便以赞助会员的身份参加了此协会。在 1890 年 5 月的月例会上，他以《看懂外山博士的演说》为题，发表了两个小时的演讲。在此一个月前的例会上，外山针对原田直次郎画的天使站在龙上的作品进行了严厉批评，"画了连见都没有见过的天使"，认为"日本绘画的未来，主题的选择是一个课题"。对此，忠正表示"确实，画家们都苦恼于画什么主题，但是相比起来，画家更苦于表现手法的技巧"，主张学习技巧才是最重要的。他希望可以认可既有的日本艺术的价值，保护与继承传统艺术，同时提出"未来的日本艺术是通过西方艺术传达日本思想的媒介"的想法。在这个阶段，印象派的绘画还没有进入日本，唯独忠正一人看到莫奈、德加他们的创作活动，所以对日本画家们技法的不成熟感到着急。

另外，忠正还阐述道："必须明确美术的定义。"在日本，"美术"这个词语原本是在1873年维也纳世博会召开时，将德语书写的展览项目翻译成日语时的译词。而从那之后的十几年，其定义仍然暧昧模糊。忠正对其定义是这样表述的：美术是对物有所感悟、心有所想，美术是情感洋溢而后外发，美术是将感动诉诸形迹，美术是将感动进行描摹从而将感动传递给他人，美术是将无形的思想转化成有形的技术，美术是才华的产物，美术是性理学 [1] 式的概念，是与心理学相反的产物。

这是忠正第一次用日语阐述西方艺术的概念。同时，他在明治美术会，展示了自己藏品中的卢梭、米勒、柯洛等巴尔比宗派的风景画。自然，这也是在日本的首次公开展示。

1897年，在日本驻法大使曾祢荒助的推荐下，忠正向当时在巴黎的有栖川宫、第三次内阁成立前的伊藤博文，以及连任第二、第三次伊藤内阁文部大臣的西园寺公望等人提交了《对即将召开的1900年法国巴黎世博会参展的意见》，主张"日本应用与国内展览会相同的态度对待世博会，从而

---

[1] 中国宋代至明代兴盛的一种儒学学说，又称道学、理学、程朱学等。因其把万物存在的基本原理的"理"和人的本质的"性"作为主要问题，故称为性理学。——编者注

扩大交易规模。而且需要从科学技术、艺术、经济等更全面的宏观视角去审视。现在的日本虽然作为中日战争的胜利国为人所知，但更需要从文化层面上，去告知世界日本是一个优秀而和平的国家"。

这个主张被伊藤博文等人高度评价，所以忠正作为普通国民，被破格提拔为 1900 年世博会的负责专员。与伊藤成为终身好友，忠正也被叫作"私设领事"。伊藤晚年的时候，在忠正第一个女儿出生之时，赠送了"文"字，取名为"文子"。

年轻艺术家的培养

1885 年，为了学习法律来到巴黎的黑田清辉的美术才能被忠正发现，忠正于是劝说黑田向画家道路发展，并向他介绍了画家拉斐尔·科林。第二年，黑田在给父亲的信中写道：

> 山本（芳翠）、藤（雅三）、林等先生感叹日本艺术不及西方艺术，极力劝我学习绘画。[1]

1896 年，此前绘画专业只有日本画科的东京美术学校

---

[1] 摘自《维系日本主义和文明开化的林忠正》，定塚武敏著。

（现东京艺术大学）开设了西洋画科，黑田成了最早的指导讲师。在巴黎培养年轻画家，奠定日本的西洋画的基础，这也是忠正的工作。

在法国，忠正也支持着"尚未受到关注"的印象派等画家。1891 年，毕沙罗拜访忠正的店，用浮世绘版画和毕沙罗的作品进行了物物交换。拉斐尔·科林、贝尔特·莫里索、克劳德·莫奈、德加等与忠正也进行了物物交换。1903 年，忠正向卡米耶·克洛代尔提供了三百法郎，作为其作品《波》雕刻费用的一部分。卢浮宫艺术研究员雷蒙·克什兰曾写道：

> 即使是没有钱的时候，也还有可以满足他们兴趣的其他方法。我们采用了朋友之间进行交换的方法。在和克劳德·莫奈卖剩下的画作交换时，他给我们看了从林手中获得的极品浮世绘和陶瓷器。德加也是用同样的方法得到了好几幅画作，现在几乎是需要膜拜的师宣[1] 的画作，就是通过几幅宝贵的素描换取的。[2]

---

[1] 菱川师宣（1618—1694），江户时代的浮世绘画家，有"浮世绘之祖"之称。——编者注

[2] 摘自《林忠正：日本主义与文化交流》与《林忠正的西方美术收藏与贝尔特·莫里索》，马渊明子著。

忠正与梵高、北斋之谜

为什么只有梵高？

不过，有一件不可思议的事。

同一时期，在巴黎呼吸同一片空气的林和梵高之间却没有交往。不仅没有交往，甚至连一丝交往的痕迹也没有。忠正将巴黎的店铺关闭时的《买卖目录》里，过世后外甥长崎周藏编撰的《林忠正收集西洋画图录》里，虽然有在法国南部阿尔勒与梵高拥有共同工作室的高更的作品，却没有梵高的作品。林忠正在莫奈、马奈、德加、西斯莱等大受欢迎之前，便和他们有了密切交往，为了支持其创作活动，还以浮世绘进行物物交换。既然这样，忠正对生前极为贫穷的梵高伸以援助之手也并非稀奇。

翻看两人的履历，唯一一次交集是 1886 年 2 月到 1888 年 2 月的这两年里。当时梵高在弟弟提奥的应允下，住在巴黎。在画廊工作的提奥和忠正是同行，店也很近。按理说应该会和提奥有所接触。

不过，我去了 2017 年年末举办的东京都美术馆的展览

"梵高展 —— 梦回日本"，在大量展示的梵高收藏的浮世绘中并没有发现"忠正印"。我感到很奇怪，于是给该展览馆的艺术研究员写了信。

　　—— 梵高据说收藏了五百幅浮世绘，其中没有印有林忠正印的？

对此，梵高美术馆研究院尼肯·贝克先生回复说：

　　荷兰阿姆斯特丹的梵高艺术馆里，梵高收藏的浮世绘里也没有林印。文森特和提奥的浮世绘几乎都是从萨穆尔·西格弗里德·宾先生手中购得。而林商会的浮世绘价格过高，所以无缘购得吧！

擦肩而过

在梵高住在巴黎的 1886 年至 1888 年间，忠正过着十分忙碌的日子。第一年的 1 月，在维多利亚大道上的新店开业。4 月，去了伦敦。5 月，向《巴黎插画》杂志投稿。6 月，从美国去中国。在中国进购工艺品，回程去了趟日本。第二年的 5 月，从美国回到巴黎。同月月底去了日本，和里子相亲，并决定和若井取消合作。11 月回到巴黎。木木康子也说："那两年忠正几乎不在巴黎，也没有见到梵高，所以才无法给予支持吧。"

不过，即使是生前与梵高没有交集，在梵高死后，应该也可以买得到梵高的作品。

梵高在 1890 年用猎枪自杀（也有其他说法），生前只卖出了一幅作品。死后，弟弟提奥在 1890 年 9 月 22 日到 24 日，在自己的公寓里举办了梵高的回顾展。在 1891 年 2 月举办的布鲁塞尔的"二十人展"中展示了八幅油画和七幅素描遗作。在 3 月巴黎的"独立艺术家协会展"上展出了十幅油画。1893 年，评论家公开发表了梵高的一部分书信。1894 年，高更也发表了自己关于梵高的回忆。他写道：

确实，不管怎么想，文森特都已经不正常了。

在这期间，在法国，梵高那另类的画风和传奇性被广泛传开，梵高开始不断受到赞誉。同时，在梵高去世第十年的 1900 年，他的作品开始畅销，《向日葵》价值一千一百法郎。1913 年时，《静物》以三万五千二百法郎的价格出售。

可以确定的是，1905 年春天前一直住在巴黎的忠正即使没有见过梵高本人，至少是见过他作品的。梵高过世之前，忠正曾担任巴黎世博会的负责专员，异常繁忙。但是在其过世后，他理应对梵高的评价有所耳闻。为何忠正没有收集梵高的作品呢？忠正想要"在日本建造西洋美术馆"，将喜欢的作品收藏起来带回日本，而其中为何没有梵高的作品？以忠正的审美，竟然没有看出梵高的才能吗？

是谁将招牌给了他？

不过，我在 2017 年年末参观东京都美术馆"梵高展——梦回日本"的时候，获得了一条相关线索。展览会中央的玻璃盒子里放着一枚椭圆形的板，是用墨书写着汉字"起立工商会社"的招牌。而在那块板的后面，是用油画描绘的三本册子，1887 年收藏于梵高美术馆。上面的解说是这样的：

> 起立工商会社 1874 年由明治政府成立。（中略）这一块木板应该来自该公司的木箱。在宫内厅书陵部保存下来的世博会上起立工商会社展示会场的记录照片中，也有使用一样材料的椭圆形招牌。而梵高是通过何种途径拿到这块招牌的呢？这点目前还未可知。不过他与"日本"之间存在某种交集，这是确认无疑了。

这里虽然没有关于忠正的论述，但肯定存在与此有关联的人。起立工商会社 1874 年成立，于 1891 年解散。巴黎的公司在 1884 年转让给了在横滨成立"园中商店"的园中孙平。园中是忠正在 1878 年进入起立工商会社时的介绍人。

也就是说，1886 至 1888 年，住在巴黎的梵高与起立工商会社正好"擦肩而过"。若是想买下这个招牌，想来也只能通过起立工商会社的早期成员或者园中商店的相关人士。若井从 1884 年开始留在日本负责采购，不住在巴黎。在巴黎的是忠正和起立工商会社的老员工——在分店关闭后仍然留在巴黎的大塚琢造。

起立工商会社社长松尾仪助的曾孙田川永吉先生，在其著作《政商：松尾仪助传》的开头部分记载了这样的内容。为了 1889 年巴黎世博会而来到巴黎的松尾，送给了偶然拜访办公室的梵高一个茶盒子的椭圆形盖子。在维基百科"起立工商会社"的词条里，有"松尾赠予梵高"的内容。我拜访了住在镰仓的田川先生后，询问了这一点，他很爽快地回答："这一部分是杜撰的。"还接着说道，"那个时期举办了巴塞罗那世博会，起立工商会社也参加了。画家久米桂一郎以兼职的形式参加了展会，或许久米和梵高这两个年轻画家之间有一定的交流。"

到底是谁将起立工商会社的招牌给了梵高呢？

怀着这个疑问，我通过东京都美术馆向梵高美术馆研究员尼肯·贝克先生写信询问。他回复说：

起立工商会社在梵高来巴黎之前就已经解散了，所以为什么梵高会有这个招牌，完全不得而知。或许是谁拿到了世博会上使用的招牌，之后又给了梵高。目前没有任何证据留下来。

既然真相尚不明确，这个招牌的存在或许可以暗示忠正和梵高的关联。忠正没有购买梵高的作品，或许也是出于什么理由。又或者是通过给予从园中商店获得的起立工商会社的招牌，来支持其创作活动亦未可知。其真相必须再加以调查才可，不过我认为维系忠正与梵高的微小缘分就在这个招牌里。

使北斋成为明星 —— 肖像画之谜

还有一个关于忠正与北斋的"谜团"。

2017 年 7 月，我拜访荷兰莱顿国立民族学博物馆时，策展人丹·科克先生这样讲述："巴黎的吉美博物馆里有北斋拄拐杖的水墨自画像。我最近偶然看见这幅画的印刷品，只是和服上有格子花纹，大英博物馆的艺术研究员蒂姆也看到了。印刷这幅画的是明治时期出版饭岛虚心所著的《葛饰北斋传》的出版商小林文七。"

北斋确实画了好几张自画像。根据研究者山本阳子女士《葛饰北斋的肖像画中的自我表现》[1] 研究，据推算，北斋在

---

[1]　摘自《明星大学研究纪要》，人文学部第 52 号。

自己描绘的黄表纸上，画了自己二十二岁、四十岁、四十一岁、四十三岁、五十五岁时的自画像。此外，在七十岁、七十六岁、八十三岁时给刷版师的信上的空白部分，也都画了自己的样子。除此之外，还有溪斋英泉和女儿阿荣小姐等人为他画的肖像画。我问丹，为什么北斋执着于自画像呢？他的答案是我未曾想过的。

"为了出名，传播自己的形象是非常重要的做法。在西方，画家们有画自画像的习惯，伦勃朗和梵高都在画。既不需要模特费用，又是不错的练习手段，而且从结果上来说，他们的脸被人记住，会变得更有名。梵高还留下了自己割掉耳朵后绑着绷带的自画像。这就增强了梵高的故事性。"

原来如此，想想确实是这样。歌手也是，演员也是，作家也是，都是作品和脸传播以后，人就变得更出名。肖像画和故事合为一体，流传开来以后，便会有追随者。在没有照片的时代，就只有依靠肖像画了。

丹继续说道："吉美博物馆里挂着拐杖的其本人的肖像画是经过复印之后再分发到各个地方的，这个行为很明显可以看出是为了塑造北斋本人的形象。而且出版《葛饰北斋传》的出版商还将肖像画印刷销售，这不妨视为宣传北斋的方式之一。"

在这之前，我从未发觉肖像画还有这样的意义。北斋的肖像画比较多，所以说起来确实如此。除此之外，江户时代的画师留下肖像画的情况不多，仅有圆山应举、歌川国芳、伊藤若冲、与谢芜村。不过，将肖像画进行"印刷"在世间传播的画师，除了北斋以外就无其他了。这到底有什么意义呢？

丹说："饭岛虚心写的《葛饰北斋传》出版于1893年，已经是北斋过世约四十年后了。不过那时，在欧洲已经掀起了日本主义热潮。要是这时将北斋包装成明星，出版商就可以大赚一笔。把浮世绘从日本运到欧洲，价格就会往上涨。其中不乏有这样想法的人吧。"

到底是谁在推广北斋呢？在这个时期，我对忠正还非常陌生。听大英博物馆的蒂姆先生提及了这个名字，正打算回国后详细调查一番，缘于此，我拜访了丹先生。

"究竟是谁要把北斋包装成明星呢？当时在日本和欧洲有想要销售北斋画作的商人吗？"

他回答我："我现在也毫无头绪，还没有对这个进行调查。我听说在巴黎有一位叫林忠正的画商，有这方面的实力。"

在日本与法国推广北斋

是啊！就是忠正！要是现在听到丹先生的这些话，我可能会当场大声地说出："推广北斋的就是忠正。"

不过那时，我对忠正的了解并没有那么深入。

最开始拼图中丢失的一块有线索，是在回国后拜访木木女士、和丹先生开始联系、调查饭岛虚心的《葛饰北斋传》的时候。

面对我的疑惑，木木女士从书房里取来了一本厚而旧的书。在淡粉色和纸制作的封面上，写着《葛饰北斋传》这几个大字。木木女士把这本书放在我面前后，告诉我："这是1893年在日本出版的据称是饭岛虚心撰写的《葛饰北斋传》的原书。在封面上还写着'未定稿''林忠正旧藏本'这样的字样。"

为什么木木女士手上会有饭岛虚心的《葛饰北斋传》的原本呢？为什么这是忠正的藏书呢？

木木女士说："虽然没有确切的资料保存下来，不过编撰人文七是忠正雇佣的。这本书据说是萨穆尔·西格弗里德·宾委托出版的，但根据我的推测，是忠正出资，委托文七让虚心撰写的。上面写着'未定稿'，或许这是忠正生前拿到的最后一稿书样。"

这是经过忠正的手出版的，这个说法还有一段故事。1893年出版的《葛饰北斋传》的首页插画上，用了北斋的半身肖像画，并备注了"葛饰北斋翁之肖像"。尖尖的头顶，眉骨突出的四方形长脸，两边的头发稀稀拉拉。虚心在小注里写着："卷首的老翁肖像是白井、本间、小林诸位先生推荐放置的。"

看到这幅画，我想起来了。我曾在其他地方看见过这幅插画。

　　是在巴黎的吉美博物馆！在那里，我曾经看过龚古尔在 1896 年出版的传记评论《北斋：18 世纪的日本美术》的实物。翻开从茶色变成暗褐色的封面，首页的插画就是这一幅。

　　在当时的采访中，吉美博物馆的艺术研究员埃勒努是这样讲述的：

　　这幅肖像画曾挂在巴黎珠宝商亨利·韦维尔的家里，忠正看到了以后，在信里写道，当时大为感动，赞叹绝佳。想来韦维尔是从萨穆尔·西格弗里德·宾处购得的这幅画。在信上还写着，这真是比小林先生的藏品还要好啊。小林指的是小林文七。

　　小林文七也拥有同样的肖像画！也就是说，只有忠正一人知道日本和巴黎同时存在着这幅肖像画。忠正知道这一点后，为了推广北斋，就如后面说到的那样，三年后在自己参与的日法出版刊物上，使用了同样的图作为首页插画。通过广泛流传肖像画，北斋获得了更大范围内的追随者！

　　了解到忠正的长远目光后，我着实感到震惊。

两册书诞生的前因后果

　　由岩波文库出版的饭岛虚心撰写、铃木重三校注的《葛饰北斋传》中，铃木详细描述了该书的出版经过：

在筹备本书的阶段，相隔汪洋的巴黎的大艺术商人萨穆尔·西格弗里德·宾产生了想整合北斋研究的想法，再之后，龚古尔也产生了汇总北斋资料的意愿，联系这二人的是一位著名的画商林忠正。

龚古尔是出生于 1822 年的法国作家，和比他小八岁的弟弟茹尔·德·龚古尔因共同创作《日记》而出名，此外还有小说、评论、历史文献、艺术评论等作品。弟弟因为结核病恶化四十岁离世，其随后投入近代日本美术，开始收藏浮世绘等，为日本主义的昌盛发挥了极大作用。现在法国最权威的文学奖"龚古尔文学奖"就是 1903 年根据他的遗言，由龚古尔文学奖协会创立的。

龚古尔在 1891 年借助忠正的力量，出版了《歌麿》。接着准备执笔《北斋》的时候，宾提出了同样的计划。被龚古尔的《歌麿》刺激，同样作为日本文化爱好者的宾想必是无法忍受被龚古尔单独占有歌麿和北斋吧。

不过虽然宾在 1886 年到 1888 年为了在横滨进购浮世绘，开了分店，但并不会日语，在巴黎也无法进行像样的资料收集。于是宾通过忠正，委托在日本经手浮世绘的古董艺术商小林文七（受雇于忠正），尝试进行资料收集。也就是说，宾与龚古尔时间上虽然略有先后，但不论是谁，都委托了忠正进行"北斋资料收集"。"脚踏两只船"的忠正在 1891 年的时候，开始停止为龚古尔提供资料。龚古尔在日记里写道：

　　啊，我关于日本的工作受到了挫折。林和我坦白，向我提供北斋相关信息是不可能了。因为宾正在准备这位画家的相关研究，这样会损害和他生意上的关系。

　　这之后，两个人的关系变得错综复杂。

　　1892 年 5 月，忠正前往日本，协助小林文七在上野举办浮世绘展览。1893 年，他作为世博会评议委员前往芝加哥，1894 年春天回到巴黎。其间的 1893 年，忠正去了趟芝加哥，不久后文七的蓬枢阁就出版了饭岛虚心的《葛饰北斋传》。

　　得知此事的忠正指责了其行为："饭岛受萨穆尔·西格弗里德·宾委托进行资料收集和信息整理，明明已经接受工作前的报酬，却私自利用了成果，在日本出版了《葛饰北斋传》。"其后，宾和龚古尔通过媒体指责对方，不过忠正没有给出评论。此后，忠正为龚古尔提供北斋的资料，在三年后的 1896 年 2 月 13 日，龚古尔撰写的《北斋：18 世纪的日本美术》出版了。

　　很明显，在日法两国，短短三年内出版的关于北斋的传记，卷首不约而同都使用了"同一幅北斋肖像画"。

　　莱顿的丹先生也说，使用同样肖像画的这两次出版，恐怕幕后存在有实力的推手。而日法两国中能够办成这事的，除了忠正以外，别无他人。

　　饭岛是文七带来的作家，是参与文部省编辑局教科书编写的人物，而不是浮世绘的专家。文七受雇于忠正，将文七介绍给宾的正是忠正。而龚古尔在《北斋》刊印发行后，在信上写道："我在写作过程中得到了您的协助，但是我觉得金钱难以表达我的感激之情。"然后将加瓦尔尼的素描赠送给了忠正。保罗·加瓦尔尼（Paul Gavarni）是新闻大亨埃米尔·德·吉拉尔丹（Émilede de Girardin）发掘的风俗讽刺画家，与奥诺雷·杜米埃（Honore Daumier）齐名。龚古尔将宝贵的作品赠送给忠正，可谓割肉。据说忠正则终身都将这幅作品带在身边。

而后，在《北斋》发行五个月后，龚古尔逝世。《北斋：18世纪的日本美术》成了他的遗作。他留在这世上的，便是北斋在欧洲不可撼动的高度评价。

若是按照丹先生的推测，我们着实应该为忠正的深谋远虑感到震惊。

最后的十年

在日本与法国出版《北斋》之后，忠正为了尽到1900年世博会负责专员的责任，竭尽了全力。这期间，他从店铺经营抽手。1898年，弟弟萩原正伦接手经营店铺。正如前文所说，巴黎世博会大获成功。

1905年忠正结束了世博会的工作，回到日本，关闭了

艺术品店铺，告别了生活二十七年的深爱的巴黎。那时，德
国东洋学者，也是忠正的拥趸之一恩斯特·格罗塞（Ernst
Grosse）给忠正寄了一封信：

> 您打算永远地离开巴黎，这让我们悲痛万分。知道您
> 出色涵养的所有人，从此孤寂将常伴左右。还请理解我们
> 吧。我们因为您，得以领略日本艺术的无上美妙。[1]

回国后的忠正，在木挽町宽敞的二层洋馆里，陈列了带
回国的艺术品。"柯洛间"装饰有柯洛、库尔贝的绘画。铺
着红地毯的"红之间"里陈列马奈、德拉克洛瓦、阿曼·吉
约曼的作品等。和式房间里是光琳的挂物。西式房间的下
面则收藏着数不胜数的西洋画，收藏柜里藏着日本艺术品。

而在回国的那个夏天，和已经是大藏大臣的前任法国公
使曾祢荒助吃晚餐时，忠正被食物噎住，若不是里子帮忙拍
背，就差点咽不下去了。

那一年的 12 月生日，他还留下了一张背后写着"闲暇"
的肖像照，不过次年 1 月，忠正因病吐血。"疑似胸部动脉
瘤的症状"[2]，木木女士写道。

2 月 1 日，时任韩国统监的伊藤博文前往忠正家中探
病。里子将红酒送到二人谈话的房间里时，看到沉默地看着

---

[1] 摘自《走进"林忠正展"》，木木康子著。

[2] 摘自《林忠正》，木木康子著。

庭院的二人脸上淌着泪水。

在那两天后，里子生了大女儿。伊藤赠予名字"文子"。

4 月 7 日，预感自己死期将近的忠正叫来了公证人，写下遗书。他将之前写的"在自己建造西洋美术馆之前"，修改为"在有人帮我建成之前"。

三天后的 4 月 10 日，林忠正去世，享年五十二岁。忠正走完了短暂的一生。

直至 20 世纪 70 年代，都没有任何人为其写传记。艺术界与世人对忠正的评价，一概是残酷的无视。

东西方的桥梁

在 2009 年出版的《林忠正》中，木木女士写道：

> 19 世纪后半期，巴黎这个城市正值伟大艺术家辈出的"光荣时代"。

在忠正前往法国的 19 世纪 70 年代后期到 80、90 年代，印象派兴起，莫奈、德加、雷诺阿、塞尚等人百花齐放，争奇斗艳。埃菲尔铁塔建成，地铁通行，巴黎的城市建设蓬勃发展 —— 确实正是"美好时代"。

那时，以浮世绘为中心的日本主义盛行。在越发旺盛的

"日本艺术"潮流的火焰中，忠正是唯一一个"能够以地道的法语阐述日本人的审美，能够以法国人的感受理解法国人的审美，又会日语"的人。

  在那个时代，与艺术家们平等交往的忠正，品尝着祖国人民无法想象的幸福。

木木女士写道。忠正真是独一无二的存在，是货真价实的艺术传道士，他通过艺术在西方与东方之间架起了一座桥梁。

在他去世后，直至今日，人们对其评价褒贬不一，这倒不如说也是其大格局的佐证。通过这个男人的手，全世界对北斋的评价才得以巩固。

葛饰北斋在 1960 年被授予"世界文化巨匠"称号，1998 年被美国《生活》杂志评为"千禧年影响世界的一百位名人"之一，这样的评价与忠正生前的努力推广不无关系。

在日本主义的热潮中，忠正强有力地推广了北斋，其成果与今日的全球性北斋热潮息息相关。

我们回顾了全世界范围内对北斋评价的过程。而在日本国内，对于北斋的评价，又经历了怎样的变化呢？费诺罗萨所说的"街上画广告的人"这样的评价，又是从什么时候开始颠覆的呢？接下来我会将视角转向日本国内，再次踏上收集资料的旅程。

第三章

小布施的北斋与高井鸿山、豪商文化

北斋最后的三十年

世界瞩目的小布施

"小布施对北斋来说，是一个十分重要的地方。在晚年创作肉笔画时更是如此。"

时任大英博物馆策展人的蒂姆·克拉克先生对我说。大英博物馆与大阪阿倍野海阔天空美术馆共同策划了名为"北斋——超越浪潮"（在大阪名为"超越富士山"）的展览，接连数日，参观者的长队从大英博物馆展馆门口排到了人行道上。

进了室内展厅，入口处有一幅巨大的日本地图，标记了对"江户""京都""大阪"，在上方还单独标记了"小布施"。

"小布施是什么？""北斋去过小布施吗？"访客对第一次看到的这个小城市的名字感到诧异。为什么会对小布施进行特别标记呢？蒂姆说："本次展览的主题是北斋最后的三十年。北斋五十岁时画了《北斋漫画》，七十岁时因画了《富岳三十六景》才被世人认可。再到八十岁时，去了小布施，这之后的肉笔画十分出色。其中，祭屋台的天井绘《浪图》两幅，展示了北斋自身的巨大变化。在画中，白而细小的点如星河一般。这似乎是在描绘自己身处宇宙旋涡之中。"

　　共同参与策划的阿倍野海阔天空美术馆馆长浅野秀刚则认为："最开始是希望全世界可以理解北斋晚年的肉笔画，所以我们讨论以北斋的最后二十年为主题。不过北斋在还历之年[1]，开始用起了'为一'这一雅号，所以决定以六十岁以后的三十年作为主题。浮世绘在欧洲非常多，不过肉笔画的话，还是日本多。尤其是小布施，对北斋的肉笔画来说是个非常重要的城市。"

　　大英博物馆为期八十一天的展览期间，共有约十五万人观展，阿倍野海阔天空美术馆四十五天的展览期间，约有二十六万人参加。全世界约有四十一万人"观看"了北斋的肉笔画。再加上媒体报道，可以说有数不胜数的目光聚焦在了肉笔画和小布施上。

　　在这场展会上，馆方展示了从小布施借来的上町祭屋台的《男浪图》和《女浪图》、岩松院的《八方睨凤凰图》的画稿、北斋个人收藏的《羊图》，以及他晚年的作品《富士越龙图》等。尤其《男浪图》《女浪图》，是展会的重点展品，被放在最里面的展览室里。作为在欧洲非常受欢迎的《神奈川冲浪里》，也就是通常所说的"The Great Wave"所延展出的抽象画，这两件作品受到了观众的热烈欢迎。

　　大英博物馆的蒂姆先生接着补充："今后三年里，我们

---

[1]　还历之年：即六十岁，等同于中国的"花甲之年"。——编者注

将协同伦敦大学与史密森尼博物馆对北斋的背后支持者进行调查。小布施的高井鸿山以及在江户开店的小布施商人十八屋都是在北斋背后支持他的人。我们希望能够详细了解他们二人所做出的贡献。"

　　不论对小布施的肉笔画和天井绘而言，还是对小布施这个城市自身而言，2017 年都是它们走向世界的一年。

将目光投向晚年的北斋

　　与现在全世界的北斋研究潮流相反，始于战前的北斋研究中，完全没有涉及北斋的晚年创作活动。小布施的乡土历史学家及北斋鸿山研究者金田功子编撰发行的《栗之诗》（48 号，2012 年 11 月发行）中是这样写的：

> 　　（北斋的晚年）因难掩衰退，开始走进绘手本与肉笔画的世界中，过着奇思妙想的余生。[1]
>
> 　　七十岁前后，他的艺术生命终止了。[2]
>
> 　　天保时期的北斋，只剩下毫无内容的形骸。他对于自己艺术水准的下降也十分着急，但是却无力挽回。[3]

---

[1]　摘自《北斋论》，楢崎宗重著，1944 年 ATELIER 社。

[2]　摘自《北斋》，近藤市太郎著，1953 年美和书院。

[3]　摘自《北斋》，织田一磨著，1957 年东京创元社。

　　北斋与同时代的江户庶民们一样，不曾将目光投向外界。社会变更，日本是要更新换代了吗，产生这种预感，从而感到揪心——这种情绪从未在北斋身上出现过。[1]

　　看了历代研究者们的观点，可以得出晚年的北斋已经"难掩衰退""（创作精力）也不复往日"这样的结论。

　　被这样认为的原因之一便是，研究者们居住的东京与小布施存在着"地理上和心理上的距离"。19 世纪末，处于日本主义潮流中心的北斋在欧美十分受欢迎，但在对此没有察觉的日本，对北斋的认知就如费诺罗萨所说的"是街上画广告的人"，浮世绘是"恶俗而淫乱的图画"。

　　1966 年，苏联举办的北斋展大获成功，其巡回展在东京高岛屋商场举办。从这时开始，日本人重新认识了北斋。在这之前，没有人认识到北斋的价值，更鲜少人花费时间与金钱来到小布施进行北斋研究。

　　另一个很重要的原因是 1893 年由饭岛虚心编著、小林文七发行的《葛饰北斋传》中，几乎没有写到在小布施发生的事。研究者们把北斋去世四十四年后的传记作为研究的第一手资料。写这本书的虚心，在描写生前北斋的状态时，采访了与北斋关系不错的江户戏曲家柳亭种彦的徒弟以及北斋的弟子。因为没有去过小布施，所以对北斋在小布施的事无法说明。所以后续的研究者们，对小布施的情况也没有触

---

[1] 摘自《画狂人北斋考》，矢代静一著，1981 年 PHP 研究所。

及。北斋前往小布施，致力于绘画创作的时期，在江户被称为"空白期"，也就是"衰退期"。

其实深入研究后有人发现，在七十多岁时画了《富岳三十六景》及《富岳百景》的北斋，在八十多岁时跨越两百五十公里前往小布施，描绘了多幅肉笔画以及巨大的天井绘，展现了与"衰退"截然不同的热情。甚至不如说，他率先实现了现在所说的"人生百岁时代"——长寿与健康。

研究者发现这一点是在 1966 年 9 月，为了在苏联举办由日经新闻社主导的北斋展览，进行肉笔画与天井绘调查的时候。浮世绘研究家尾崎周道，站在第一次看到的小布施的肉笔画前，非常诧异，留下了这样的话："为什么北斋会在如此高龄时（在小布施）画出这么充满热情的画呢？是他不满足于版画，进而日复一日地练习，开始尝试肉笔画吧？北斋生活在小布施的时期往往被认为是其创作的衰退期，看了这幅画，恐怕这个认知必须要修改了。"

不仅仅是尾崎周道，楢崎宗重（日本浮世绘协会理事）也于 1976 年在小布施的"北斋馆"开业前，来到了小布施，他说："我是今天第一次到小布施，想和大家说的是，我的北斋研究从今天才算开始。"

虽说这应该是谦逊之词，但从那时开始，北斋研究的风向突然发生了变化，从此前的"无视"到热烈的"关注"。自然，之后我们讲到的真假辩论也开始了，不过沉睡在小布施的"北斋"却成了研究者们出乎意料的充满魅力的素材。

为什么是肉笔画

为什么到了小布施以后，北斋就开始投入肉笔画创作中了呢？

于 2018 年不幸去世的永田生慈（原太田纪念美术馆副馆长，住田北斋美术馆建设准备负责人）从小熟识北斋作品，长大后成为浮世绘研究者，他在著作《葛饰北斋的愿望》中写道："原因之一是，北斋放弃了浮世绘原本的题材。也就是说，北斋开始远离画戏子与美人这些风俗题材的浮世绘，开始投入以动植物、信仰、古典故事为题材的作品创作中。"

正如永田所记录的那样，浮世绘的题材多以美人（花魁等）、相扑、戏子以及北斋独创的风景（名胜古迹，或是观光胜地）为主。而从那时开始，北斋渐渐偏离了这些题材，开始以龙、凤凰、钟馗、罗汉等宗教元素或者是弁庆、牛若丸这些历史人物作为题材，创作肉笔画。

换句话说，北斋走上了从实用艺术转向纯粹艺术的道路。

江户时代的浮世绘，说到底是实用性绘画，出版方看中当时的流行趋势，选择绘画师、雕版师、刷版师，然后选定题材，指定创作。这些费用自然都由出版方准备，所以画师通常不能自己选刷版师、雕版师。出版方当然也追求美的作品、杰出的作品，但在这之前，是追求"畅销的作品"。

比如北斋的《富岳三十六景》取得了成功，其他的出版方就让歌川广重创作出《东海道五十三次》来博取人气。

出版方也好，画师也好，都会为了更畅销的题材相互竞争。

　　已经七十多岁的北斋，比当时平均寿命多了二十多岁，大概早已经厌倦和年轻画师、出版方继续这种竞争了吧。不论多么花费心思去画，说到底也只是导览手册，就像现在的日历一样，想必他也已经厌倦了这种实用性的艺术。而且因为不喜欢出版方的指使，北斋从那时开始就偶尔自己指定雕版师和刷版师。他在肉笔画领域，也拥有足以留下举世无双作品的珍贵技巧。所以，主题方面也是自己与订购商共同确定，北斋全身心地投入了不需要雕版师及和刷版师的"肉笔画"中。

　　这时期，世人仍然有将浮世绘师和真正的画师进行区别的习惯。戏曲作家泷泽马琴在记录七十岁庆典仪式的书中，就用了"浮世绘画工"和"真正的画师"这样的表达方式，有"有坂蹄斋现在成了真正的画师"这样的记录。画肉笔画的真正的画师，这意味着等级的上升。

　　总之，这时候的北斋已经渐渐从实用艺术转向纯粹艺术了。曾有一个名叫礒田湖龙斋的人，也从浮世绘画师转向真正的画师。不过这是 1782 年，他作为浮世绘画师破例获得了"法桥之位"（原本是授予优秀僧侣的职位）后的事情。在还不存在"艺术"及"美术"这种概念的时代，一生都是普通画师的北斋"有意"践行这一转变，不得不说他确实是生存于孤独逆境中的天才。

七十四岁的宣言

作为凭证，北斋在 1834 年七十四岁时，留下了给自己的"宣言"。以"六岁起，我就养成了描摹事物状貌的习惯"为开头，写到"一百多岁后，留下作品一两件"。宣言出自《富岳百景》初篇卷末的后记（二十五页至三十五页）。

这篇文章是北斋想努力活到一百一十岁的"长寿宣言"，同时也是对自己的技术及技巧自豪的"明志宣言"。在该文里，北斋写着"九十岁时，我开始真正领悟艺术的奥义""百岁之际也许能达到神妙的境界"。八十岁以后，北斋在每幅作品旁都会写上自己的年纪，用作品记录自己。

在这种心境下，北斋很难创作"销售用途"的作品，说得更恰当一点就是不可能再去创作了。他立志于不让自己的作品堕落为实用艺术，走向了更高的层次。出于自我的操守，晚年他选择自己的工作内容时更加严格了。当然，那段珍贵的时期也是赤贫的，所以他开始思考改变自己的商业模式。他一直孜孜不倦寻找的答案就是肉笔画。

永田在《葛饰北斋的愿望》中写道：

> （肉笔画）对北斋而言，没有出版方的介入，也不用在意销售情况，在满足订购者需求的前提下，可以任意发挥想象，自由展现。

在北斋四十五岁那年自称"画狂人"之前，曾有一段时期画过大量的肉笔画。不过在八十岁以后，他画的肉笔画数量更多，主题也更加丰富。

从订单之多，我们完全可以看出北斋的画在当时是多么受欢迎。

不过促使北斋转向肉笔画的原因，不仅仅是因为下单者众多，而是那个时期特殊的时代背景 —— 可以继续画鲜艳的浮世绘（锦绘）的时代已经过去了，若是继续画下去自身不免产生危机感。这些因素为北斋前往小布施埋下了伏笔。

天保改革

北斋迎来七十岁的天保年间（1830—1844），历史年表里突然频繁出现"起义""宣示""逃逸""越级投诉""不太平"这样的词。同时，由于全国性歉收，米价与物价高涨，民间爆发了大饥荒，百姓起义，底层人民涌入都市，破坏导致价格上涨的垄断资本家家宅的民众运动频繁发生。

1830 年相继发生了伊予宇和岛起义、越后新潟打砸活动。1831 年，爆发周防三田尻起义、长门起义。1832 年，发生了尾张宣示和阿波三好郡起义。1833 年则发生了羽前宣示、摄津兵库打砸活动，以及备前小田动荡、赞岐多次歉收。

在日本，起义和打砸活动四起，整个列岛经济情况十分糟糕。1837 年，德川幕府第十一代将军德川家齐退位，德川家庆继任。然而，德川家齐以大御所之名掌握实权，其骄奢淫逸的性格投射到幕府政治上，导致幕府从上到下，腐败严重。这种情况下，滨松藩主水野忠邦开始崭露头角。

1838 年，在幕府担任指挥官的忠邦，为了复兴农村，推进"人返令"（地方居民不可随意搬至江户，必须返回地方种植大米）和禁奢令（禁止女性佩戴发饰和使用梳子等奢侈用品）等政策，因德川家齐等人的反对而受挫。1841 年德川家齐去世后，包括这些政策的"天保改革"才终于大刀阔斧地实行。

然而，这三年的政治空白，让庶民生活苦不堪言，政策的实行也极其严厉。江户街头，节日庆典等奢华的活动被全部禁止，儿童们原本在院子里玩的烟花，以及对庶民而言极为普遍的混浴习惯也都被禁止了。不久，在普通百姓中受欢迎的中村座及市村座（剧场）接连失火，忠邦严禁重新建造建筑物，被誉为江户三座的森田座也搬至浅草猿若町。人情本[1]、义太夫[2]、相扑等活动（与出版）也受到限制，乃至禁止。多色彩的锦绘（浮世绘）也成了受控制的对象。普通百姓生活开始变得乏味。

---

[1] 言情小说或风俗人情小说。——编者注

[2] 一种起源于四百多年前左右的"话语艺术"，取自净琉璃（じょうるり）大师竹本义太夫。——编者注

同时，忠邦为了奠定幕府财政基础，在各地实施新田开发、水运航路开发、下总国的印幡沼开发等。对幕府直辖区进行土地监测，实施"上知令"（土地没收，藩领地更换）等措施（也有中途受挫的情况），全身心地致力于财政重建。

由于政策过激，各个藩地反抗激烈，忠邦于 1843 年 9 月中被罢免了指挥官一职。各地区的藩地进行自主财政改革。由于"上知令"的实行，幕府和藩地之间形成了对立。这些都是之后促使倒幕运动发生的部分原因。

国芳的拟人化表现

由于天保改革，那个时代的浮世绘画师的创作受到了哪些制约呢？以比北斋小三十七岁的同时代的人气浮世绘画师歌川国芳为例，富山大学艺术文化学科的川中莱摘在《关于歌川国芳的猫的拟人化表现》中记载：

> 国芳爱猫是众所周知的，（中略）在画猫的作品中，许多猫是以拟人化的形态出现的。尤其是 1841 年前后的作品，让国芳的画猫作品大受欢迎。

1841 年，由于忠邦主持的天保改革，歌舞伎演出被禁。

第二年，一折的锦绘也开始严禁出版，同时对绘草纸也进行了管控。北斋原本预定出版的作品也都延期出版了。他的最后一幅锦绘《百人一首乳母绘解》的大部分只画了底稿。

江户的出版禁令于 1787 年老中松平定信的"宽政改革"实施之后开始推行，并在 1820 年文政年间末期强化。加上发生大饥荒，经济低迷，江户的出版商频繁倒闭，大部分版权都卖给了关西。江户的出版文化急速衰退，北斋也无法继续自由地创作了。

原本这个时代的出版就是在当局严格的监视下进行的。浮世绘通常是由本地批发商即出版方进行构思，再由画师绘制原稿。出版方将原稿提交行政机关审查，若无问题，会在画上或者空白处盖上印章。底稿再交给雕版师，在修改印章的同时，刻到版木上。事实上，浮世绘并没有"表达自由"。川中写道：

> 在天保改革的禁令下，原本在普通百姓中受欢迎的役者绘和游女绘等无法再销售，这个情况对出版方来说相当头疼。由此，国芳那种画有着演员脸的猫 —— 戏谑画，是避开禁令的最佳方式。

在禁止骄奢淫逸的时期，国芳通过将动物拟人化的表现方式，渡过了难关。而北斋，则是用"肉笔画"这种"纯粹艺术"，旨在实现商业模式的质的转变。

继承忠邦指挥官一职的阿倍正弘（二十五岁担任指挥官，二十七岁走上军队最高指挥宝座的开明派）命令部下对国芳的情况进行调查。在名为《市中取缔类集》的报告中，不仅针对国芳的生活情况，对画画的背景也进行了描述。"地址，家庭成员，徒弟数量，所穿衣物的品质，金钱使用方法，债务情况，喜欢的绘画主题，天保改革造成的经济上的影响"等一一记录在内，甚至还写有"这时期卖出了奇怪的画"。这幅画指的是作为批判天保改革的标志性作品而大受欢迎的《源赖光公馆土蜘作妖怪图》。国芳的一言一行完全暴露在当局的眼皮底下。

比国芳更称得上是画师的北斋也不例外。这一时期，北斋应该已经敏锐地察觉到了，他的身边聚集着"同心"[1]的目光。为什么呢？因为比起国芳，北斋有更多不想被人知道的"过去"。

命悬一线的北斋

这个时期的北斋怀有异于常人的强烈危机感，主要有以下几个因素。

首先，北斋违反了不可将绘画作品销售到国外的政策。

---

[1]　江户时代幕府的下级官员，担当维护城市治安的职责，类似于现代的警察。——编者注

　　早在 17 世纪初，江户就出现了荷兰人的身影。长崎出岛荷兰商馆馆长一行开始前往江户参拜幕府。表面上是向将军赠送礼物的示敬访问，但实际上是荷兰人流淌在血液中的收藏主义的作用，想通过此次拜访获得日本的信息。

　　尤其是 1823 年来到日本的商馆随行医生菲利普·弗兰兹·冯·西博尔德与长崎奉行交好，在长崎市郊外的鸣泷开设了西洋诊疗所兼学塾，向来自全国各地的年轻人教授荷兰医学。在这个因缘际会下，他在参拜江户的时期，与兰学生、植物学者、化学家、虾夷地探险家、书物奉行等人关系交好，开始收集日本地图、动植物标本、艺术品、民俗工具等，致力于收集日本这个国家方方面面的信息。

　　关于艺术品，西博尔德聘请了西洋画家川原庆贺作为出岛的记录画师，任命其帮忙选择日本艺术品。庆贺自己会画日本风俗画，同时也收集了大量艺术品。《北斋漫画》十册便是其中之一。

　　然而，西博尔德触碰"日本地图""虾夷地地图"这些违禁物品被人知道后，地图均被没收。1892 年，他被驱逐出日本（西博尔德事件）。自然，曾收到西博尔德的违禁地图等物品的官员及相关人士均被带至奉行所，有的甚至死在牢房里，不得善终。这一消息让北斋惶惶不可终日。

　　为什么呢？因为北斋和馆长一行人在江户相遇，按照所求，给了他们描绘日本普通百姓生活的肉笔风俗画（描绘日本男女一生的画）。他知道，要是被发现了，就会被囚禁。

即使如此，他还是用荷兰纸画了四十幅日本风俗画给馆长。现在，巴黎国立图书馆收藏了二十五幅，荷兰莱顿国立民族学博物馆收藏了十五幅。2016 年，在西博尔德老家发现了笔记，曾经以为是西方人画的莱顿国立民族学博物馆收藏的作品被重新修改为是北斋的作品。饭岛虚心的《葛饰北斋传》中有这样的记叙：

> 北斋每年画了数百幅画送往长崎。不过幕府担心泄露国内的秘密，所以严禁出口。

馆长和西博尔德得到的画是在幕府颁布禁令之前，从江户运到长崎，再通过东印度公司，经过巴达维亚（现在的雅加达）运往荷兰。

西博尔德事件发生之时，若是那成堆的东西中发现了北斋的画，北斋想必是要被监禁无疑了。正因为有这样的过去，在天保改革开始后，北斋常常夜不能寐。对他来说，当时的处境确实是命悬一线。

不仅如此，北斋的危机感还有其他原因。

柳亭种彦之死

北斋有一个戏曲家朋友，叫作柳亭种彦，比北斋小约二十岁，虽然是俸禄两百俵^[1]的旗本（武士），但也是当时受欢迎的戏曲家。北斋将近五十岁的时候，和种彦之间的工作往来增加了。种彦的读本《近世怪谈：霜夜星》由北斋描绘插画，之后还出版了其他众多的读本。种彦的日记中，经常出现"去北斋家中一日游""北斋老人与北云一同来了"这类与北斋交往的记录。

1842年，由于天保改革实施的禁奢令，种彦被当成了首要的革新目标。他用彩色（锦绘）描绘（印刷）了最新服装与首饰的读本《偐紫田舍源氏》（画师为国贞），受欢迎的程度与角色形象商品不相上下，这就被当成了煽动奢靡风气的证据。

这时的江户奉行是鸟居耀藏。耀藏是忠邦的心腹，曾逮捕过批判幕府误击美国商船的"兰学大家"渡边华山和高野长英，并逼迫二人自杀，是"蛮社之狱"事件的罪魁祸首。

种彦用《偐紫田舍源氏》的收入，建了新房子。那房子非常奢华，甚至被称为源氏楼。这片土地本应该是普通百姓的土地，所以作为下级武士的种彦违反了法律。耀藏抓住这一点，逮捕了种彦，在一个月内将其枭首示众了（也有说法是把他活活吓死）。

第二年，北斋画了《拷问图》，画上是手脚被束缚的女性被火烤的场面。关于北斋有着诸多论著的作家荒井勉，在

---

[1] 日本计量单位，同包、袋。——译者注

《看一看（探究作者心情）》中针对这幅画写道：

> 在《拷问图》中，画着一个女性被吊在横木上的场
> 景。（中略）还画了纵向的木头和横向的木头交错在一起
> 的鸟居的一部分。因此可以叫作《鸟居吊女图》。（中略）
> 所以可以判断，这是在"描画被鸟居耀藏捆绑而后残杀的
> 种彦"。

有说法认为，这是北斋通过隐晦的手法描绘种彦之死，
借此批判耀藏的冷酷无情。

确实，在那个时代，北斋有预感这会波及自己。那时他
已与荷兰人有过交易，用荷兰的纸张描绘风俗画，还被带到
国外。明知客观环境的艰险，他仍然画了很多次，而且对透
视法等西方绘画技法十分熟悉。他很有可能是从西博尔德等
人手中，获得了西洋画的技法书。在他晚年撰写的《绘本彩
色通》里，记载了"荷兰人带来的器械装饰，银钱的花纹，
以及铜版上画着狮子"。再加上，在后文提到的小布施祭屋
台的《女浪图》上，北斋还画了天使（丘比特）。从此处可
以看出，北斋对西洋画和基督教颇感兴趣。或者说，他在这
一时期得到了违禁的基督教相关的物品（十字架等），这种
可能性也不可否认。

事实上，在 1810 年 2 月 1 日的日记中，种彦就写道：

　　（我）前往北斋家，使用了荷兰的十罗盘。[1]

　　十罗盘就是指计算器。荒井认为北斋画了风俗画后，极有可能获得了一些舶来品作为赠品。若是这些被发现了，北斋也会被逮捕。

　　"若是这样，我的生命就……"不难想象，北斋对这时期的幕府的动向十分敏感。

　　继续待在江户会有危险——北斋想。他的脑海里浮现出了一个男人，以及那个男人居住的乡下小村庄。这个人就是高井鸿山，他居住在长野县小布施这个名不见经传的小山村里。

---

[1]　摘自《新译北斋传》，荒井勉著。

小布施与高井鸿山

江户时代的小布施

　　"江户时代的小布施，是个越了解越能发现其魅力的小镇。北信一带虽然有许多小村落，但有许多是皇室直辖领地，因为没有主管人，所以村民的权力很大，而且商业独立。正因为如此，出现了许多豪商。"横滨国立大学教育部研究近代历史的多和田雅保教授说。大约二十五年前还是学生的时候，每天大量阅读古代书籍，他有一段无法忘记的和小布施豪商的故事。

　　"硕士论文写的主题与松代真田家文书有关。那是现在长野市一带的将军们留下的古文书。不过，其中关于'谷屋平左卫门'这家商店的文书却占了大部分。这个商人到底是何处的经营者呢？这个问题一直盘桓在我脑海里。"

　　论文完成后顺利读博，而在多和田先生的脑海里，"谷屋平左卫门"这个名字却没有消失。不论怎么调查，都没有发现带着这个名字的商店。

　　有一天在国会图书馆查资料的时候，看到的古住宅地图令他眼前一亮。"谷屋平左卫门　谷平味噌"这样的广告以小字登在了地图的封面上。就是这个了！谷屋平左卫门就是"谷平味噌"啊！

广告上还写了长野县小布施町的地址和电话号码。靠着这条线索，他找到了小布施，从这以后的二十年间，他一有时间就会前往小布施。

谷平是后面会提到的小布施伊势町的商人，在当时的江户本银町（现在日本桥室町一带）经营一家店铺，是和服店十八屋的分家。谷平同时也是酿造味噌、酱油、酒的商人。据说十八屋的主人小山文右卫门是北斋的援助者之一。在这之后，多和田先生等人和现在"谷平"的当家小山洋史先生一同调查了其收藏品，在大量的古代文书里发现了与北斋相关的资料。多和田先生继续说道：

"小布施有一个叫作六斋市的市场，每个月开市六次，非常有名，是北信地区的物流中心。米、稗、大豆、小豆、麦子等谷物均以一百俵为单位进行贩卖。在北部，是将从现在的新潟县上越市一带运来的盐和鱼，经过大笹峠，穿过上州（现在的群马县），再从仓贺野用船运到江户。小布施是天皇直辖地区，年贡不是用大米等物品，而是换成现钱以后交纳，所以商业与酿酒业发达，由此才出现豪商。"

江户时期的日本和日本人

　　为了理解这一时期的情况，我们首先要掌握江户时代与现代日本这个国家的存在形态以及人体力的差别。首先，作为习惯性表达方式，现在将靠近太平洋一侧叫作"表日本"，日本海一侧叫作"里日本"，而以前是没有这种观念的。江户时期之前，新文化与新思想是从中国与朝鲜过来的。可以说，日本海这一侧才是"表"。与江户一样，越后（现在的新潟县）人口众多，因为有北前船，所以日本海一侧的物流很昌盛。人口和商业并非都集中在江户。在京都，有天皇，有公家社会，而大阪则是作为商业之都比较繁盛。每个地方上的小城镇也各有各的特点，独立自主。当时并没有像现在一样年轻人中学或高中毕业后就会坐上火车前往大都市的现象。现在看来，那时虽然贫穷，但社会比较和谐。

　　从人的体力角度来说，明治开国期间，来到日本的外国人都对"飞脚"[1]令人诧异的脚部力量感到惊讶。据说从东京到京都的五百千米东海道，飞脚最快只需六天就能走完。一天八十千米！还有继飞脚（一趟大约十千米），大名飞脚（一趟二十千米）这样的区分，均有着各自的脚力。不仅仅是速度，飞脚还会承担金钱交易（支票）业务。不用运送现金和物品就可以通过"信用"使经济运转。明治维新后，日

---

[1]　飞脚即古代日本的邮政快递业务。——编者注

本可以顺利地引入资本主义制度，也是因为原本飞脚的金融制度在社会上已经扎根的缘故。

护身术（柔术）也十分盛行。现在的柔道是明治时期嘉纳治五郎设计出来的最新的护身术，在这之前全国还有无数流派。在东北地区流传的狮子（鹿）舞，就是伊达政宗为了强化成年男子体格而推广的。戴着沉重的面具，降低重心，长时间跳舞，需要相当多的体力。从某种角度上来说，当时日本人的体格要比今天的日本人优秀。

也就是说，北斋在八十多岁时跨越二百五十千米也好，小布施是物流点这一事实也好，要是用现在的日本人的价值观去看待，是很容易看错本质的。

北斋与鸿山的相遇

1843 年，八十三岁的北斋来到了小布施。这是因为在数年前，他与一位商人——高井鸿山相遇了。他们的相遇虽然没有准确记录，但是却有传闻可循 [1]。

第一种说法是，这是 1836 年北斋七十六岁时候的事。由于始于宽政改革的江户出版限制和这个时期扩散至全国的经济不景气造成的歉收，北斋无法像以前一样出版浮世绘，他

---

[1]　摘自《北斋与栗之町——小布施导览》，信浓路。

向某个绘双纸商家送了数张画作，希望对方能够购买。"一分金[1]买就可以。""哎，这几年大饥荒，也不知道什么时候能够卖出去。我最多能给一贯钱[2]。"双方经常会有这样的对话。

而这时候出生于小布施的高井鸿山（当时三十岁）恰巧来到江户游学。鸿山惊异于那些画的美妙绝伦，于是问道"我可以买吗"，并拿出了二分金。北斋感到很惊讶，询问这个男子的名字。鸿山告知了自己的故乡和姓名，并劝说北斋离开江户，前往小布施。北斋由衷地向他表示谢意，并约好再次相见，然后告别了。

第二种说法是，当时小布施的商家十八屋（当时的主人是小山文右卫门）的分店在江户的本银町，经营和服（同时兼营飞脚业务）。北斋因为附近有熟悉的出版方，所以和十八屋的关系也不错，通过文右卫门听说了高井鸿山的情况。鸿山每次去江户的时候，都会拜访同乡的十八屋，所以多少听说过北斋。鸿山在京都游学的过程中，从关西的画师那里得知北斋乃"日本第一画师"。在十八屋的介绍下，和北斋相见的时候，鸿山便开始劝说北斋前往小布施旅行——"请务必前往信州"。

第三种说法是，鸿山在江户游学时，在隅田川花火大会

---

[1]　一分金是江户时代流通的一种货币，等于四分之一两金，价值高于一日元。——编者注

[2]　一贯钱等于一日元。——编者注

上，为北斋在灯笼上画的牡丹所折服，于是立即动身前往北斋家中。虽然二人没有见过面，北斋却立即从屋里跑出来，说："您就是信州的鸿山先生吧？我一直在等您的到来。"鸿山惊讶，问北斋是什么意思。北斋说："这三天，我一直梦到一位从信州来的叫高井鸿山的人来这里，所以我迫切地等待着您的到来。"这真是奇妙的相遇。

虽然只是传闻，不过在日本桥小布施十八屋的分店一带，出版商较多。从这一点来看，北斋和十八屋应该是相识的。鸿山已经在京都学习绘画，也知道北斋的存在以及画功。在这些因素的撮合下，二人相遇了。

鸿山也是伴着一些客套话，邀请北斋去小布施。这时候的北斋怀着盟友种彦惨死狱中、秘密向荷兰销售画作、通过荷兰馆长获得违禁物品等"烦恼"——这些鸿山并不知情。此外，不听话的外孙伸手向他要钱，因此还有债务烦恼等，可以说北斋"离开江户的理由"数不胜数。

同时，北斋还有那份"宣言"。在七十四岁时写下的"一百岁时成为理想中的画师"——这一宣言之下，他实现了从被出版方以及销售行情束缚的浮世绘走向肉笔画的"转变"。

为此，他需要支持者。而且如果不是理解绘画的人，反而还会被束缚。

在烦恼之时，他灵光一现。北斋的脑海里，浮现出了小布施和鸿山。在距离江户二百五十千米的远方——虽然是天皇直辖区，但百姓的自治却十分完善的城镇。另外，还存在鸿山这位喜爱艺术的支持者，以及是熟人十八屋的故乡。在各种因素下，小布施成了北斋的"理想之地"。

1842 年 8 月，得知种彦之死的北斋，离开了对浮世绘创作百般限制的江户，起程前往小布施。如鸿山此后写的"来时没有招揽，去时没有告别，来去自如，不受他人牵制"一般，北斋的小布施之旅是一场毫无预兆的到访。

高井家与鸿山

以鸿山为第十一代主人的高井家，在信州是数一数二的富豪，在财政方面，有和松代藩相当的实力。从祖辈开始，就注重对地方的贡献，是大大小小十五个村落构成的小布施的向心力的源头。高井家拥有盐屋的屋号，进购濑户内海的盐，通过船运，从饭山沿着千曲川到达山王岛（现在的小布施桥附近）的码头卸货。高井家经营茶叶和酒业，祖父作左卫门是越后高田、信浓饭山、须坂、松代等地的大名，此外，还有祖辈担任京都公家九条家的御用商人。

九条家的御用商人的赚钱方法是，提前收取管理的三社春日神社的修理费用，然后借给大名以及农民，获得利息。或者作为代替品获得未碾的稻谷，经营酿酒业，扩大资产。

原本，小布施村里有个缺点：从志贺高原流下来的松川是一条强酸性的河流，并不适合种植大米。为此，小布施村民通过种植栗子以及棉花，提炼菜籽油，后来还通过烟草等经济作物的栽培以及酿酒业来弥补。仅仅小布施村里，就有十四家酒作坊，都十分兴盛。高井家的酿酒历史，则由现在的分家桝一来延续。

高井家在作左卫门时代，是北信地区数一数二的资本家以及豪商，形成了可代表村落的规模。根据1754年（宝历四年）的小布施六斋市绘图，高井家不仅仅有上町的本宅，在东边有销售盐和茶的作左卫门店，在西边有作左卫门持有的宅邸。鸿山是高井家第十一代，于1806年（文化三年）出生，年少时叫三九郎，与北斋差了四十六岁。

由于祖父曾经和京都九条家有过生意往来，在九条家的许可之下，鸿山十四岁的时候开始在京都游学。对于乡下人而言，京都是向往之地，鸿山为了学习各种学问以及才艺，跟随了当时最出名的师父。儒学跟随摩岛松南，汉诗跟随梁川星严。其间鸿山曾返乡结婚，婚后就带着妻子一起再次上京都，1832年（天保三年）去了江户。

在江户，他拜访了阳明学者佐藤一斋父子，与大阪的阳明学者大盐平八郎也有来往。此后发生大盐平八郎之乱（以米价高涨为理由，对曾经担任与力[1]的大盐发起的幕府进行反抗）的时候，大盐给鸿山寄去了书信，鸿山也给大盐写了回信。进入明治后，鸿山说："发生那个动乱的时候，衙役

---

[1]　官职，对日本江户时代中下层武士的称呼。——编者注

没有抓我，真是神奇了。"可见当时他也帮了大盐不少。

　　鸿山的求知欲一直没有消失。在佛教方面，他作为上田的禅僧活文的弟子开始学习禅，还向松代藩的朱子学者思想家佐久间象山学习，以及与象山并称为松代三山的儒学者山寺常山等结交为友。此后，佐久间象山通过和鸿山的交流，与北斋也认识了。在北斋的画里，也出现过象山的汉诗。据说，北斋产生开国意识的重要原因是象山。

　　另外，鸿山的求知探索还涉及国学、和歌、俳句、狂句、兰学，作为当时的知识分子，全方位地增加文化底蕴。同时，对艺术的造诣也很深。在京都，向贯名海屋学习书法，向岸驹以及岸岱学习绘画。这时，有人告诉他，"京都已经没有画师，在江户的话还有北斋"。这成了他与北斋相遇的伏笔。

天保饥荒与高井家

　　市村次夫先生是现在高井家的传人，他现在在小布施经营的小布施堂，是一家从事栗果子制造、酿酒、餐饮、酒店等的综合企业。他是这样叙述鸿山和北斋的关系的："鸿山的厉害之处在于，在北斋拜访小布施的时候，并不是让他画私人画，而是让他在当地的文化财产岩松院、祭屋台等公共设施画天井绘。费用应当是由鸿山承担的。因为高井家比较注重对社会的贡献。"

正如他所说的，高井家不仅是经济层面上，在福利以及城市建设方面都是当地的指挥者。

于 1983 年建成的高井鸿山纪念馆的前馆长，同时也是乡土史家、北斋鸿山的研究者金田功子在《被小布施征服的北斋》(《北斋研究所研究纪要第四集》)里写道：

> 天保四年到八年，高井家实施了无数次贫民救济。(中略)在高井家有这样的家训，"质实顺良""勤俭力行""怜惜下层"，这种精神代代相传。"高井"这个姓，就是鸿山的祖父第九代市村作左卫门在天明救济贫民时得到的表彰，所以是世世代代传下去的。

1783 年信州大范围歉收时，作左卫门捐助了四百零四两二分金 (无偿给予)，无利息借款六百两金；低价卖出三百俵未碾的稻谷，捐助佐久郡山手九个村庄的百姓共一百两金。

江户中期的一两金大约等于现在的八万日元。四百零四两、六百两、一百两，加起来就是八千八百三十二万日元。不仅捐献稻谷这些物品，还为本地捐了将近一亿日元，确实是家风高洁，也能理解为什么高井家在当地向心力这么强了。

对家乡感情深厚，是在作左卫门之前就有的传统，到了鸿山父亲熊太郎一代，当地也出现了多次天灾和饥荒，高井家同样也捐献了救助金。"(乡土情怀)是高井家代代相传的精神。"金田写道。

天保饥荒开始的 1833 年，鸿山二十七岁，大女儿蝶出生。这一年，鸿山用汉诗《记天保癸巳饥事》记录了当时的情况，他感叹"呜呼民之穷亦极矣"，又在 1836 年写下了"结了果实的麦子腐败，稻子损伤枯萎，愿为人民追赶雨神"这样内容的汉诗，在社内供奉酒水，以求气象状况好转。这时鸿山和父亲熊太郎（六十岁）为了救助贫民，已经捐助了巨额的金钱，并进行了无息贷款。还为无法买米的贫困户分配每日一人一合五勺的大米，在宅子前架起了大锅，每天做饭救人。所以，北斋到小布施的时候，在公共场合（岩松院）以及该地的祈福场所祭屋台画画，对鸿山来说是十分顺理成章的情况。

棉花与菜籽栽培

为什么人口不过万人左右的信州小村庄（从现在的观点来看）小布施，会出现豪商呢？关于这个问题，小布施出生的东京学艺大学名誉教授兼地理学者以及"信州学"的倡导人市川健夫论述道：

> 想必是因为在江户中后期，村民们开始种植适合当地气候水土的棉花和菜籽这两种经济作物吧。[1]

---

[1]   摘自《葛饰北斋生活过的小布施的风土与区域经济》，《北斋研究所研究纪要第一集》。

棉花会经过实棉（棉花的纤维还贴在种子上的状态）→
缫棉（去除种子的状态）→筬卷（棉花的纤维卷在纺锤上的
状态）→棉条→棉布，这四个步骤的加工实现商品化。所以
比起生产谷物，棉布的附加价值更高。读过《明治町村志》
后可以发现，在小布施地区，除了福原村，有九个村落生
产棉花。而在"民业"这一项里，记载着福原村"女子一百
零三人，兼职务农和养蚕，在农暇时以做棉条、织棉布为
业"。小布施生产的棉布除了提供当地消费之外，还会被卖
到越后，也就成了收入的来源之一。

菜籽在榨油后，会加工成菜籽油。1837 年，小布施里
"榨油（精油提炼商家）"有二十九家，其油可以同时用作
灯油和食用油。经济作物的栽培和加工销售，就相当于现在
的六次产业化（第一产业＋第二产业＋第三产业同时推进
的意思）。现在在小布施，栗子的栽培、加工、销售的六次
产业化已经完善了，而这种模式早在江户时期就已经存在，
小布施确实是个富足的农村。

棉花的栽培不仅仅需要肥沃的耕地，还需要施加大量的
肥料。日本最盛产棉花的五畿内地区（山城、大和、河内、
摄津、和泉）使用的是北海道产的鲱的渣滓，而在小布施使
用的是菜籽渣滓。这样一来，棉花（夏天种植）与菜籽（冬
天种植）的二季种植就可行了。

以这种经济实力为背景，市川先生列出了一些关于江户
时期小布施的令人咋舌的数据。

　　小布施当时的户数约是现在的 2.3 倍，人口则是现在
的 1.8 倍。明治初期全国人口约四千万人，从那之后的
一百五十年里，人口爆发式增加了三倍有余（2008 年约为
一亿两千八百万），而小布施却是江户时期时人口更多。所
以包括水田和旱地在内的耕地面积也比现在的一百六十公
顷要多。此外，栗子林有 100 町步 [1]。精选献上栗是松代藩
进贡幕府的贡品。栗落雁 [2] 是文化年间（1800—1809）开始
的，而栗羊羹是 1819 年开始的。农民们还向其他村镇租借
土地（进行耕作），农作物的收获量非常可观。

六斋集市

　　这种合理化生产出来的棉花、菜籽等农作物，以及增加
了附加价值的商品等，会在村镇举办的六斋集市（一个月举
办六次的市场）上销售。这时期连接江户和北路的北国东街
道（谷街道）已经建成，河东地区的交通十分便捷。通过千
曲川可以与善光寺街区沟通交流，通过大笹街道与上州相连
接——这些都增加了六斋集市的必要性。
　　在六斋集市上，谷物、棉花、和服布料、杂货、茶、农
具、鱼、柴等生活必需品会在街边的铺子销售，而常见世

---

[1]　1 町步约为 14.8 亩。——译者注

[2]　落雁和羊羹都是和果子的名称。——编者注

（固定的店铺）里则销售谷物、茶、和服类、盐、油、陶瓷器、药物、酒类等。这些本地不生产的盐、茶、鱼类、陶瓷器都会通过批发商从西国或北陆用船运来。卖盐的高井家等商人就是通过这种贸易发家致富，成为豪商。

北斋从初次到访小布施，到此后七年间，大约三年半是在小布施度过。众多肉笔画以及天井绘绘画所需的居家费、旅途费用、制作成本（昂贵的进口颜料）、酬谢费等都是由鸿山等豪商、富农承担的。小布施，则为此提供了相应的经济基础。

豪商文化

拥有经济实力的商人，为了今后家族的繁荣会在孩子的教育上下功夫。像鸿山这样去京都和江户游学的年轻人不在少数。开国、佐幕、倒幕、尊皇攘夷、公武合体等思想也四处涌动，加上饥荒的影响，江户幕府的力量已经从全盛走向衰弱，江户地区的商人文化开始发展。庶民旅行的习惯也已经十分普遍，人与人、地区与地区之间的交流也非常盛行。豪商们学习思想和学问、开始在文艺、宗教等各种领域大显身手。

在小布施，六斋集市定期举办。另外，人们对新思想、新学问、新的人和事等都十分开放。这时期小布施的知识分子里，学问思想方面有高井鸿山（儒学）、今井素牛（神官）、朝比奈天涯（寺子屋师匠、藩校助手），汉诗人中除了鸿山、素牛，还有市村适斋、高津书斋、樋田良秀（祥云寺住持）等。

1848 年开始的嘉永年间，出现了一个名为"六川吟社"的汉诗人团体，以祥云寺、龙云寺等为地点进行活动。根岸云巢、根岸绿山、平松葛斋（北斋的弟子）等也经常创作诗歌和书法。在国学与和歌方面，则有本居宣长派系的高井宣风，以及继承荒木田久老的市村保光。

在俳谐方面，小布施作为小林一茶多次到访之地十分有名。还有一茶厚待的六川村的寺岛善藏（夏蕉）、其子善兵卫（白也）、梅松寺住持知洞、代官玉木重恒、关谷和田七、其妻北堂、其子四平、小林麦之、路雪等。绘画方面，习得南画技巧的鸿山，北斋的弟子葛斋，还有谷屋的小山岩次郎等都留下了精妙绝伦的作品。

他们聚集在鸿山家中 —— 悠然楼或是龙云寺、玄照寺、岩松院、祥云寺等地，与从江户、大阪、京都招揽来的学者、文人一同创作作品，反复探讨。

在幕末，正因为有这样的沙龙文化，不仅有北斋和一茶，佐久间象山等有志之士也来到了小布施，开展热烈的讨论。就如下一章里叙述的"包容他人，吸取力量"，今天小布施的开放、先进以及创新，都是从这一段历史开始的。北斋在八十多岁的时候仍然前后四次来到小布施，可见这地方拥有着多层次的魅力，才让北斋流连忘返。

十八屋 · 小山文右卫门

"我们虽然叫作谷平、谷屋平右卫门，不过是十八屋的分家。我们的收藏室里有两千多份古代文书，和多和田教授一起调查后发现，里面也有北斋画作的售卖记录，把画卖给了谁、卖了多少钱，类似这样的表述。"现在在小布施镇上酿造味噌，销售酒和腌制品的"谷平味噌"的主人小山洋史先生说。

过去，十八屋在江户的日本桥本银町经营和服店，和北斋是密友。1908 年川崎紫山的《高井鸿山》中是这样记载的：

> 北斋进出和服店十八屋，与其主人关系交好（中略），知道北斋与鸿山之间在精神上有相似的地方。不过他们第一次见面的契机是什么时候，还不明确。[1]

不过，使北斋与鸿山得以联系上的中间人是十八屋文右卫门（1776 年生），这一点毋庸置疑。文右卫门比北斋小十六岁，在江户概观了北斋的全盛时期。

现在仍有这样一幅展示当时十八屋昌盛状态的图留存 ——《江户御得意众中样》。这幅画长约两米，宽约一米，正中央画着一棵巨松，右上角写着"江户"，左上角写着"御得意众中样"。在松树的周围空白处写着"松代样御

---

[1] 已翻译成现代文。

家中""伊豆藏中御店样"等无数客人的名字。大名中有松代藩的真田家、肥前国岛原藩的松平家、播磨国姬路藩的酒井家、大和国高取藩的植村家这四家。商人中则有三井和服店等一百零八家。其他还有寺庙和料亭的名字。十八屋不仅仅经营和服，还从事药物调和。"头痛目眩，站立时头晕，妇女产前产后，应以白水饮用"，写在了当时的宣传册上。

不过，当时在江户十分昌盛的十八屋，因 1846 年小石川马场附近的火灾，受了牵连，之后连续遭遇各种不幸事件，于幕府末代衰落了。大火的两年后，八十八岁的北斋还留下了称赞十八屋商品的话语：

> 经十八屋染色的布料，更加地鲜亮有光泽，胜过福登里与信浓国出产的布匹许多，充满了店家的心意与技艺。

从十八屋分出来的谷平，在战后从洋史先生的父亲一代开始，为了应对燃料革命，开始经营液化石油气，实现了一段时期的繁盛。而往后，城市燃气普及，这个业务也开始受挫。从学校毕业后，在东京工作了一段时间，洋史在三十岁出头，回到了故乡小布施的味噌屋，一直待到现在。2017 年，附近有年轻人开了家"长野土锅拉面 TAKE 先生"，因为使用了谷平味噌的拉面大受欢迎。这正是所谓塞翁失马焉知非福。

顺便提一句，高井家也是，本家衰落了，旁系的桝一"市村家"反而成了主流，开始了上文提到的事业。在下一章里会讲到的"北斋馆",当时建立此馆的町长市村郁夫就是桝一的当家。而现在小布施町长市村良三则是市村家的亲戚。

从北斋时代开始,过了约一百八十年,小布施仍然反复上演着兴盛衰败的过程。

在小布施的创作

成为里程碑的天井绘

关于北斋在小布施的创作活动，长野县诹访市出生的浮世绘研究者伊藤胜先生在 1979 年 10 月 7 日的《信浓每日新闻》里做了如下的概括：

> （北斋来到了小布施）这一时期的署名清晰，仅仅在用心画的作品上写上"画狂老人卍"，其他的作品上会用长短不一的缩写名，简单的作品上仅仅有"卍"，但一定会写上年龄。而只署名"八右卫门"的都是一些特殊的作品。这时期，充满宗教色彩的作品开始增加。而且即使到了九十岁，他也没有因为衰老而导致画功衰退。

开始使用卍符号的北斋，在后期，为了驱除魔障，开始每日画狮子图（后来，信州松代藩的藩医生以"日新除魔帖"之名购入）。北斋八十岁后到去世之前，一直画笔不停，在信州小布施留下了多幅作品。

在小布施，有当地的豪商高井鸿山委托的祭屋台的装饰设计，北斋画了其天井绘以及岩松院的天井绘。完成这些画作都非常费时间，似乎是因为北斋自己发明的绘画工具的干燥速度非常慢。所以在这期间，他也留下了很多肉笔画。（中略）岩松院的天井绘是北斋最花费心思推敲的作品，（中略）从现代画角度来看，这幅作品的技法非常高超，可以称得上是北斋的里程碑。

正如伊藤所说，北斋在小布施画的作品，主要有每日为了除魔而看似一笔画成的《日新除魔帖》共二百一十九幅，天井绘方面则有东町和上町的祭屋台天井绘，最大的画作是鸿山的菩提寺——岩松院的天井绘。

良好的环境

1842 年，北斋第一次来到小布施的时候，穿着轻便的半缠和麻布草鞋。关于那时鸿山的反应和接待的情况，《高井鸿山小传》[1] 里是这样记叙的：

鸿山看到北斋极为欣喜，用接待贵宾的礼节进行招

---

[1] 岩崎长思著，1933 年。

待，让北斋住在隐宅前面的新宅里。北斋在那里住了两年。（中略）鸿山希望北斋能够再次到访，所以把他的生活照顾得周到细致。

鸿山十分厚待来到小布施的北斋，提供了新建的住宅进行招待。

在小布施，北斋过着这样的日子：

> 北斋不在乎房间大小，不挑剔食物，只是在吃饭之前必须要有慈姑，而且很喜欢味噌，喜欢在烤味噌里注入热水再食用。每天早上的功课便是画狮子，没有一天不是如此，这个功课没有完成，就不会接待来客。他日日挥笔，画人物花鸟等，甚至可以说是不知倦地生于画长于画。

在小布施，北斋虽然每天主要画"日新除魔帖"，不过随着时间的流逝，他还是开始担心起留在江户的女儿阿荣的情况。鸿山开始劝说北斋把阿荣也带过来。鸿山买下了离自己家非常近的东町的民宅，起名"碧漪轩"，作为二人的工作坊。

有了这个空间以后，北斋开始了无拘无束的生活。北斋称鸿山为"主人"，鸿山称北斋为"老师"，二人之间建立了互相尊敬、互相信任的关系。

那时北斋想出房间时，在场的鸿山还会为北斋摆好鞋子。看到这个场景，谨慎的北斋说着"惶恐啊"，又自己重新摆了一遍鞋子再穿上。

鸿山的宅子里有大花坛和草药园子，北斋一直很愉悦地为花草写生。他很喜欢孩子来玩，抓一些虫子描画，或是在风筝上画画。在盂兰盆节的时候，他还会在孩子的灯笼上画画，过着舒适而自在的日子。

小布施人眼中的北斋

要饭的叫花子

小布施的人从前叫北斋为"要饭的叫花子""没钱的画师"。

"我是江户的北斋，还麻烦你叫一声鸿山老爷。"

北斋第一次敲鸿山宅子的大门（现在还在）的时候，下人惊恐地打开门，看到一个高大（约180厘米）的男子身穿皱巴巴的衣服，脚穿草鞋，腰部还挂着新草鞋，拄着拐杖，站在那里。乍一看，完全就是要饭的。鸿山听说，十分惊讶地去开门迎接，"要饭的叫花子的到访"第二天早上就成了村里人的谈资。

《水浒传》的屏风

小布施的人看到北斋长期住在这里，每天都在画日新除魔帖，意识到他是个"不得了的画师"。富农、豪商，

还有包括武士阶层的文化人，很快都去鸿山居住的悠然楼
拜访北斋，或者邀请他参加聚会，进行交流。某次，邻村
一个叫中野的富农委托北斋画《水浒传》的屏风。听了他
的委托，北斋的想法是，让一百零八将全部出场，营造一
个前所未闻的画面。绘画需要三年，颜料需要六十两金。
用现在的价格来算就是四百八十万日元。富农被他的想法
吓到，于是回绝了。

成卷的底稿和画稿

就如他自称的画狂老人一般，北斋对绘画的执着超乎常
人。他画的底稿堆积成山，全部卷成一卷一卷。北斋画天井
绘的上町和东町的屋台在拆下保存时，所有的小块都用北
斋的底稿包起来。谁都没想到，到了今天这些底稿也会有
价值。

女儿阿荣

北斋第一次住在小布施的时期，是在 1842 年秋天到
1843 年春天这半年。受到鸿山款待，过着毫无束缚的生活。
不过只有一点让人操心，就是留在江户的阿荣。北斋为了能
够带阿荣来这里，一直等到春天雪化时，回到了江户。

北斋带着阿荣来到小布施是在第二年的春天。小布施
人想象着阿荣是一位美丽的女性，不过来的却是满是皱纹的
六十多岁的老太婆，这让他们很失望。不过她的画功却是数
一数二，阿荣和北斋一起组成“北斋组合”，画了天井绘，
还留下了自己的作品（《百合之绘》等）。北斋去世后，阿荣

还给小布施的熟人写了书信，上面说明了画具该怎么处理。[1]

在小布施的画业

关于北斋到访小布施的次数和活动情况，有多种说法。

东京高等师范学校（当时的名称）的教授由良哲次认为，北斋初到访小布施是在 1842 年秋天。当时鸿山和北斋之间应该形成了在小布施的创作计划。

北斋到访小布施，不仅是为了离开江户，也是为了实现一百一十岁时想拥有的绘画能力而不断创作肉笔画。为此，他需要优良的支持者。从这个角度来说，拥有众多像鸿山这样的豪商和富农的小布施，是个理想之地。鸿山委托北斋，绘制他的菩提寺[2]——也就是埋葬着武将福岛正则的岩松院正殿的天井绘。岩松院 1815 年被烧毁，1831 年举行上梁仪式。在这未完成的天井上画凤凰图的任务落在了北斋的身上。

接下来给北斋的任务还有由于东町的屋台重建，在天井描绘龙和凤凰的图案；以及鸿山一族居住的上町建造屋台上，用木头雕刻了《水浒传》中的英雄公孙胜以及应龙[3]进行装饰，背后的两幅怒涛图（《男浪图》和《女浪图》）。这

---

[1] 摘自《北斋与栗之町——小布施导览》。

[2] 供奉（祖先的）灵位的寺院。——编者注

[3] 古代中国神话传说中一种有翼的龙，亦作黄龙、飞龙。——编者注

三件是鸿山委托的大订单。

东町祭屋台天井绘

1844 年 5 月，带着阿荣回到小布施的北斋，开始着手绘制东町祭屋台的天井绘，在约一百二十五厘米见方的桐木板上画上凤凰和龙。凤凰张开双翼，两片长长的尾部羽毛以圆形充满整个画面，犹如孔雀尾部的花纹一般的金色珠子闪闪发光。翅膀与尾部被装点得非常华丽，而底部则用蓝色映衬。

龙图是北斋在小布施集大成之作。边缘用圆形的波涛花纹，底部用红色，一点一点地用金箔点缀。

这两幅画的创作用了大约半年时间。完成之后，北斋再次回到了江户。

上町祭屋台的天井绘和木雕

天井绘的怒涛图是在与东町基本相同的桐木板上绘制的。始于 1845 年 7 月，第二年 5 月完成。北斋的怒涛图的代表作中，有富岳三十六景的《神奈川冲浪里》。这幅天井绘被认为是抽象画的"进阶之作"，有更为真实的压迫感。

屋台内侧用木雕的公孙胜像和飞龙装饰，源自公孙胜拔剑念咒呼唤飞龙的典故。人物肖像是当地一位叫龟原和太郎的雕刻师的作品，据说制作了七次才得到北斋的认可。龙用金色上色，由江户的雕刻师松五郎雕琢而成 —— 这些记录在了北斋的书信里。

岩松院天井绘

从 1846 年 8 月北斋写的书信里，可以了解到这个时期他开始着手进行岩松院天井绘的底稿绘制。这是在东町和上町祭屋台完成后没多久画的，是小布施画作的集大成作品。在厚木板上全部用彩色，在背景底层全部用上了金箔。据说这些颜料是当时通过长崎从中国购买的。用现在的价格换算，大概需要六千万日元。是将玛瑙、珊瑚、翡翠、孔雀石、胭脂等宝石碾碎后用油质（阿拉伯胶）溶化后绘制而成。

岩松院天井绘完成后虽然经过了一百六十多年，却一点都没有褪色，仿佛昨天刚刚画完一般鲜艳，而鸿山绘制的凤凰图在须坂市的寺庙中被发现时，褪色却相当严重。我们从中可以看出，北斋晚年撰写的《绘本色彩通》里记录的颜料的使用方法、油的使用方法的技术含量之高。这幅画也有鸿山及徒弟们组成的"北斋队伍"参与创作。

阴阳五行说

（祭屋台的）天井的漩涡状浪图并不只是装饰画，是基于中国的阴阳五行对立原理描绘，象征宇宙万象的永恒，上町区的人们将其称作《女浪图》《男浪图》也是这个原因。

1988 年 6 月 24 日、25 日，《信浓每日新闻》分两次刊登了小布施町公民馆原职员、北斋评论家饭沼正治先生写的报道。饭沼先生在北斋馆建成后成为员工，开始研究北斋和鸿山，还出版了北斋相关的作品《象与唐人图》。在研究领域，也发表了数篇与北斋相关的论文，另外还发表有《为一说》《北斋庄子思想说》等，在学术界具有一定的影响。

阴阳五行说是中国古代的天文学，饭沼说它"无比复杂"。"静对动""柔对固""女对男""月对日""夜对昼""凹对凸"等，消极的事物为阴，积极的事物为阳。

用这个图式来看待怒涛图，《女浪图》是温柔的暗色调，漩涡呈现凹状，整体是静态的。而相对的，《男浪图》则是激烈而明朗的，漩涡是凸状，整体呈现动态，是阳刚的。天井的位置也是如此，从屋台的延展方向上看，《男浪图》在前，《女浪图》在后，所以在拆除的时候，为了避免错误，在内侧留下了前和后的标记。

饭沼继续写道：

> 这两幅浪图里，隐藏着一个重要的"相生相克"的原理。相生是指相互依存而生，相克则是指相互克制的意思。世上的万物，若是仅仅强调积极的一面，必定迎来恶果。这是在告诉我们，这里需要有负面的因素。

关于怒涛图周围点缀的彩色图画，饭沼是这样写的：

> 女浪的边缘是用花鸟装饰，展现优雅的一面，和平天使则带有异国风情。四个角用了暗色花纹，以表示夜空。

让人联想到皇冠的凹状花纹，分别分配在对角线上。而男浪的边缘画的是狮子（勇敢）、凤凰（不死永生）、麒麟（知）、孔雀（美）。四个角落的太阳周围万物生长，有一种繁茂的感觉。巴纹[1]的中间则画着让人联想到古代炼金术的蛇。（中略）上町祭屋台的天井绘象征宇宙万象的永恒，蕴含着令人诧异的内在深度。

在东町的祭屋台的天井绘，画的是色彩斑斓的跃动的龙和用安静的弧线画出的飞舞的凤凰。

龙和凤的组合，在中国就是"龙凤呈祥"，也就是带来这个世界上至高的吉祥与稳定的象征。

从阴阳五行说的对立原理来思考，中国皇帝自称为龙，拥有超凡能力，是君临世间的天帝、天子。北京的故宫里，到处都有让人联想到龙的巢穴的雕刻，而皇后则是华丽腾飞的凤凰。据说凤凰也源于飞龙，是翱翔在空中的鸟类的王者，五色光辉，五声啼鸣。

人们相信这种阴阳的力量结合，天与地，火与水，相互的对立与对抗无穷无尽地继续着 —— 正因如此，人间才会丰收多产，才会有永久的吉祥与平稳。

---

[1]　三个相连接的蝌蚪状花纹。——译者注

"日新除魔"外流之乱

来到小布施后，作为必修课，北斋每天都会画"日新除魔"图。北斋在来小布施之前，在江户也每天画狮子图。饭岛虚心的《葛饰北斋传》中写道：

> 北斋翁住在桤马场的时候，每天早上都在一小张纸上画狮子，再揉成一团扔到家门外。有个人偶然捡到，打开一看，只见狮子行笔轻快，不同寻常，对老翁连连夸赞。（中略）有人问老翁，为什么每天早上画了狮子又丢掉呢？老翁说，这是驱除我外孙心中恶魔的禁咒。

北斋的二女儿生的这个外孙，行为放荡。因为要帮其还债，北斋十分头疼。为了驱除外孙心中的恶魔，北斋持续画了很长一段时间的禁咒，据说一共有二百一十九幅。1906年，其中的八十五幅被集成了册子，通过龙节庵出版。推测《日新除魔帖》就是 1842 年到 1843 年北斋在小布施画的狮子图，这些图是北斋送给松代藩的宫本慎助的。关于其中的经过，金田功子是这样写的：

> 北斋在小布施每天画的狮子，都没有被丢弃，而是被鸿山完好地保存了起来。在北斋和阿荣到来时，鸿山将它们交给了二人。阿荣又将狮子图通过十八屋的手送到了江

户，（中略）1847 年，转让给了浅草田町（来到江户）的宫本慎助。[1]

这些画之后又有了奇妙的经历。时任小布施北斋研究所主任的桥本健一郎，在《北斋研究所研究纪要第三集》（2010 年 1 月）中提交了报告：

> 1997 年有一个让人极为震惊的新闻——在国际艺术品拍卖界有名的佳士得拍卖名录里，狮子图赫然在列。《信浓每日新闻》在 10 月 20 日的报道中写道，"（中略）北斋的二百一十九幅日新除魔画中，与《日新除魔帖》基本重合的八十八幅恐怕将流失海外"，引起了广泛议论。

这时，文化厅开始着手调查，认为名为"宫本本"的《日新除魔帖》是重要的艺术品，禁止流向海外，并向佳士得提出了停止拍品拍卖的诉求。虽然在拍卖开始前三天已经举办了内部展览会，不过佳士得还是回应了要求，在拍卖前一天决定停止拍卖，避免了珍品流失。

在这之后，这二百一十九幅作品于 2003 年被认定为重要文化遗产，现在由独立行政法人国立文化财机构所有，收藏在九州国立博物馆。在北斋的画作正面临流失的危险时刻，

---

[1] 摘自《栗之诗》44 号。——译者注

媒体报道的力量阻止了这场拍卖。重要文化遗产的认定虽然是因祸得福，也是对过去评价过低的北斋的价值的侧面印证。

十返舍一九记录的大笹街道

有一个与北斋生于同一个时代，也有过交流，从江户旅行到信州，写旅行游记的作家——十返舍一九。他生于1765年，比北斋小五岁，1831年去世，比北斋早十八年。十返舍一九于1802年出版的《东海道中膝栗毛》十分畅销，他被誉为日本第一位职业作家（依靠文字生活），过了二十一年的旅行生活，一直在写《膝栗毛》系列。

一九留下的《木曾街道之记》《善光寺草津道之记》《信浓纪行》等文章中，有北斋走过的群马县仓贺野、大笹峠、坂本、松井田等。大笹街道是指从善光寺平[1]、经过上州（现在的群马县）到江户之间的北国街道的近路，从距离来看，比起走北国街道要近得多。这条路既是将须坂藩、饭山藩的米运往江户的道路，也是将关东的物资运往北信浓的重要通道。

不过，因为是偏僻小路，经常被凶恶的罪犯等利用，所以大笹于1662年设立了关卡，开始对过往行人进行管理。

---

[1] 　从善光寺的门前町发展而来的以长野市为中心的平地。——编者注

有意思的是，关卡的进口附近，显眼地立着一个避开关卡的小道标志，所以经常有逃亡、私奔的人从这里走过。据说国定忠治[1]也是从北国谷街道的福岛宿（现在的须坂市）到仁礼宿，爬上陡坡到达菅平，再从鸟井峰（海拔1362米）到达上州的大笹宿。

一九是这样描述从善光寺出发、穿越大笹峠的路程的：

> 善光寺到草津有两条路。绕过涉之汤前行的道路，虽然很近，但是却很难走。如果没有人带路，实在是难行，而且也无法找到地方投宿。大笹路还可以走轿子，更容易通行。（中略）从善光寺到仁礼宿，靠着引导可以前行。有近路。仁礼宿村里，虽有住宿，但都是农家，难以分清。多次问路，终于得以在这停宿。如果不在仁礼宿投宿，距离下个投宿点还有七里路。从仁礼出发每日骑马，来去的道路都十分宽阔易行。距离这个住宿点，走二里多山路就有山峰。（中略）仁礼到大笹有八里多路。

北斋走过的大笹峠，若是靠马和轿子倒是没问题。若是徒步，就要走八里路，否则没有投宿的地方。这侧面印证了北斋脚力的稳健。

---

[1] 国定忠治，江户时代后期的侠客。——编者注

其后的北斋

墙内开花墙外香

北斋在 1849 年八十九岁（虚岁九十岁）的时候患病，用了药也不见效果，医生对阿荣说："因为（北斋）确实衰老了，恢复无望。"那之后，门徒旧友都前来看护。4 月 18 日，北斋在大限来临之前，大口喘着气说："若上天再给我十年阳寿，不，短一些也好，再给我五年阳寿，我应该就能成为真正的画工，死而无憾。"[1]

北斋的骸骨被埋在浅草的誓教寺里。门徒旧友共同拿出钱财来，举办了葬礼 —— 这在《葛饰北斋传》里有记载。虽然说北斋弟子众多，但是并没有像歌川派以及胜川派那样形成固定的派别，也没有指定谁为自己的后续继承者，所以在北斋去世后，北斋的作品及名号，乃至其影响与声望都迅速衰退了。

四年后，佩里率舰队到了浦贺，要求幕府开国。1854 年，美国与日本签署和平条约，锁国政策已经在实质上破

---

[1]　摘自《葛饰北斋传》，饭岛虚心著。

产。进入了开国维新期，萨长同盟执掌新政府，江户时期的文化开始被当成唾弃的对象。

而与此相对，在北斋去世后，19 世纪 70 年代日本主义潮流诞生。以 1900 年为高峰，各种艺术场景里，都会加入日本艺术的要素，而北斋时常处于这场潮流的中心。北斋版画研究项目顾问、艺术研究学者彼得·莫尔斯先生在 1993 年东京池袋东武美术馆举办的"大北斋展"的官方展览图录里写了一篇名为《北斋的世界名望》的文章：

> 罗杰·凯斯（Roger Keyes）博士与我在调查过程中发现，（从明治时期到今天）北斋相关的作品已经有五千部以上。其中，专门以北斋为研究对象的书有三百本。其中一半是以日语撰写，剩余的一半由法语、英语、德语、俄语、荷兰语、西班牙语、意大利语、希伯来语、捷克语、罗马尼亚语等各种欧洲语言撰写而成。另外，关于北斋的论文也有超过五百篇。北斋相关的展览会，包括本次在内，至少举行了六十五次。不论是东方还是西方，都没有哪位艺术家这样受瞩目。

专门以北斋为研究对象的书籍，最早的有 1817 年名古屋发行的科里·恩科昂（本名高力种信，笔名猿猴庵）撰写的《北斋大画即书细图》，里面还有一百二十叠[1]大小的纸

---

[1] 1 叠约等于 1.65 平方米。——译者注

张上描绘的世界上最大的肉笔画大达摩制作秘话。英语作品则有 1880 年爱德华·西尔维斯特·莫尔斯撰写的论文《北斋论——近代日本绘画的开山鼻祖》，里面收录了一篇北斋的简短传记以及莫尔斯收藏的一幅北斋作品的介绍。

在欧美，北斋研究的中心主要集中在以下作品上。由埃德蒙·德·龚古尔撰写的于 1896 年发行的《北斋》，同年，米歇尔·勒翁的《北斋研究》发表了。此外还有，1898 年在伦敦、纽约同时发行的查尔斯·约翰·霍姆斯（Charles John Holmes）的《北斋》。德语作品则是于 1904 年发行的弗里德里希·帕金斯基撰写的《北斋》。1906 年爱德华·斯特兰奇，1914 年亨利·福雄，1925 年野口米次郎（英语），1937 年长濑武郎（法语）也相继出版了关于北斋的作品。

在日本国内，织田一磨的《北斋》于 1926 年出版，井上和雄的《北斋》于 1932 年出版，同年野口米次郎著作的日语版出版。

1890 年，伦敦美术协会举办了世界上最早的以北斋为主题的展会。1892 年—1893 年波士顿艺术馆展示了北斋的一百七十二幅肉笔画以及北斋漫画，主题为“北斋与门徒”。日本最早的北斋展览，是 1900 年费诺罗萨与浮世绘商人小林文七共同举办的展览。

而从古至今，从东方到西方，规模最为庞大的北斋展览会是 1901 年在维也纳举办的展览会。艺术商人 E. 赫尔谢拉主办，展示了肉笔画及二十五幅素描、四十六幅绘本、五百五十九幅版画。《富岳三十六景》《诸国名桥奇览》《诸国巡回》《花鸟图》《诗歌写真镜》《百物语》《琉球八景》《画本忠臣藏》《绘本小仓百句》均以完整的面貌呈现在观众面前。林忠正还在巴黎的时候，就已经有这么多作品在维也纳了，可见日本主义潮流以及北斋在欧洲的受欢迎程度与知名度。北斋在欧洲广受好评，成为"世界的北斋"，而在日本国内，却渐渐走向衰落。

费诺罗萨想法的变化

有一个实例可以间接体现世界范围内人们对北斋的评价情况，就是在明治初期的日本艺术界里，对冈仓天心、坪内逍遥等人给予巨大影响的美国哲学家、东亚艺术史家欧内斯特·费诺罗萨的想法变化一事。费诺罗萨在 1878 年和林忠正前后脚来到日本，在东京大学教授哲学及政治学等学科。来到日本以后，他对日本艺术十分关注，与助手冈仓天心一同前往古寺观看艺术品，致力于东京美术学校的建设。费诺罗萨醉心于将军大名喜爱的狩野派画师的作品，并拜入狩野派门下，获得了狩野永探理信的绘画名号，还给孩子也起了"kano" [1] 这样的名字。

---

[1] "狩野"在日语中的发音。——译者注

在维新时期这一崇尚西洋文化的时代风气中，费诺罗萨高度评价日本艺术，与西洋画相比较的同时，阐述着日本画的优越之处。同时，还对日本主义热潮中对北斋的过高评价提出了不同意见，对巴黎的日本爱好者路易·贡斯刊登在当时具有代表性的英文报纸《日本周报》上的《日本美术》一文进行了批判。尤其是对欧美人赞不绝口的北斋，他的评价尤为尖锐。

　　　　北斋的画陈腐老旧。不仅样式上陈腐，结构也几乎都很陈腐。

　　　　贯穿在北斋所有作品中的是由荷兰代表的欧洲的不好的一面，日本要素和欧洲要素混合下形成了北斋的陈腐。

　　　　北斋既不是纯粹的东洋艺术，也不是西方艺术，他是两者的结合。

不过这时候的费诺罗萨还没有切身体验在欧洲盛行的日本主义热潮。他与冈仓天心共同到访欧洲是在 1887 年，是到日本九年后的事了。他去了卢浮宫美术馆。他那奔走般到处看的样子，后来被巴黎的报纸批判了。[1]

　　　　不过费诺罗萨这时诧异于巴黎对浮世绘的狂热，第一

---

[1]　摘自《林忠正》，木木康子著。

次意识到了一直鄙视着的浮世绘的艺术价值。[1]

回国以后，费诺罗萨改变了想法。1896 年纽约艺术商凯彻姆举办的浮世绘展上，费诺罗萨刊登了《浮世绘的巨匠们》一文。正如前文所说，1900 年费诺罗萨与小林文七共同举办了日本首次浮世绘展，在展览图鉴中，他对北斋进行了高度赞赏，表示"浮世绘是纯粹地从日本风土里诞生的绘画""其版画是无上杰作"。这个时候费诺罗萨已经回到美国，从 1890 年开始担任波士顿美术馆东洋部长，介绍日本艺术。波士顿美术馆购买了四百对屏风、四千幅肉笔画、两万幅版画，另外他自己还收集了许多浮世绘作品[2]，不仅是更换了想法，还满足了自己的私心。

之前提到的彼得·莫尔斯写道：

> 在美国，北斋的受欢迎，没有通过欧洲，而是直接来源于日本。费诺罗萨、威廉·斯特吉斯·比奇洛（波士顿美术馆采购负责人）、莫尔斯这些早期波士顿的收藏家，在日本期间收集了许多优秀的作品。现在，在全世界范围内论起具有一定规模的北斋画收藏，就要数波士顿美术馆了。

莫尔斯提到的其他馆藏丰富的美术馆还有，日本东京的

---

[1] 摘自《林忠正》，木木康子著。

[2] 摘自《浮世绘收集备忘录》，小岛乌水著。

国立博物馆与太田纪念美术馆，以及长野县松本的日本浮世绘博物馆（酒井收藏）。在日本以外的地区，还有比利时布鲁塞尔皇家美术历史博物馆、芝加哥美术馆（美国）、莱顿民族学博物馆（荷兰）、维多利亚和阿尔伯特博物馆（英国伦敦）、大都会艺术博物馆（美国纽约）、大英博物馆（伦敦）、福格艺术博物馆（美国马萨诸塞州）、檀香山艺术博物馆（美国夏威夷）、民族博物馆（波兰）。而关于肉笔画，可以说没有哪一家博物馆的收藏能比得上弗瑞尔美术馆（美国华盛顿）。

通过以上内容我们可以看出，北斋在日本以外的地方受到了极热烈的欢迎，引得人们纷纷收藏他的作品。真是可惜……

北斋 —— 重要文化遗产的认定

目前，北斋作品中被认定为重要文化遗产的有三幅。最早被认定的是大阪市立美术馆收藏的肉笔画《潮干狩图》，是 1997 年 6 月的事了。永田生慈在《葛饰北斋的愿望》中是这样写的：

> （1980 年之前通过重要文化遗产认定的浮世绘画师有十位，作品十三幅）连活跃时间比北斋更晚的歌川广重都已经入选，从这一点就可以看出，日本国内当时（对北斋）持有怎样的看法。

在这之后的 2002 年 6 月，《二美人图》入选。上文提到的免于流失海外的《日新除魔帖》，于 2003 年入选重要文化遗产。而与此相对，胜川春章的作品入选是在 1959 年、鸟居清倍的则是在 1962 年和 1964 年、写乐是在 1962 年被认定的，从这些情况也可以看出，日本国内对北斋的好评来得稍显晚了一些。

而且，浮世绘画师的重要文化遗产认定中，除了春章的一幅，其他作品的认定时间均在 20 世纪 60 年代后，从这一事实中也可以看出，明治初期后的一百年里，浮世绘遇到了寒冬。身在小布施的北斋也面临了这样的困境。

须坂小布施通向世界的狭窄道路

话虽如此，硬要说的话，明治时期到大正时期，再到昭和初期，是小布施邻镇的须坂从事制丝产业的"买茧人"，通过从欧美传来的日本主义热潮的信息，注意到了浮世绘及北斋的价值。

例如，须坂的牧家，曾拥有两千坪的土地面积，两百坪建筑面积。在京都官殿匠人打造的豪宅深处，至今仍收藏着北斋的肉笔画。牧家第三代传人牧久雄先生说："祖父茂助在须坂和小布施进购茧，制成丝以后运往横滨。那是足以改变横滨市场价的交易量。想必是在那时，欧美的艺术商人向他介绍了小布施的北斋的作品。在我们家里，收藏的基本是肉笔画。"

当时在横滨，野村洋三（后来成为新天地酒店的总监）经营的"武士商会"等有几家是以欧美人为销售对象的艺术商行。据说有一段时间，法国艺术商萨穆尔·西格弗里德·宾也为了收集购买浮世绘开了艺术品商行。

茂助进出这些地方，所以得到了欧美日本主义热潮的信息。在去小布施购买生茧的时候，也会一起购买还未被世人认可的浮世绘和肉笔画，再卖给横滨的艺术商。

江户时期，北斋穿过大笹峰，从江户到达小布施。到了明治时期，反而是北斋的作品通过"买茧人"的手，穿过大笹峰从横滨走向欧美。在须坂和小布施，也曾经拂过 19 世纪末日本主义热潮的微风。

复苏的北斋

北斋的作品与画功、技巧，以及在世界艺术史上的地位开始得到关注，是在半世纪前、东京奥运会结束时的 20 世纪 60 年代中期以后。在不曾想到的地方，被闻所未闻的光所照拂，北斋时隔一个世纪获得了复苏。

国内的第一声鸣啼率先从小布施开始。北斋的真实面貌，以及蕴藏在他作品中的那永恒的生命力将就此揭开 ——

第四章

北斋重生，迈向未来

在那个想不到的异国，北斋获得了重生

连小学生也买得起的北斋

日本从 20 世纪 60 年代起逐渐将留存于国内的浮世绘认定为国家文化遗产，但在那个年代，北斋的画到底又价值几何呢？我们可以从一篇采访报道中窥知一二。

> 我第一次接触到葛饰北斋是在小学低年级的时候，记得有一次妈妈给了我一百日元作为一个月的零花钱，我攥着钱就去了家门口的旧书店，门口的书架上放的一般都是那种最便宜的廉价旧书。[1]

这是已故的北斋研究专家永田生慈在接受糸井重里先生运营的网络媒体采访时，讲述的往事。

> 我看到一本线装书，和其他书完全不一样，于是就抽

---

[1]　摘自 Hobonichi《北斋老师！》，2005 年 10 月 17 日。

出来看。（中略）我感觉自己买到了一本不得了的书，所以一直珍藏着，直到上中学时，在历史课上我才注意到那本书上的画都是葛饰北斋的作品，我也才意识到他就是画富士山的那个人，之后就开始不断搜寻北斋的相关资料……

永田生慈于 1951 年出生在日本岛根县津和野地区。他说的小学低年级，也是 1960 年左右的事了。早在立正大学读书时期，永田就已经师从当时的浮世绘研究第一人、名誉教授楢崎宗重，并且独立编辑发行半月刊杂志《北斋研究》（至晚年变为不定期发行）。同时，永田还是一位北斋作品的收藏家，毕业后曾在太田纪念美术馆、墨田北斋美术馆（开馆前）工作过。1990 年，永田带着自己的藏品在故乡津和野创建了"葛饰北斋美术馆"，并担任馆长直至 2015 年。2018 年，在永田逝世的前一年，他将约一千件北斋作品全部捐赠给了岛根县立美术馆。

永田曾说过：

20 世纪 60 年代，北斋的作品用很低的价格就能买到，现在看来简直难以置信。说到底，还是因为在很长一段时间里，人们对北斋研究这个命题本身一直是存疑的。

为什么存疑呢？

日本人传统上喜欢花鸟风月的世界，更欣赏优美有余韵的画作，也就是所谓的狩野派画风。浮世绘普遍被认为是一种卑贱的流派，其中北斋的画又是浮世绘中最为不入流的一支。（中略）所以，在我开始（北斋）研究的年代，人们对北斋的评价非常低。

19世纪末，日本主义狂潮席卷欧美，自此浮世绘、北斋的人气在欧美一路飙升。明治末期至昭和初期，缫丝业的"蚕茧商贩"、带着西洋美术品商委托的"古董美术品商贩"（按当时的说法可能是古董工具商贩）蜂拥而至，以低价大量收购小布施的北斋亲笔画和全日本的半吊子收藏家留下的浮世绘，从横滨运往美国、欧洲高价倒卖。可以想象，这些画到了欧美当地就会被冠以"纯粹艺术"的名号，卖出比日本高出几个数量级的价格。然而，北斋的画在日本却是"用小孩子的零花钱就能买到的廉价旧书"。

战乱疏散儿童的破布头

这种状况也发生在小布施。比如渡边章宏，作为那幅二十一叠榻榻米大小的天井绘《八方睨凤凰图》所在的小布施岩松院的住持，他曾说："大约四十年前，我来到了这个寺院，那时北斋馆建成已经有五年（1976年开馆）。我们发给施主的关于这座古老寺庙的宣传册上，写着《八方睨凤凰图》是由一位叫高井鸿山的施主和北斋共同创作的。当时北斋画的底稿保存在仓库的一个十分破旧的箱子里。战争时期，被疏散的儿童在大殿里打地铺，扔破布头嬉戏时，正好砸中了藏在天花板上的箱子。"

1998 年，渡边接任住持时，曾经有击太鼓庆祝的环节。当时太鼓的震动使得天花板上的尘土纷纷落下，用手接住一看，原来是凤凰图的颜料，这时候人们才第一次意识到得请修复师来把天花板上的颜料修补一下。这幅天井绘自完成后约一百七十年间从未进行过任何修补工作。战前、战时乃至战后，一直到 20 世纪 60 年代中叶的"那个时候"为止，北斋在小布施也很少被人提起。"即使在小布施，北斋也并非一直被视作伟大的艺术家，在 20 世纪 60 年代中叶发生'那件事'之前，小布施的北斋、鸿山都一直沉睡在无人问津之中。"小布施当地的北斋研究专家饭沼正治说道。

20 世纪 60 年代后期，饭沼先生是小布施公民馆的职员。他做梦也不会想到，随着 1976 年北斋馆的建成，自己竟然会卷入这股浪潮中，并且用自己的余生一路追随北斋。"昭和四十年那会儿，除了上町和东町那批北斋天井绘装饰的游行花车所有者以外，小布施地区几乎没有关注北斋作品的人。"

江户时期将北斋请至小布施的巨贾高井鸿山，他的一个分支宗族的后代市村次夫先生（小布施堂社长）也表述过自己的看法："我家祖上既收藏了北斋的作品，也收藏鸿山的作品。老爷子（市村郁夫，1969 年至 1979 年担任小布施町町长）从战前就多次策划，想把小布施的北斋推向全日本。关于我家收藏的油画《鱼贝静物图》，从 1933 年起，我们就制作了一个仅供欣赏该画作的人留言用的名册。浮世绘研究专家栋方志攻先生、横尾忠则先生等人都欣赏过这幅画。在我小时候，如果家里有贵客光临，我也能跟着大人在旁边一睹这幅画的真容。但之后经历了战争，另外老爷子担任县议会议员后也忙碌了许多，很多事就身不由己了。以'那件事'为契机，小布施的北斋在世间的评价彻底改变了。"

现任高井鸿山馆馆长金田功子回忆往事："别说北斋了，就连鸿山在很长一段时间都不被当地人所了解。现在作为陈列室的这幢翛然楼，也是文化遗产保护委员在建馆前拼了命打扫才清理出的空间，否则会一直处于废弃状态，杂草丛生。"

每个人都能讲出北斋、鸿山被世人遗忘在小布施的故事。据说鸿山曾为北斋准备了一座碧漪轩，一直以来人们都认为那是邻近翛然楼的一间小屋子。但是随着日后考证，（北斋住的其实是）距离翛然楼"隔着一片庄稼地的另一个村子里的某个古旧民宅"的说法变得更有说服力。

东町的游行花车上装饰的天井绘就是"北斋作品"，这件事也逐渐被人遗忘了。1968 年 3 月 16 日的《信浓每日新闻》上刊登的一篇报道中写道："这幅画发现于公会堂。"当时的美术评论家濑木慎一居然还做出了"这是一幅受北斋风格影响的（他人）作品"这一鉴定意见。

　　距离北斋、鸿山在小布施的活跃时期已经过去约一百三十年了，算起来已经过去了四代人，传承的记忆在逐渐湮灭，各种材料也多散佚了。在这期间，日本经历了中日战争、日俄战争、第二次世界大战、战败、复兴、经济高速成长等令人目眩的时代变迁，一个家族是很难一直保持繁盛并存续至今的。

　　尽管如此，上町和（并没有意识到天井绘价值的）东町的人还是将两台有天井绘的"游行花车"保存至今。如今每年庆典之时，町中百姓全体动员组装花车，并抬着花车在町中的街道游行。但庆典一结束，花车又会被拆卸，再度封存在仓库里。而这座仓库也已经年久失修，将花车部件存放在这种仓库里，着实让人捏一把汗。

　　作为城市的官方行为，明治、大正时期共有两次搜集鸿山功绩并编纂成册发布于町报进行连载的宣传行为。1933 年 5 月 7 日，纪念鸿山逝世五十周年的祭典活动在小布施村小学举行，村长、高井郡教育长官、村教育长官等重量级人物云集于此，久保田官司作为祭主举行祭典。上高井教育会出版了《高井鸿山小传》（岩崎长思著）。祭典当天，画有北斋天井绘的上町游行花车也出现在了现场。但令人遗憾的是，纪念活动的演讲都集中在"幕末维新期的高井鸿山先生""鸿山先生的时代大势""关于宪法政治"等主题上，完全没有提及北斋。

　　在 1948 年也举办过北斋逝世一百周年、鸿山逝世六十五周年的纪念活动（10 月 11 日、12 日），但也仅仅留下了一张照片而已，照片上是町民在组装好的花车前举行集会、人头攒动的场景（北信地区约有两万人参加。）

　　而回到日常生活中，北斋也好、鸿山也好，都被世人遗忘了。岩松院里的鸿山纪念碑上没有写他在江户时期邀请北斋的事。对于北斋的作品就在自己身边这件事，町民不会感到骄傲，没有人对那段历史感兴趣。但就在这个时候，在一个遥远的异国，"北斋"的名字如一声惊雷般炸开了。每个人都震惊于这一变化的剧烈，并将其表述为"那个时候"。

　　这声惊雷炸响在 1966 年 9 月，而且发生在遥远的苏维埃社会主义共和国联盟。北斋由此获得了重生。

苏联的"那个时候"，北斋获得了重生

　　"那个时候"的情景至今仍鲜明地印在市村次夫的脑海中。

　　"1966 年，日本经济新闻社在苏联主办了一个大型的北斋作品展。小布施也有几件私人收藏的肉笔画参与了展出。那个时候小布施的居民才第一次意识到，自己随意收藏的一些北斋的画作好像是一些不得了的东西。"

　　举办展览前，时任日本经济新闻社常务董事的圆城寺次郎、浮世绘鉴定师金子孚水、山形县米泽市出身的浮世绘研究专家尾崎周道等人曾专程赶到小布施欣赏北斋的肉笔画。

　　1966 年 9 月至 11 月期间，苏联莫斯科的普希金美术馆

和列宁格勒的艾尔米塔什博物馆分别举行了北斋展，共陈列展出了由日本运至苏联的两百件以上的肉笔画和三百五十件版画、草稿等作品，规模极大。两家美术馆在整个展览期间有共计三十三万人次到场参观，甚至还有从新西伯利亚城、库页岛等路途遥远的地方特地赶来参观的观众。

举办这次展览的契机是 1964 年 3 月在东京国立博物馆举办的"苏联珍宝展"。苏联展出了一些从未公开展示过的珍贵文物，展览的成功举办加深了日苏双方的信任关系，同时日本也发现，原来在苏联也有研究浮世绘的专家。前往苏联举办展览的想法来自金子孚水，后来也是他促成了小布施町北斋馆的建立。金子于 1977 年在东京举办的"葛饰北斋真迹展"的展览图录上写过这样的话：

> 因为苏联在当时是一个带给世界震撼的强大国家，所以我就想一定要将北斋的艺术作品带去苏联，让他们也震撼一下。

当时，苏联美术界人士劝阻金子称："艾尔米塔什博物馆的天花板很高的，估计不太适合用来展示浮世绘。"但金子对此予以反驳，并放言"北斋的作品绝不是那种浅薄的东西"，全力支持展览的举办。

金子还写道：

　　　　因为北斋，我第一次前往了小布施，自此之后便时不
　　时造访那儿。

　　金子以这次小布施之旅为开端，频繁造访小布施，并在
当时一家叫作"寿寿喜华坛"的高级餐厅的二楼举行了品
评会。"参加品评会的人多得快把二楼挤塌掉"，人们拿来
自己家中的北斋作品或是传说是北斋的作品请金子评判。
也就是说，在苏联的展览会举办之前，金子也没有到访过
小布施。如前所述，其他的画商也好研究专家也好，除了
极少部分人以外，几乎没有人关注到小布施。

　　在苏联举办展览之际，金子从小布施送去了《八朔太夫
图》《水恋鸟图》《渡船山水画》《日新除魔帖》等作品，这
些画作在日后成为北斋馆的馆藏。其他还有一些小布施的
私人收藏的作品，比如《伞风子图》《鱼贝静物图》《羊图》
等，也一并送至苏联展出。[1]

　　当时，普希金美术馆的主任研究员贝娅塔·波罗诺亚曾
给《日经新闻》投稿称：

　　　　以油画方式创作的《鱼贝静物图》向我们充分展示
　　了北斋在画作中采用新技术的创新精神。（1966 年 11 月
　　29 日）

---

[1]　摘自《关于苏联北斋展的图录》，池田宪治，《北斋研究所研究纪要第五集》，2012 年。

　　但事实上，直到今天，我们依旧无法判定这幅画到底是北斋的真迹还是别的画师（比如弟子中的某一人）所作。只是当小布施的人们想到自己收藏的画作竟然在苏联引起了如此巨大的反响，时隔一个世纪之久的"北斋热"在小布施的土地上复活了。

　　为什么日经要在那个时候在苏联策划北斋的展览呢？我采访了熟悉当年情况的相关人士，隐约看到了其中潜藏着宏大的媒体战略和新时代的艺术管理特征。

一切起源于那个男人

　　"提出苏联北斋展的想法并全力推动其实现的，是当时的常务董事圆城寺先生。"

　　位于大手町的日经总部文化事业部的一间会议室里，已经退休的甲斐久纪先生向我讲述着当年的历史。甲斐是1965年入职日经的，最开始他被分配在企划部（现在的文化事业部），所以他作为新员工也参与了苏联北斋展的准备工作。甲斐说，企划部是直接向董事汇报工作的，所以有时会大胆策划一些大项目，哪怕可能会产生赤字。这里的董事，指的就是圆城寺。身为常务董事的他手段颇高，甚至把当时的万直次社长都拉拢过来，可以说是实权在握。

　　"当时，圆城寺先生瞄准了苏联以及还没有和日本建交的东德，接二连三取得突破，与对方国家负责文化工作的部长或官员建立起了人脉关系。因为读卖新闻、朝日新闻已经把西欧国家的美术馆都拿下了，再去做重复劳动没有意思，所以瞄准了东欧国家的美术馆，特别是把艾尔米塔什博物馆的馆藏作品带到日本展出就成了他的梦想。即使做海外展出是亏损的，只要回国后再和商场联手举办展览就可以填补亏损。圆城寺先生就是一个擅长策划的人。"

当年的日经还不像今天这样有威望，只不过是一个经济领域的媒体。1960 年，日经的发行量大约是七十万，还在苦苦挣扎期望有一天能突破一百万的发行量。1964 年 3 月，日经将总部迁往大手町，也是在这一年，日经实现了一百万发行量的目标。不难想象，在这样的背景之下，日经内部弥漫着趁热打铁再创辉煌的企业氛围。

在这种背景下，圆城寺次郎脱颖而出。他是记者出身，历任经济部门、政经部门负责人，三十九岁左右担任编辑局长，1965 年开始担任常务董事。他非常热衷美术。

甲斐有过一段不好的回忆："在进行美术展准备工作时，只要圆城寺先生过来肯定就会问我，'你觉得这里面最有名的作品是哪一件'。因为每次他都这么问，所以我也会提前了解手头的作品，回答的时候才能言之有物。但每次听了我的回答，圆城寺先生都会笑眯眯地说：'小伙子你还要加油啊。'他的眼光真的很犀利，对美术作品的要求十分严格，还曾参与过中国陶瓷器、琳派作品集的编辑工作。"

自 1954 年圆城寺担任董事总经理后，日经的美术艺术类活动就显得异彩纷呈。1956 年成功举办了"人类大家庭摄影展"（The Family Of Man，日本桥高岛屋百货商店首展，之后全国巡展），约有一百万人次参观了展览，甚至天皇陛下也亲自前往参观，日经凭此展在美术界一举成名。

之后，日经先后举办了"亚非美术展"（1957 年）、"日本陶瓷史名品展"（1958 年）、"光琳展"（1958 年）、"中国殷周铜器展"（1958 年）、"琳派秀作展"（1959 年，皇太子结婚纪念）、"泰国古代美术展"（1962 年）、"贝尔纳·布菲展"（1963 年）、"印度古代美术展"（1963 年）、"苏联珍宝展"（1964 年）、"日本浮世绘美术展"（1966 年）等。"日本浮世绘美术展"在巴黎卢浮宫内的装饰艺术博物馆举行。

在此期间，圆城寺还以一个媒体人的身份荣获了"艺术选奖"（1963 年），他也是媒体界获得此类奖项的第一人。

战后首次由报社主办的"马蒂斯展"

报社主办美术展的源头可以追溯到 1951 年，当时读卖新闻主办了法国野兽派巨匠亨利·马蒂斯的作品展。促成这次展览的是亨利·马蒂斯的弟子硲伊之助，他从战前就在巴黎开展创作活动，是画家，同时也是陶艺家、美术随笔作家。硲在 1921 年远渡重洋前往欧洲，用九年时间在法国开展创作活动，1929 年回到日本，1933 年左右再次前往欧洲。硲在马赛附近的海边进行创作时，在一趟列车中偶遇马蒂斯。后来硲在译作《梵高的信》（岩波文库）的后记中写道：

> 当时，马蒂斯老师住在尼斯，我借住在马赛附近的埃斯塔克（l'Estaque）海岸一位渔夫家中，专注于写生创作。在一趟从尼斯开来的火车上，我恰巧遇到老师，与他有了一个短暂的接触，或许这就是缘分，我就开始请老师帮我看画。老师说晚上光线不好看不清颜色，让我午后去找他，于是我基本每周都会拜访老师的工作室进行交流（后略）。

之后"二战"爆发。1945 年 3 月 9 日的夜晚，硲家的房子在大规模的空袭中被烧毁，于是他迁往疏散地轻井泽。也是在那里，他收到了战争结束的消息。差不多正好是那个时候，马蒂斯来信了，信中写道：

> 日本战败了，你的生活是否困难？如果可以的话，你到法国来吧。

战败后，普通日本人出国时要求海外必须有亲友接收。硲拿着马蒂斯的书信咨询外务省，得到的答复是可以出国。硲写道：

　　看着周围因战败而一蹶不振、失去工作机会的同胞，我很想将那些优秀的画作带到日本展出，让大家在欣赏这些画作的同时能获得精神的慰藉，拥有重新站起来的力量。我暗自下了决心，一定要将马蒂斯、梵高的作品带来日本进行展出。

　　硲到达欧洲后，发现马蒂斯正专注于法国旺斯的罗塞尔教堂的建造工作。工程已经进入最后阶段，但缺少一位能把巨大陶瓷板垂直镶嵌入墙壁中的技术工人。硲推荐了一位意大利大理石工匠，马蒂斯十分高兴，因此双方建立起了信赖关系，让硲心中"在日本举办马蒂斯展"的梦想有了实现的可能。

　　在正式商谈此事时，马蒂斯拿出了一幅世界地图，指着东京和当时仍处于战争中的朝鲜半岛，说道："离得太近了，太危险了，我绝对不想失去我的作品。"硲极力劝说马蒂斯："东京和朝鲜的距离比尼斯和巴黎之间的距离还要远。如果能成功举办展览，将给战后一片荒芜的日本人内心带去极大的慰藉和活力，绝对会有超乎我们想象的效果。"终于，在战败后第六个年头的 1951 年，日本上野的国立博物馆和大阪、仓敷、大原的三处美术馆成功举办了展览。

　　这次美术展的主办方是读卖新闻。之后，读卖新闻邀请硲为谈判人接连策划了毕加索展、布拉克展。在接下来读卖新闻翘首以盼的梵高展的谈判工作中，硲几乎要败下阵来。他相继拜访了毕加索、夏加尔、阿姆斯特丹市立美术馆馆长，终于在 1958 年，花了八年之久后，成功在上野举办了展览。

这一系列的美术展不仅鼓舞了因战败而消沉的日本国民，也让读卖新闻恢复了精神面貌。与此同时，大型报社举办文艺展览的竞争的火种也播撒了出去。

在此之前的美术展览一般都是由美术馆自主举办，然而从这一时期开始，既拥有雄厚资金又在外交场合具备交涉能力的报社开始在举办展览上崭露头角。对报社而言，举办美术展可以提升自身的品牌形象。通过发放免费入场券的方式，也可以增加长期订阅读者的数量。与此同时，百货商店也嗅到了这种以美术为策略的机遇。

其实百货商店很早就与艺术展览有关系。江户时期，三越百货的前身越后屋就曾举办过歌舞伎的大和绘展览等。百货商店原本就有专门销售美术作品的"美术部门"，以及专门用于展示售卖的美术作品的"画廊"。美术作品、工艺品等绝对是能激发上流阶层购买欲的杀手级商品。

所以，百货商店的展览馆非常想举办各类展览，但是美术馆主办的展览不会在百货商店里展出，而如果是报社主办的话，就能把展览搬到百货商店里了。用百货商店顶楼的展馆举办美术展，可以增加客流量。来观展的顾客在欣赏过展览后会像淋浴效果一样分散到下面楼层的各个卖场。这一做法的目的是将并非为购物而来的客人吸引到卖场消费，从而促使商场总体营业额增长。自此之后，新兴的百货商店比如西武百货店、东武百货店、东急百货店等都在店内设置了美术馆，这一做法也逐渐流行起来，比如还有展示百货商店创业者的收藏品的高轮美术馆（现在的塞森当代艺术博物馆，属于西武百货店系）、根津美术馆（东武系）、五岛美术馆（东急系）等。20 世纪 90 年代泡沫经济破碎，百货商店内开设的美术馆纷纷撤退（仅存崇光百货横滨店内的美术馆），但在当年那个时期，百货商店绝对是美术界的重量级选手。从这个意义上讲，1951 年的马蒂斯展不仅在于"用原汁原味的艺术展鼓舞了日本人民"，更成为改变日本艺术管理理念风向的一次标志性展览。而不甘于错过这一变革的就是日本经济新闻社，也就是圆城寺次郎。

世界文化三大巨匠

"西欧的美术作品已经被其他报社抢先了，所以圆城寺先生才特别执着于把东欧，尤其是艾尔米塔什博物馆的珍品介绍给日本人吧。"甲斐回忆着往事说道。

自从发行量到达一百万的目标后，圆城寺作为文化事业部的负责人就已经朝着更高的目标迈进了，他稳步推进着自己在东西方冷战时代背景下与东欧各国所构筑的人脉关系。

艾尔米塔什博物馆是世界三大美术馆之一，被称作"罗曼诺夫王朝盛世繁华梦的遗迹"，拥有多达一千五百个展厅，据说参观完所有的展厅相当于步行近二十公里。要想从这样一座美术馆拿到令人目眩的镇馆之宝，首先得从日本带去一些"艺术文化的特产"给苏联。让苏联人民欣赏日本的珍宝，必须要打开这样一种文化艺术交流的通道。

那么问题是，日本有哪些适合向对方介绍的艺术作品呢？圆城寺的脑海里闪现出的一个名字就是"北斋"。

为什么会是北斋？甲斐不曾问过圆城寺这个问题，圆城寺留下的文字资料中也对此只字未提。

我们唯一想到的一点，就是 1960 年在维也纳召开的世界和平评议会上，北斋与达·芬奇、伦勃朗并列，共同被认定为世界文化三大巨匠，并受到全世界的关注。尽管在 1998 年由美国《生活》杂志评选的"一千年间对世界做出卓越贡献的杰出一百人"，北斋也入选其中，但在此之前北斋已经被表彰为世界文化三大巨匠了。

说到底，北斋只不过是一个市井画家，相比于江户时期那些由将军、大名、武士所支持的狩野派、土佐派的画师，北斋的浮世绘本身就是一种町民文化。即使在 19 世纪末欧洲大陆产生的日本主义热潮中，也只有那一部分标榜自己是共和派、人民主权的美术爱好者对北斋表示着支持。在苏联也是同样，大多数北斋支持者或研究专家是将其作为资本主义社会中的反资本主义体制派别，对其表示支持进而开展研究的。或许圆城寺正是嗅到了这种倾向，才选择了北斋吧。

大学时期，市村次夫每次去国外旅游，都会调查当地人对北斋的接受程度。市村说道:"时代不同,对北斋评价高的国家也不同。在法国举办的北斋逝世一百周年展上,人们将北斋看作反抗集权的象征,因为北斋拒绝做一名受将军、贵族豢养的画师,而是选择将自己的人生彻底放纵于市井中;在天保改革中,北斋十分走运没有被捕,因此也有观点将其视作左翼的英雄;20 世纪 20 年代,希特勒上台前的德国也十分喜爱北斋;在 20 世纪 60 年代的苏联,北斋可能被视作身处西方阵营却在极力反抗权威的人物,才拥有了很多人的支持吧。"

厉害了(хорошо)北斋

1966 年 11 月 29 日的《日经新闻》文化版上,刊登了一个令人骄傲的标题《厉害了(хорошо)北斋》,这个标题下,是莫斯科普希金美术馆主任研究员贝娅塔·波罗诺亚的一份手记:

对于热爱日本美术的苏联人民而言,最近真是好事连连。

并记录着一连串数字:

普希金美术馆在四十天内接待了超过九万五千名观众。

每天有两千多人，周末前来参观的更是多达四千余人。

前来参观展览的不仅有莫斯科的当地观众，还有从新西伯利亚城、库页岛等地远道而来的观众。

另外她还提到，19 世纪末的俄罗斯已经有了日本主义的身影：

将日本美术第一次传播到苏联的是 19 世纪末期的基塔耶夫（Kitaiev）。

基塔耶夫是在太平洋上行驶的一艘巡洋舰上的士官，船停靠在日本港口的时候，基塔耶夫上岸购买了一些日本的绘画、版画。后来他的这些收藏品流转到了莫斯科的鲁缅采夫博物馆，之后又被普希金美术馆收藏。除了春信、歌麿、广重等有名画师的作品外，他还收藏了大量北斋的印刷作品（并非出版物，而是为老主顾绘制的版画）。

尾崎周道因日经主办"北斋展"而前往苏联，他看到这些印刷作品后也不禁感叹："这些印刷作品非常珍贵，非常有意思。"

贝娅塔的手记中还写着：

　　（北斋的作品）对 19 世纪末欧洲绘画的发展产生了显著影响。

　　以巴黎为中心的日本主义的热潮看样子也传递到了苏联。

　　苏联展的成功鼓舞了日经，于是 1970 年日经在尚未与日本建交的东德也举办了一次"浮世绘展"。日本在东德既没有大使馆也没有特派员，请到的翻译也只会说英语，在如此恶劣的条件下，展览依然举办得很成功。这些展览的成功举办使得日经新闻与东欧各国建立了纽带。除此以外，日经新闻还在日本、东欧先后主办了"苏联绘画五十年展"（1967 年，东京国立近代美术馆）、"日本雕刻展"（1969 年，列宁格勒，艾尔米塔什博物馆）、"苏联收藏名品百选展"（1971 年，东京国立博物馆，京都巡展）、"日本之美展"（1974 年，柏林旧博物馆、德累斯顿国家艺术收藏馆）、"欧洲绘画名作展"（1974 年，东京国立西洋美术馆，京都巡展）等各类美术展。直到 1978 年 8 月 22 日，日经新闻在东京国立博物馆举办了艾尔米塔什博物馆珍宝展，此时距离苏联北斋展的举办已经过去十二个年头。圆城寺也已经成为日经新闻的董事长，而他心中这或许可以称之为执念的美术梦，终于在这一刻修成正果。"日经主办美术展"成为美术界的超一流品牌，赢得了广大美术爱好者的信赖。圆城寺的这一战略性举措，也帮助日经成长为现在这样一家有威望的报社媒体，形成了自己的品牌效应。

　　而事情到此为止并没有画上句号。"艾尔米塔什博物馆珍宝展"上展出了伦勃朗的名作《达娜厄》。群马县的一位女大学生在展览上欣赏到这幅画作后十分感动："我以后也要从事美术展览会的策划工作！"

　　这突如其来的念头一直萦绕在她心头，并推动着她选择了不一样的人生。她在大学毕业后先是成为一名美术产业报纸的记者，之后以社招的方式进入日经新闻社，最后又得以实现愿望，进入了文化事业部。2016 年 4 月至 5 月，她亲自策划了在东京都美术馆举办的"伊藤若冲诞生三百周年纪念展"。据说整个展出期间共有四十四万六千名观众到场参观，最忙碌的时候需要等待五个小时才能入场，绝对是一场超高人气的展览，而这也让日经品牌在美术界更上一层楼。若冲带来的超高人气，令美术界再次平地起波澜。

　　这次展会后，这位当年的女大学生 —— 伊藤圭子被提拔为执行董事，并继续参与 2019 年在六本木森美术馆举办的"北斋展"以及 2020 年东京奥运会开幕式 [1] 上的"浮世绘展"等企划活动。

　　历史也像一根缠绕在一起的绳子。圆城寺推动日经的美术活动发展的历史，在经历了北斋这一段故事后，今日愈加焕发光彩。

---

[1]　原定于 2020 年举行的东京奥运会受新冠肺炎疫情影响，延期至 2021 年。——编者注

小布施北斋馆的诞生

国内的北斋热潮

　　日经新闻成功地在 1966 年的莫斯科和列宁格勒举办了"北斋展"，共计吸引三十三万人次参观。紧接着，日经新闻又于 1967 年 4 月 11 日至 23 日在日本桥高岛屋百货商店策划了名为"北斋展"的凯旋展览会，现场共展示肉笔画八十件、浮世绘一百八十件，受到极大好评。以此次展览会为标志，日本国内的北斋热潮急速升温。继高岛屋之后，各地百货商店竞相举办各类北斋展、浮世绘展。

　　1967 年，名古屋名铁百货店，举办"北斋展"（日经主办，11 月 10 日至 15 日）；

　　1968 年，信浓美术馆，举办"高井鸿山、信州之北斋展"（3 月 12 日）；

　　1969 年，小布施的皇大神社社务所，举办"幽灵、妖怪画展"（北斋研究会主办，8 月 12 日至 14 日）；

　　1969 年，东京的五岛美术馆，举办"葛饰北斋真迹展"（11 月 25 日至 12 月 10 日）；

1971 年，三之宫崇光百货商店，举办"葛饰北斋展"（日经主办，10 月 1 日至 13 日）；

1971 年，日本桥三越百货商店，举办"北斋展"（日经主办，1 月 4 日至 9 日）；

1973 年，北京市中国美术馆、上海市美术展览馆，举办"日本葛饰北斋展"（3 月 10 日至 4 月末）；

1974 年，涩谷东急百货商店，举办"北斋展"（五岛美术馆、日经主办，1 月 4 日至 9 日）。

在此之后还出现了很多相关题材的话剧、电影，如1979 年 9 月由森繁久弥主办的舞台剧《赤富士》在东京宝塚剧场开演；1981 年由新藤兼人执导，绪形拳主演，西田敏行、田中裕子、宍户锭等人参演的电影《北斋漫画》上映。遍布全国的美术馆、百货商店、舞台剧和电影的北斋热潮诞生了。但市村次夫认为，这一时期将北斋热潮推到极致的还是 NHK 策划的一个项目："1972 年播出的《Oh My 北斋》，这个节目的影响力实在是太大了。这是在黄金档播的半小时时长的节目，主持人是弗兰克堺。老爷子（小布施的町长市村郁夫）还上了电视，他介绍了小布施的北斋，还讲了他想建北斋馆的梦想。"

现在小布施的町长市村良三当年也看过这个节目，那时他还是东京的一个普通白领："全国播出的电视节目上竟然在讲小布施的事，简直太令人惊奇了，我一边感叹一边看完了节目。"

市村郁夫町长上节目时正好是他任期的第四年，那时他已经开始对小布施的未来实施大规模的"城市规划"了。当时的他应该没有预见到如今的人口减少等社会问题，但他仍然清晰地认识到，小布施作为一个人口仅一万左右、在长野县内面积最小（现在）的城镇，必须要让町民都以家乡为傲，才能实现可持续发展。为此他当时就开始推动许多基础工作，他在节目上讲述的建设"北斋馆"的梦想是第二步计划，而第一步计划的锤子那时已经在小布施的土地上砸出了回响。

从北斋到城市规划

市村郁夫在 1969 年第一次当选町长时起，就已经着手某项计划了。

彼时的美国刚刚实现了阿波罗 11 号登陆月球表面的壮举，而经济高速增长中的日本被全世界称之为"经济动物"。被人们称之为"当世宰相"的田中角荣也要在三年之后才提出他的"日本列岛改造论"。

就在这一年，市村郁夫结束了从 1947 年起共四个任期十六年的县议会议员生涯，成为小布施町长。他首先着手的工作就是"人口问题"。自 1954 年都住村和小布施村合并诞生了新的小布施町以来，町总人口一直徘徊在一万至一万一千人之间。然而到市村担任町长时期，人口减少的问题加剧，总人口预计将跌至九千五百人，于是市村提出了"将人口恢复到一万一千人"的施政口号，并根据民法第三十九条设立了"开发公社"，在町内建造住宅以吸引新的町民迁入。

对此市村的儿子次夫说道："当时正处于经济高速增长时期，民间资本也盯着房地产的开发项目。但一旦由民间资本主导，肯定会一口气开发出三百个区块类的大型项目。这样即使吸引到人口迁入，也会使新旧居民间产生龃龉，让整个城市出现裂痕。所以他才会决定采用每期开发五十个区块的迷你项目，并通过几年的时间循序渐进地推进整个城市开发。"

民间资本一旦介入房地产开发，就会将人口问题转化为经济问题。市村郁夫的想法则是避免这种问题的转化，而是将人口问题通过城市规划的方式逐步推进并解决掉。

话虽如此，町议会也好县政府也好，还是对他的计划表示怀疑。当时的小布施名副其实是一个"急需布施"的贫困村。江户时期，这里以北国公路、信浓川水运而繁盛一时，但自从进入火车、汽车的时代，城市功能发生变化，人员流动也改变了方向。室町时期传承下来的栗子种植技术，以及江户时期兴起的栗子点心制作技艺等传统确实存在，但那时的销售途径主要集中在东京的百货商店等，小布施町既没有招揽观光客上门的想法，也缺乏能吸引客流的设施。

这样一个破落的小山村，到底有谁会愿意搬过来呢？当时县里拒绝了市村的申请，认为"开发公社制度曾经在轻井泽町成功实施，但在小布施这种地方是发挥不了作用的"。然而市村没有放弃，他任命政府里的年轻职员唐泽彦三（后来成为町长）为负责人，坚持不懈地谈判。有一次市村甚至把一名身材高大的国会议员带到了谈判会议室并质问道："难道身材矮小的人就不配穿外罩衣、和服裙了吗？"这番"和服裙之辩"在当时也颇为有名。

不过等到县里批了项目，真正开始进行住宅项目开发时，人们发现原来小城镇也有小城镇的优势。兼任政府职员和开发公社职员的唐泽回忆道："与隔壁的须坂市、中野市相比，小布施毕竟是一个町，因此国家制定的土地评估价也低，这样开发的项目可以比较好地控制销售价格，如此一来越开发卖出去的越多。1970 年第一区块的开售日，想购房的人排起了长队。"

市村在这时已经预估到日后的地价会越来越高，所以将第一批项目的销售价格稍微定高了一些。以后如果地价上涨了，就再将销售价格稍微定低一些。通过这种方式使销售价格在总体上保持平稳。

最先开发的是松川地区，接着是中央地区，每次都有三十至五十户规模的新建住宅，接着就有新的居民迁居至此。市村专门在町外迁居过来的新居民区域，混杂安置了一些小布施当地人的二儿子、三儿子分家的居民；在上班族集中的区域，组建了家庭主妇消防团；号召大家积极参与町民运动会；另外针对外地迁入的新居民举行联欢聚会，共同为未来的城镇发展规划而促膝谈心。

然而人的家乡意识是很难培养的。即使市村实施了这么多办法，新旧居民间的隔阂还是在不知不觉间产生："小布施町为我们这些新居民做过什么啊？"

这样的声音日渐高涨。就在这时，有一幅画在市村心中变得越发重要。

突发奇想

"市村郁夫町长是一个创意王。他把 20 世纪 60 年代开发公社时建造住宅赚的钱拿来保护当地的北斋作品，并提出要建造一座北斋纪念馆。真的是一个突发奇想的创意。"继承了市村的政策理念并在日后成为町长的唐泽如此回忆道。

从全国来看，地方自治体中掀起建设美术馆的热潮，是1978 年山梨县立美术馆建造完成，并购买引进了米勒的作品引起热议之后的事。而且都道府县这种省级行政机构还好说，人口仅一万人的小城镇居然要建设自己的美术馆，这在当时是谁也想不到的事。

市村为什么会产生建设北斋馆的构想呢？有如下几个

理由：

　·高井鸿山，是他在江户末期将北斋邀请至小布施，同时高井也是自己的祖先；

　·1966 年苏联北斋展的巨大成功引发了国内的北斋热潮；

　·给在小布施大肆收购北斋作品的飞扬跋扈的美术商人制造危机感；

　·对上町、东町画有北斋天井绘的游行花车的一种保护策略。

　　出于对当时社会情况的考虑，这些都是能让人接受的理由。但是否也有这个可能，那就是市村郁夫对北斋有一种发自内心的崇敬之情呢？问题的答案或许能在一幅画和几本名册中找寻到，我有幸在市村次夫的家中亲眼看到了这些物品。

　　"这幅画是我家收藏的北斋作品中最为特殊的一件。"

　　次夫一边说着，一边小心翼翼地从桐木箱子里取出了这幅油画——《鱼贝静物图》。1966 年苏联北斋展上最为亮眼的展品之一。画面上，西洋风格的盘子上装着比目鱼和鲭鱼，另一边有一只海螺。整体色调厚重。画上有"北斋"的落款，但次夫说这可能是后来写上去的。旁边放着几本名册，里面的内容也十分精彩。

　　"我家从 1933 年起就制作了名册，供欣赏过这幅画的人签名留言用。哪怕是随行而来的司机，只要看过这幅画的人都请他签字。这是从我父亲郁夫那时起就有的习惯。"

1928 年，次夫的母亲绫子嫁到了市村家。从那时起，婆婆就交代她："这幅画一定要好好保管。"

市村家每有贵客临门，就会拿出这幅画陈列展示，供客人欣赏。册子上第一位签名的人是出生于附近的高井郡小山村（现在的须坂市小山地区），曾任枢密院议长、司法大臣的原嘉道。除此之外，画家栋方志功、版画家作家池田满寿夫及其妻子音乐家佐藤阳子、日本经济新闻社时任常务董事圆城寺次郎、浮世绘鉴定师金子孚水、浮世绘研究专家尾崎周道等诸多杰出人物均在名册上留下了名字。其中，画家横尾忠则描述了自己看到这幅画时的感觉：

> 简直像是心电感应一般，隐藏在这幅画中的谜团瞬间化解（？）了。（中略）其实这幅平淡无奇的静物画上，蕴藏着北斋最为擅长的富士山。

确实，比目鱼挺拔的背鳍顶部看起来就仿佛是白雪皑皑的富士山顶。

横尾还表示：

> 那背鳍上凝聚了北斋在刻画事物时所倾注的能量和意念，这是一种异乎寻常的感觉。

　　听说他盯着这幅画看了一个半小时，一动也不动。

　　后来，次夫曾带着这幅画前往荷兰的阿姆斯特丹国立美术馆，请那里的研究所用 X 光等方式检测这幅画。鉴定结果显示，"画上的颜料和油脂确实属于北斋那个年代"。然而到现在，我们只发现了这一幅以油画创作的北斋作品。即使颜料是古代的成分，也有可能是后世画家用旧颜料作画，所以目前还是无法断定这幅就是北斋的作品。

　　1979 年，在这幅画被拿去荷兰做检测之前，市村郁夫与世长辞，他对以上检测鉴定结果自然无从得知了。更何况，他又不是美术方面的专家，手上这幅北斋作品的真伪其实与他无关，既然是祖上代代传下来的宝物，那好好珍惜就行了。类似的情况在小布施还有很多很多，所以市村认为，小布施需要一个这样的美术馆，用来保存、展示当地人们私人收藏的北斋作品。用城市来保存北斋的作品，也就不会有人把手上的画卖给那些从东京跑过来的美术商人了。同时，作为一个上町居民，他也十分渴望能建一个仓库用于保管画有天井绘的游行花车，然后将这个保管场所作为展示场所面向民众开放，一举两得。

　　作为町长的市村还有一个最大的愿望——让那些买了开发公社住宅的新居民也能将北斋视作小布施町的标志。以北斋为核心，团结新老居民的力量，共同推进城市规划。

　　万幸的是，市村手上还有开发公社卖房子赚的钱。他在心中做出了决定：北斋馆，此时不建，更待何时！

　　市村在当选町长后很快就拍板了五年来悬而未决的小学建设项目，并且将设计工作委托给了长野出身的建筑家宫本忠长先生。宫本擅长结合当地的历史风貌进行本土化设计，参与了许多地方市政府、市民会馆的设计工作。

　　町议会上做出了一个决议，今后小布施町所有公共建筑项目的设计工作全部交由宫本忠长负责。所以宫本也成了小布施城市规划工作的责任人之一，担负起北斋馆一带的景观修复项目。这被视作宫本与市村合作的"蜜月期"，但也在町议会上引发了一些争议。然而，那时的市村坚持己见，不肯让步。市村还把宫本带到议会会场，让他坐在自己旁边。市村说："我需要的是一个老婆，扮演这个老婆角色的就必须是建筑家、必须是一个我能互相信任的人才行。丈夫和妻子勾结在一起怎么就不行了！"

　　市村这一声怒喝，仿佛有了要当首长的觉悟。这番发言在现如今充斥着"猜测"和"风向标"的政治环境中，耿直率真得令人无法想象。市村身边的人揶揄他是"特快建筑家"，但他对于认定的事情就是义无反顾、勇往直前。在小布施的畜牧业中，市村也创造了一句宣传语"苹果喂养出的信州牛"，并广为传播。现在依然存在的"OBUSE（小布施）牛奶"品牌，就是市村在担任奶牛协会会长时留下的成果。市村用自己对小布施的深情厚爱，朝着建设北斋馆的道路不断前进。

农田里建美术馆

"农田里建的美术馆完工啦！"

这是 1976 年 11 月 7 日的报纸头条。就在前一天的 11 月 6 日，小布施町的"北斋馆"在经过两年的建设后终于完工。在当月的町报上有这样的报道：

> 北斋已经离开这片土地一百三十年了。但北斋的生命还在小布施延续，全体町民的心意在这里凝结成果实，他的"馆"终于建成了。对于北斋而言，这里可能是他唯一的居所。所以让我们一起创造能与这方水土相称的美好环境吧！

市村没有将这座建筑命名为"美术馆"，而是将其称为"馆"，这个命名方式中蕴藏着他"将这里建设成为世界北斋研究根据地"的想法。

作为开馆庆典活动，11 月 7 日至 30 日馆内举办了"葛饰北斋真迹特别展"。在 1966 年的苏联北斋展上也倾囊相助的浮世绘鉴定师金子孚水，将其私人收藏的约五千件作品悉数捐赠，其中甚至包含文政年间出版的《北斋漫画》等珍贵文献。不仅如此，金子还向小布施出借了许多北斋作品。饭沼正治是公民馆的职员，因协助市村开展业务工作，在当时被称为市村町长的"私人秘书"。他回忆道："金子老师收藏了许多北斋的肉笔画，在开馆的时候他把这些作品都出借给了北斋馆，比如《手舞图》《柳下持伞美人图》《福图》《大龙卷图》等，可以说正是有了金子老师的这批作品，我们才得以顺利开馆。"

难道北斋馆在开馆时没有北斋作品吗？

"是的，当时的计划是把这里建成保管上町、东町游行花车的场馆，所以没有命名为'美术馆'，而是'馆'。"

北斋馆的创意本身是市村町长提出的，是为了推进城市规划而建设的这个场馆。但是町议会反对这个项目，所以无法建成町立场馆。市村将之前开发公社赚到的钱投到场馆建设，最后以财团法人的形式将北斋馆建了起来。

但是即使建成开馆，谁也不知道能吸引到多少观众入场参观。

人们普遍预测，这种远离大城市的偏远乡村，一天最多也就能有十来个人参观吧。参与建设的每个人或许都抱有类似的想法，所以当初开馆时只有男女厕所各一间，甚至没有停车场。至于周边的街景修复工程，已经是等到开馆四年后的 1980 年才正式启动的，在此之前北斋馆就是名副其实的"农田里的美术馆"。

也有人怀疑，真的靠北斋就能吸引到人吗？这也是包括市村在内的所有小布施人民的真实想法。然而 —— 开馆当天就让小布施町民震惊了！第一天有超过两千七百人前来祝贺开馆，之后前来参观的人甚至一天多过一天，到开馆一年半后的 1978 年 3 月末，到馆参观的人数已经累计突破了五万人（日均一百四十人次）。之后参观人数增幅仍然不减，最多的时候达到了一年六十万人次。

　　市村町长在 1978 年还提出了一个纪念方案，即给第四万九千九百九十九名观众赠送友禅染[1]制的北斋馆暖帘，给第五万名观众赠送"双狮子"匾额及暖帘，给第五万零一名观众也赠送暖帘作为纪念礼品，用于庆祝北斋馆的成长，同时面向町外人士提升北斋馆的知名度。至此之后，以北斋推动城市规划发展的这一工作，已经远远超越了町长、町民最初的简单想法，变成了一项非凡的事业。

※

　　顺便说一下，诞生于 1969 年的开发公社的住宅销售计划，让小布施町在第二年就实现了人口增长。但不是说人口实现增长就好了，市村以及和他有着同样理想的人心中都怀抱着一种憧憬："在自然环境丰饶优美、有着小布施地域特色的环境里生活。"他们将理想中的人口规模定位在一万两千人左右。

　　1982 年，小布施的人口超过了一万一千五百人，"开发公社的目的已经达成"，于是 3 月 31 日该项目宣布解散。因为开发公社最初的出发点就不是产生"经济活力"，只是希望能推动更好的"城市规划"，也算是一种干脆的解散方式了。

―――――――

[1]　一种在布料上进行染色的传统技法，是日本最具代表性的染色技法之一。——编者注

小布施的北斋 —— 真伪之争

论战开始

讽刺的是，在小布施的北斋馆即将建成之际，美术界关于北斋肉笔画真伪的争论变得扑朔迷离起来。浮世绘产生于江户时期，从"二战"开始前直到战败后，浮世绘研究者基本能判断出作品的真伪，然而20世纪60年代后半期在小布施地区出现的大量的肉笔画的真实性却在学界众说纷纭。

学院派的研究者认为，只要落款、古文书等记录不明确就无法认定为"真迹"。另一方面，对此持相反看法的浮世绘研究者们，或是自己本身是收藏家，或是身兼古董美术商的身份，所以主张即使没有明确的记录，但"除了北斋也不可能是别人画的"，就可以认定是真迹。小布施留存的北斋肉笔画大多缺少落款和相应的记录，不可避免地成为争议的焦点。

引发这场论战的是当时的多摩美术大学教授、美术评论家濑木慎一。

1968年3月16日的《信浓每日新闻》上刊登了一篇评论：

在小布施町发现了被认为是葛饰北斋创作的天井绘，（中略）15 日，以北斋研究闻名的美术评论家濑木慎一经过查看鉴定后，认为这幅画"能体现出小布施的创作受到了北斋的影响，可以成为研究北斋作品的补充资料，但其本身并非北斋所画"。

1966 年苏联举行了北斋展，两年后在小布施町东町的公会堂中发现了属于东町的游行花车上有一幅天井绘，一百二十五厘米见方的桐木板上画有《龙图》和《凤图》。

现在随着考证水平的发展，我们已经可以确定这幅作品出自北斋之手。1904 年 1 月，当时住在须坂町的伊藤弥一郎写的《葛饰北斋翁额幅记》中记录了这幅画的存在[1]。

这篇《葛饰北斋翁额幅记》中记载，小布施村的樋田正助赠送给伊藤弥一郎一幅泥画风格的渔村风景画（署名为"ほくさゐゑがく"，意为"北斋画"），伊藤十分喜爱，并收藏了这幅画。

伊藤在文章中提到了北斋在小布施期间的创作活动以及东町游行花车的情况：

村野乡祭欲新置屋台车，求诸北斋挥毫。翁欣然应允，亲自考察纹样以为设计。现台车仍珍重保存于本地。

[1] 摘自《被小布施深深吸引的北斋——他为何跨越二百四十公里停留此处？》，金田功子著，《北斋研究所研究纪要第四集》。

根据《小布施的北斋与游行花车天井绘》[1]的考证，古文书中有"天保十四年癸卯岁屋台再造"的记录。此处的"屋台"即游行花车，在北斋最早停留于小布施的天保十三年秋至十四年春期间（1842—1843），"屋台"正处于制作过程中。北斋欣然接受了町民为花车天井绘挥毫的请求开始创作，中途他曾回过一次江户，之后将女儿阿荣也一同带来小布施，最后完成了天井绘。

但在这些材料曝光之前，濑木的看法是：

> 已经明确出处的作品（指上町游行花车上的天井绘《男浪图》和《女浪图》），是北斋和鸿山合作的作品，但是这次新发现的画（指东町游行花车上的天井绘），无论从构图还是背面文字的年代来看，只能说是小布施地区受北斋影响而产生的创作吧。这幅画可以说是了解小布施时代北斋所产生的影响，以及鸿山与北斋二人关系的重要资料。

濑木从 20 世纪 50 年代起就参与了冈本太郎、花田清辉等人引领的前卫艺术运动，之后多涉及美术评论领域，留有诸多著作。他作为一个典型的学院派专家，对于没有正式落款和背面标注、古文书记载的"北斋作品"都倾向不认可为真迹。

此外，他对于由北斋独立创作完成的作品认定也十分苛

---

[1]　摘自市村耕一，《须坂新报》，1968 年。

刻。比如他对鸿山、阿荣等北斋的弟子、亲族共同合作完成的"北斋团队"的作品认定十分严格。与弟子"合作"的作品不能算北斋的作品，这是濑木当时的判断基准。

岩松院的天井绘《八方睨凤凰图》之争

与濑木观点针锋相对的，是东京教育大学教授、日本浮世绘协会理事由良哲次先生，他师从京都大学哲学系的西田几太郎，战后作为非学院派研究者发表过许多关于日本美术史的论文。

围绕岩松院的天井绘《八方睨凤凰图》，由良和濑木的观点背道而驰。1974 年 11 月 10 日北斋馆的建设计划启动之时，由良就在《信浓每日新闻》上发表过关于"（岩松院的天井绘）绝对是北斋作品"的观点。

当时的报道中称：

> 日本浮世绘协会理事由良哲次经过调查研究后认为，从画法和颜料质地来看，无疑这幅画是出自北斋之手，然而在美术领域的相关人士当中，与此针锋相对的看法仍然根深蒂固。

这一天，由良架了梯子亲自登上了天井进行实地调查，结果发现：

·这幅画是用北斋独特的铁线描法（用特制的笔不停顿地画直线的作画方式）创作的；

·画上没有伤痕，可以确认使用的颜料是北斋自创的颜料。

小布施町将此次调查结果作为王牌筹码，于1975年1月举行的开发公社理事会上，成功拿下了北斋馆的建设决议。北斋馆不作为町营项目，而是建立财团法人开展运营工作。从此，集全町之力打造的"以北斋促城市规划"的创意正式起步了。

另一方面，真伪之辩还在研究者中持续着。前文提到的濑木称："北斋在江户绘制了（岩松院的）天井绘草稿，让高井鸿山负责确定色彩颜料，通过遥控指挥的方式完成了这幅画，这是显而易见的""扁柏木板上的画与板的接缝处错开了一些，如果是北斋自己画的话绝对不会出现这种情况""那个时期西洋画风盛行，所以使用了油画颜料并不能说明问题"等，提出了诸多反对观点。说到底还是一点，只要没有留下落款或是相关佐证史料（古文书等），就无法认定是北斋的真迹。

与此相对，由良在同年11月12日的《信浓每日新闻》上发表文章《高井鸿山与葛饰北斋》称：

（鸿山邀请北斋至小布施停留期间，让他创作了许多名作的）整个前因后果，在学界还没有明确的定论。

　　北斋到访小布施有如下四次明确的记录：

　　1842 年秋，那年北斋八十二岁。这一期间北斋和鸿山之间的交往和小布施的作品创作时间是吻合的。"1815 年焚毁、1831 年重建但未完成的岩松院的客殿天井绘上创作了大幅的凤凰""在高井家的某个上町的游行花车上画了天井绘""东町重造游行花车，画了天井绘"。次年即 1843 年 3 月，北斋返回江户。同年 4 月，北斋致信鸿山称："办理阿荣的旅行许可时出了些困难，我们明年 3 月再过去。"

　　1844 年（由良的记录为 1846 年）春，按照约定，北斋带着阿荣前往小布施，之后花了约六个月时间为东町的游行花车描绘天井绘。秋天返回江户。

　　1845 年，为江户的牛岛神社（位于现在的墨田区）绘制《须佐之男命厄神退治之图》，之后前往小布施。7 月着手上町游行花车的天井绘，于次年 5 月完成。

　　1847 年 4 月前往小布施，着手岩松院的天井绘，完成后返回江户。

　　就这样，晚年的北斋将小布施当成了自己的艺术工作室。1849 年 4 月 18 日，北斋去世，享年九十岁。时至今日，"北斋四次到访小布施之说"已经成为确立理论。然而在当时，真伪之辩仍然存在。1977 年 7 月 13 日，也就是北斋馆落成后的第二年，出人意料之外的"淘气包"之印出现了。

伪造北斋印章？

这一天的《信浓每日新闻》上有一篇文章：

> 近日在小布施町首次发现的一方印章被认为是北斋作品上印的印章。当地的北斋研究者、专家认为"这是一方伪造的用于作品落款的印章，对于终结迄今为止的真伪之辩是非常重要的资料"，但也有专家对此持反对意见。似乎此次发现有望得出北斋作品真伪之辩的结果。

这次发现的印章中有一方是石刻印章，另有六厘米见方的薄纸剪出的模板，与北斋作品上印着的"天狗印"和"百"的文字吻合。印章均发现于小布施町的"谷平"小山洋史家的仓库中。

美术评论家濑木（当时是和光大学的讲师）对印章进行鉴定后认为："印在模板上的印章图样比北斋使用的印章线条更刚硬一些，雕刻明显粗糙。毫无疑问是一方伪造的印章。"

另一方面由良也有所退让，他认为："尽管是从小山家里发现的印章，但也很难将其认定为用于伪造作品使用的印章。（中略）北斋死后，有许多画师来到小布施临摹伪造了一些作品，也有可能是其他人使用了这个印章。不管怎样，对此仍需要进一步调查考证。"

同样在这一时期发现的，还有被称作北斋赞助商的高井鸿山和他的大儿子辰二写的十二封书信，这些信是写给小山家的先祖小山岩次郎的，内容是希望借"五十两""百两"的钱款。另外还发现了北斋女儿阿荣写给岩次郎的信，里面教授了颜料的制作方法。这些资料都说明，进入明治时期后，鸿山在经济方面出现了问题，可以说是一些比较有意思的发现。

大约两个月后的 9 月 21 日，《信浓每日新闻》再次提起了这个话题。《小布施北斋，是真？是假？热议不断》这篇报道的概要如下：

　　小布施故居中的肉笔画《不动明王图》流传至今，但东京北斋会又发现了一幅构图几乎相同的《不动明王图》。后者出自北斋的弟子——为斋，这幅图是他为小山岩次郎所画。为斋活跃在明治初期的横滨一带，以临摹北斋、绘制仿制作品而出名。这样一来，小布施的《不动明王图》也出自为斋之手的可能性就大大提升了。（中略）作品上也有七月发现的那方伪造印章的印迹。但小布施町社会教育主管饭沼正治向本报确认："町里留存的所有北斋作品上，都没有使用这方印章的痕迹。"（中略）虽然发现了阿荣的两份书信，遗憾的是收信人的部分都被故意剪掉了，为什么会这样呢？我们只能静待后世的研究成果了。

北斋大受欢迎

　　尽管专家学者们围绕真伪之说疯狂激辩，北斋馆在开馆之后还是获得了超出预期的广泛支持。北斋馆发表的《北斋馆小史——开馆二十年来的历程》中写道：

　　1977年6月，开馆半年后，北斋馆设立了财团法人。市村郁夫担任了第一届理事长。1978年，公开展出《东海道旅行图》。1979年，两台拥有北斋执笔的天井绘的游行花车作为珍贵民俗史料被认定为"县级文化遗产"。1980年，公开展出《柳下持伞美人图》。开馆那时候的年参观人次约为五万。1983年突破了十万人次，累计达到五十万人次。从伦敦购回《菊图》公开展出。开馆后的十年间，从只有男女厕所各一间、没有停车场的境况，发展到接待数以万计的参观游客，可以说北斋馆每一天都在迎接变化。

　　1987年，累计参观人数突破一百万。10月3日举行开馆十周年庆典，公开展出《富士越龙图》。1989年，累计参观人数突破一百五十万。1990年，北斋馆扩建工程开工，次年竣工。

　　部分场地建设了二层空间。真迹展室、音像展室、研究室等一应俱全。上町、东町的游行花车所在的保管室将墙壁、天花板改成了木结构，在保证空气流通的同时也能维持良好的保存条件。游客可以通过玻璃回廊近距离、全方位地参观欣赏。馆内收藏的肉笔画最初也是以北斋晚年的作品为中心收藏的，后来逐渐扩充了青壮年时期的作品。

1991 年，举办了开馆十五周年扩建工程竣工庆典，累计参观人数突破两百万。之后到馆参观人数稳步上升，到 2018 年 6 月为止，开馆四十二年间累计有八百八十三万六千余人次前来参观。

来自世界的目光

根据市村郁夫的计划，建设北斋馆的目的之一是"将这里建设成为世界性的北斋研究根据地"。这一目标在 1998 年实现了，"第三届国际北斋会议"从 4 月 19 日开始以小布施町为舞台举办了四天。

在此之前，这个会议从 1990 年起每四年举办一次，地点是在意大利的威尼斯。1998 年 2 月在长野举办的冬奥会成了一个绝佳的机遇，会议主办方被北斋晚年居住过、留有诸多肉笔画的小布施深深吸引。会议主题是"北斋的世界"，这对一般人来说很容易理解。年轻研究者也能在这里获得宣讲自己论文的机会。

就这样，留在小布施的北斋作品吸引了大众的目光，得到了他们的支持。北斋作品，既成为小布施人心中的城市标志，也是北斋爱好者喜爱小布施的原因。小布施人一直有着"世界的北斋"这样的意识，因此无论哪个国家的美术馆发来邀请，小布施都会尽量配合，出借作品展出。

2017 年，大英博物馆举办北斋展，从小布施借了《男浪图》和《女浪图》进行展出。趁着这个机会，北斋爱好者们甚至自发众筹资金，准备将游行花车也一同搬去英国展出（最后因为展厅条件不允许而作罢）。

另一方面，学者专家之间的真伪之辩，至今仍然没有定论。发现"伪造印章"的仓库主人小山洋史，我们致信他询问此事后续发展的情况，他回信称：

> 真假争议悬而未决。到最后谁也给不出真正的答案。主张是赝品的专家已经去世，如今（真假争议）已经没人关注了。

小山家的先祖岩次郎确实画过画。在仓库里发现的信上写着：

> 十七岁时我想学习作画，希望能将我的守护本尊不动明王作为范本进行临摹。

可能是他写给北斋弟子为斋的信。对此，小山接着说道："但是岩次郎并非和北斋生活在同一个时代，而且岩次郎是否具备画北斋的赝品的技法，这也是一个问题。"

　　人们从后世不断发掘出的少量材料中，进行着种种猜测。有充足证据的作品且可以断定是北斋所作，但对于仅有旁证的作品就得打上问号了。学者们一般会对此类作品做出"难以认定是真迹"的结论。而对于将这些作品当成传家宝或城市的宝物的人而言，他们往往会采取反问的姿态："那么请问，除了北斋还有谁能画得出来呢？"坚信自己手中的即为真迹。

　　所以，倒不如这样理解，北斋作为一个出身草根的画师，正是由于普罗大众的支持才成就其现在的价值。不仅在日本国内，放眼整个世界，小布施的肉笔画也受到了极大的关注。以大英博物馆为首的研究团队，正在就北斋的赞助人所起到的作用这一主题进行研究。横滨国立大学的多和田教授也表示："谷平先生家的仓库里至今仍有许多未经解读的古文书，其中应该会有关于北斋的记述。不管怎么说，我都很想继续考证下去。"

　　说不定，在中山道、北国街道、大笹街道周边的村落里，又会有新发现的北斋真迹呢。从这一点上看，北斋的作品即使跨越了一百七十年的时间，仍保持着旺盛的生命力。

　　尤其是在小布施，这个将北斋融入城市规划这个宏大命题里的地方。

修复师的视角

在小布施，我还遇到了一个人。他在看待北斋时，有着不同于那些北斋爱好者和众多北斋研究者的视角："江户末期，北斋应小布施的高井鸿山之邀，跋涉二百五十公里的路程，先后四次到访小布施。据说这和鸿山送给北斋的颜料也有关系。"

向我讲述这个观点的是山内章先生。他是天野山文化遗产研究所负责人，同时也是一名修复师，经手过京都御所衫户绘等众多文物和美术古董的修复工作。山内曾是一名日本画画家，擅长修复工作。他受委托对小布施北斋馆及岩松院的北斋作品进行修复，每天盯着画作考虑修复方法，这一看便看了十多年。

"北斋非常喜欢使用混色。比如他会用蓝和黄混起来制作绿，用黄和橙混起来制作土黄，蓝和暗红混起来制作紫。"

山内对作品的分析不只停留在颜料上，经常长时间对画作仔细观看，他甚至能"读取"北斋的运笔特征和画作的制作阶段："小布施岩松院的那幅凤凰图有相应的小草稿和中草稿，但在二十一叠榻榻米大的平面上作画，即使一边看中草稿一边作画也很难做到严丝合缝。将天花板铺在地面上画草稿，然后水平垂直均以相同比例绘制网格，接着沿网格用比较容易擦拭的木炭将放大的凤凰图大致描绘上去，最后在上面用墨勾勒出凤凰的轮廓，我认为应该是以这个步骤完成的。"

但也有人认为，凤凰图不是北斋画的，而是鸿山的作品。

"可以明确地说，这就是北斋的作品。为什么这么说呢，在草稿中用墨来涂绘的部分，在正稿中是撒了金箔、白色背景上撒了金沙，来体现的光影效果。很明显，正稿的品质更优秀。如果仅由弟子来完成这幅作品的话，正稿就不可能呈现出比师傅的草稿还要技高一筹的绘画技艺和效果。这足以说明，正稿就是北斋本人所画。"

尽管如此，山内还有一个明确的观点，那就是凤凰图是属于"北斋团队"的作品："（这幅画）不可能全部都由北斋独自完成。画上有多处线条明显变化的部分。可能鸿山也协助北斋共同完成了作品。但从凤凰头部的笔触看，头这部分是北斋本人画的。这种有张力的笔法，毫无疑问出自北斋之手。"

在小布施地区附近的须坂市有一座古寺，那里发现了鸿山绘制的凤凰图天井绘，遗憾的是被发现时已经严重损伤，颜料都剥落了。或许这里在战时曾被用作了疏散儿童的临时住所，上面的画肯定没被好好保管。与此相对，岩松院的天井绘则保存完好，现在看起来也像是刚画上去一般熠熠生辉，其中肯定使用了价格昂贵的颜料，这也是北斋亲笔作画的一个证据。

山内还做过进一步的考证研究，他对北斋的弟子——平松葛斋（1792—1868，小布施出生）曾使用过的颜料盒中残留的画材进行过科学分析［用高效阴离子交换色谱 - 脉冲安培（HPAEC-PAD）检测法分析多糖、红外吸收光谱法与各种工业多糖进行对比分析、核磁共振光谱的多种方法进行稳定同位素分析］。

分析结果显示：葛斋在调和剂（medium）中除了加入当时较为常见的胶质以外，还使用了"阿拉伯树胶"。这应该是源自北斋的方法。

北斋的著作《绘本彩色通》中就记载了这种将阿拉伯树胶用于水彩颜料调和剂的使用方法。据山内考证："在日本境内，这是第一次发现用作绘画颜料的阿拉伯树胶实物。"对这一发现的意义，山内这样表述：

·荷兰的莱顿国立民族学博物馆所收藏的北斋的水彩画《赏花》《端午》等，其实都是"北斋团队"的作品。阿拉伯树胶的使用方法在《绘本彩色通》等著作里均有记录。

·北斋经常使用一种贝罗蓝颜料，将此种颜料分别溶于胶质水和阿拉伯树胶的水溶液中，对比两者形成的色彩，阿拉伯树胶溶液能让颜料展现从深蓝色到水蓝色等各种蓝色的丰富变化，而胶质溶液则只能让颜料变成带有浑浊棕色的深蓝色。从这一点可以证明，《赏花》《端午》等作品中呈现的富含透明感的蓝色，应该就是使用阿拉伯树胶进行调和的。

·上町游行花车的天井绘《怒涛图》中，蓝绿色对比十分优美，有可能也是使用了阿拉伯树胶作为调和剂。对于阿荣所画的《吉原格子先之图》《夜樱美人图》等作品，是否也使用了阿拉伯树胶，有待进一步考证。

山内基于上述成果认为："这次的发现成果仅在国内进行研究是行不通的。北斋及其他作者的浮世绘作品散落在全世界，我希望能将此数据共享给莱顿国立民族学博物馆、大英博物馆、波士顿美术馆等研究机构进行合作研究。"

北斋在很早的时候就有与荷兰人交流的机会。异于常人的好奇心让北斋比任何人都关注颜料、调和剂的相关知识，所以他可能也在自己的作品中使用了这些材料吧。工欲善其事，必先利其器，或许说的就是这个道理。

如果此项研究能顺利取得成果，是不是就能给市村家收藏的《鱼贝静物图》这幅油画的真伪之辩，画上一个句号呢？我期待那么一天的到来。

突如其来的讣告

1979年12月29日黄昏，北斋馆开馆后三年，在小布施的城市规划中深深刻入"北斋"要素的那个男人，传来噩耗。

市村次夫回忆当时的情景："那天我正好从平时生活的横滨回老家，那晚还很难得地喝了酒。结果突然接到了住在松本的姐姐来电话，说爸爸的情况不太好。父亲当时身体很差，住在信大医院里。我想着，毕竟已经是七十五岁的人了，万一有个三长两短，还是得赶过去看一下，所以请堂兄弟良三开车把我带到了松本。"

时间倒回两年前，如今的町长市村良三因为自己的父亲病倒，所以辞掉了在东京的工作，回老家继承家业，经营一家小型的水泥砖公司。次夫此时也在东京，是信越化学的一名普通白领。他们俩都毕业于庆应义塾大学，很小的时候就说好，以后都要回小布施安家落户。

次夫的父亲郁夫是当时的町长，但身体很不好。在这种状况下，小布施堂的经营管理工作可能都难以为继。次夫也一直计划回老家，想在小布施生活。在去医院的车上次夫问道："良三啊，以后你要不要来帮我管理小布施堂啊？"

就是这样随口一句话，竟然在没过多久之后就变成了一个现实的问题。

次夫赶到松本的信大医院时，郁夫已经昏迷了。医护人员尽全力采取了抢救措施，但仍回天乏术。病房里，这是一个难眠的夜晚。第二天天还没亮，郁夫就在持续昏迷中驾鹤西去。

郁夫生于 1904 年，享年七十五岁。

因为当时已经年末，所以当天就进行了火化，正式葬礼定于 1 月 2 日举行，只请了亲族参加。1 月 16 日，在町里的文化体育馆举行了一个隆重的追悼会，县内外共有三千多人前来吊唁。

郁夫生前就提倡移风易俗、简单朴素，因此葬礼上谢绝了献花。灵堂布置得极为简朴，遗像的周围只是单纯摆满了白色和黄色的菊花以及两张照片，那是被认定为县文化遗产的上町游行花车里的两幅天井绘《男浪图》和《女浪图》。

郁夫生前经常自嘲："我就是靠经营栗子点心、清酒以及北斋过生活的，兴趣爱好就是当町长。"这质朴的语言中，隐藏着郁夫的性格。

丧葬委员会主席中村功致悼词："1969 年，小布施町迎来了这位伟大的实干家町长。这简直像是上天安排的一样，一万多名町民翘首以盼，对这位町长的到任表达了由衷的欢迎。自他上任后，町中风貌焕然一新，充满活力。他敲响建设新城市规划的战鼓，响声震彻云霄。（中略）我想，我们在构思今后的城市规划时，一定要跨越现在的悲伤，拿出更多的勇气和觉悟，沿着町长为我们指明的方向上大步迈进，将他的意志继续传承下去！"

正如他所说，后人在郁夫铺设好的轨道上，开始了新一轮的奔跑。城市规划这项工作永无止境，一旦稍微放松懈怠，城市就会趋向疲劳崩溃。

町民一遍又一遍地宣誓，会将新的挑战进行下去。正如当年鸿山邀请北斋来到小布施，请他创作出町中珍宝一样。不仅是鸿山，还有十八屋的小山文右卫门等巨贾，举办了许多沙龙聚会款待文人墨客。小布施的城市规划工作有起点，但绝不会有尽头，总会不断有新入场的选手，他们会去发现新的问题，找到新的合作伙伴，共同迎接新的挑战。

这种循环往复的过程正如北斋所描绘的"巨浪"一样，层层叠叠不断翻滚而来，北斋用他被后世称为"可匹敌五千分之一秒快门的速度"的视力捕捉到并描绘了出来。而在小布施地区上演的这一幕也同样精彩——郁夫的离去，就仿佛是这不断翻涌的"永不停歇的城市规划"巨浪中另一段新征程的起点。

小布施的"超越巨浪"

亲密无间胜似兄弟

"我和良三是同一年出生的。我们两家也住得很近。我们俩的父亲是兄弟，母亲也是姊妹。如果是兄弟的话总有长幼之序，我觉得我们俩的关系比兄弟还要亲密。"市村次夫指着现町长市村良三说道。

说到二人的关系，良三是这么说的："战争结束后，我父亲带着全家人投奔到郁夫伯父家，他的口头禅是'阿良啊，你给我好好听着哟'，给我讲了很多事，教我看清这个世界，教会我许多道理。像是有次参加亲戚的葬礼，我负责开车，伯父就会跟我聊'那座桥这么架着是非常合理的'。他是一家之长，对我来说是父亲一般的存在。次夫也是，对我而言像是长兄一般，陪伴着我共同成长。"

他们两人都于 1948 年出生在小布施，都从长野高中毕业考入庆应义塾大学法学部。大学毕业后，次夫进入信越化学工业工作，良三进入索尼工作。

郁夫的逝世，让两人再次回到了小布施，分别成为小布施堂的社长和副社长。此时摆在两人面前的是城市规划中最为"核心"的部分——已经建成的北斋馆，然而除此之外他们一无所有，没有能用于吸引人的思想内核，也没有相应的配套设施，连周围景观都没建好，小布施还只是一个山野里的小村落而已。作为家业的小布施堂的经营和小布施町的成长是不可分割的，两人对此问题的看法高度一致，所以不约而同地选择沿着郁夫铺设的轨道继续前进。

次夫在信越化学工作时，参与过直江津、鹿岛临海工业区等新兴工业园区的建设工作，加上他在公司一直从事财务方面的工作，因此对于城市规划这项事业，他的想法是："当时的日本提起城市规划这个概念，比如建设大型工业园区时，普遍给人的印象就是大企业方用巨额资金从土地所有者手中收购土地，然后被金钱冲昏头脑的土地所有者用这笔钱疯狂赌博，让生活陷入疯狂，完全不考虑本区域的发展前途。这种模式让人产生疑惑。我既不想成为加害者，也不想成为受害者，而是希望企业、自治体、当地居民都能共赢。所以我开始思考，如何才能制订让小布施实现共赢的城市规划。"

彼时，有许多难题摆在两人面前。

一是已经老旧不堪的小布施堂工坊的翻新工程。这个位于北斋馆面前的古老工坊，需要对建筑、设备、规模、人员和物品之间的电线等方方面面进行翻新。而且工坊周围堆满了水泥砖，从人员移动和景观方面将北斋馆与城镇中心部隔离开了。得想办法将水泥砖搬走，在工坊前面建成一个广场，将其营造成北斋馆的前庭。同时也不想直接将工坊搬迁到郊外，而是将生产现场保留在城市中，给城市带来多样性。次夫找到了曾被郁夫称为"老婆"的建筑家宫本忠长，请教探讨新工坊的建设问题，并委托宫本做出一个"能成为周围景观的有机组成部分的非传统工坊模式的设计"。

接下来的问题，是如何活用町规划的高井鸿山纪念馆。郁夫之后的新町长以町的名义收购了已成荒宅的翛然楼，计划将其改造为高井鸿山纪念馆并向公众开放。当时，翛然楼所处的地点是与 403 国道完全没有交点的一片僻静地。这样的话根本无法成为一处满足要求的场所。

"如果全都交给政府部门规划，肯定会变成那种千篇一律的观光地。怎样才能建设得让居民感到宜居，让人员流动更顺畅呢？"

次夫站在民间的立场，开始思考能让这个建筑物焕发生机的城市规划方案。在攻克数个难题后，他的心中有了打算，必须将包括北斋馆、市村次夫宅、翛然楼、市村良三宅、长野信用合作社小布施分店以及另一处民宅在内的约一点五公顷土地进行"再开发"。

在这一时期，有一个人正在向小布施居民教授关于城市规划的知识。那就是与市村家有亲戚关系的报告文学作家井出孙六。次夫说道："井出老师说过，城市规划是以三十年为时间单位去考量的一项事业。我们要考虑的是如何循序渐进地建设一批有氛围的建筑物，修复一批景观。老师举办了一个'全国城镇规划研讨班'，并让我去听课学习。而且我还拜托了当时担任政府总务课长的唐泽彦三，请他挑选了两三位今后有望成长为町政府里栋梁之材的好苗子一同去学习。这就是我们在城市规划道路上迈出的第一步。"

曾写下《秩父困民党群像》等作品的直木奖作者井出，说到底也只是一位持民间视角的作家。他把城市规划事业从行政机构中抽离出来，认为这是仅靠民间力量就可以自主操控的事。然而民间也好，官方也罢，只有站在各自的立场思考问题、开展合作，才能有解决之策。从此时开始，小布施的居民从"民"的立场出发，并开始试着将"官"的考量也摆在面前，全面谋划城市规划事业。

街景修复项目开始了

现任町长市村良三心中对城市规划的设想是这样的："郁夫町长那一辈给我们留下了北斋馆。我们这一辈的使命就是开发好北斋馆的周边设施。"

以北斋馆所在的位置作为最南端，最北端至大日向大道，最东端至现在的栗小路，最西端至403国道，对于这片面积一点五公顷的土地，首先要做的就是居住环境的整顿，在此基础上才能更好地接待前来参观北斋馆的游客，因此必须要把这片区域打造成让当地居民引以为傲的"北斋、鸿山传承街区"。这就是次夫、良三以及宫本设计师的计划。

"城市景观美化"与"城市景观保护"之间有什么区别呢？全国范围内轰轰烈烈开展的"城市景观保护运动"，重点在于将建筑物和城市景观复原成"历史风貌"。比如复原那些江户时期、明治时期的武士宅院、商铺、旅店等场所，突出展示其中的细节构造，如墙壁、格子窗、内饰等，如同电影布景一般让人印象深刻。

"城市景观美化"则与此相对，往往通过活用当地自古以来就有的建筑的材料、规模、形态、密度、配置等要素，营造出历史氛围[1]。宫本设计师将它定义为"将人的生活融入景观之中"，其目的不在于精准地还原历史，而是将活在当下的人的要素融入其中，追求一种有深度的空间体验。

为此，次夫迈出的第一步，就是在翻新小布施堂的同时，推倒周围的水泥砖墙，将里面的自家宅基地建成"旗帜广场"并向外界开放。从自身能做的事出发，为一直没有停车场的北斋馆拓展了空间。

宫本将新的工坊设计为钢筋混凝土结构，外表铺设瓷砖，并命名为"伞风舍"。工坊的设计控制了建筑高度，外部装饰以深色瓷砖为主，这样能让建筑物与周围环境融为一体。工程中挖出来的泥土被运到旗帜广场四周，堆成了假山，上面种植了由耸立在小布施北部的志贺高原的竹子进行

---

[1] 摘自《小布施：城市规划的奇迹》，川向正人著。

改良的品种姬熊竹。这虽是由于预算不足而不得已采取的权宜之计，但从实际效果来看，这里已然成了一片让人心情放松的公共空间。

利益相关者交换意见

当时，次夫曾说过："我们是以无条件保护北斋、鸿山时代作为大前提而开始城市景观美化工作的。我们不是把老房子拆掉然后建新房子，也不是将整个城市冻结保存，而是将古宅转移修建进行再利用。所有的土地拥有者，无论是个人还是银行、商店、政府，各方都是站在平等的立场上表达自己的想法。我们相信，花上三十年的时间我们一定能取得好的结果，这就是我们启动城市景观美化的初衷。"

这项工作日后闻名全国。1984年，"翛然楼周边城市景观修复项目组"成立，在这一区域生活（经营）的五方之间举行的平等对话机制"五方会谈"开始了。町政府也作为一分子参与其中。他们不是为了实现观光目的，而是为了最初的"城市规划"的投资项目。

那时他们面对的主要问题如下：两户民宅的房间日照条件不佳，通风很差，而且由于建在公路边上，一直受噪声困扰；长野信用合作社希望能扩建店面并建造一个停车场（如果无法实现则只能考虑搬迁）；对小布施町来说，高井鸿山馆坐落于远离主干道的地方，交通连接不便，也没有停车场（这种情况下无法开馆）；小布施堂作为一家栗子点心店，要从之前的往大城市开拓销售渠道的策略，转变为向本地打开销售渠道（希望能建一些小卖店和餐厅）。总的来说，大家都希望能守护城市的多样性、交融性以及丰富多彩的生活。

这五方生活在此的人互相交流，通过多次开会形成了一个能兼顾各方利益的意见传达给建筑家（宫本），以此推进这项工作。这样，就形成了基础概念。良三回忆道："基本上，大家的想法都是希望这里继续成为一片让生活其中的自己感到舒心的小山村。小时候，大家都是穿过别家的院子去上学的。从这里就产生一种'（建筑物）外部是大家，内部是小家'的概念。将包括庭院在内的建筑物外部打造为'公共空间'，这不是为了观光客，首先是为了住在这里的居民能拥有一个舒适的环境。"

这种想法日后孕育出了"结果观光论"。对于传统的观光地而言，"有自然、有人文、有古迹"，人们以此为"目的"而踏出旅行的脚步。然而在小布施，你并不会轻易找到这些东西。尽管没有这些要素，小布施的居民却能怡然自得地生活在这里。正是对这种"结果"心生向往，人们才会来到这里观光旅游。

五方会谈自始至终坚持着以此理念为指引的城市规划目标。"为了实现所有当事人的希望""不纠结于条条框框""不进行土地买卖，而是在当事人充分交流的情况下进行土地交换"，于是部分土地"进行了交换"，部分土地"进行了租借契约"，最终实现了如下成果：

小布施堂与长野信用合作社建设新店；小布施町负责建设鸿山馆的停车场；市村良三家和真田家从国道边后退至安静的环境建设住宅。

两户民宅将原国道旁的旧宅地租借给小布施堂、信用合作社和町里，通过租金收入填补新建住宅的亏空。对于其他房屋也以类似的方式，对路线、顺序、交通位置等因素进行详细测算后给出最合适的解决方案。

对此，良三有一段难忘的回忆："长野信用合作社真的很了不起。我们这帮初来乍到的年轻人不断提出各种要求，当时信用合作社的理事长山口丰先生二话没说就答应了。新店建成之后，还将包含他们企业色彩元素的水蓝色招牌，特地换成了与周围景观更和谐的棕色小招牌。店铺正面的玻璃上也没有张贴银行的海报，他说以后会将町里的人创作的美术作品装饰在橱窗上。可以说是全身心参与到了城市景观事业当中。"

小布施的"超越巨浪"

工程分阶段逐步推进着。可以说是一种正面意义上的"处处是施工场景"，各处工程在不侵犯到居民正常生活的节奏中稳步推进。1987 年，信用合作社和小布施堂的新店铺顺利完工。至此，1982 年 5 月启动的城市景观美化工程，在经历了五年奋斗后终于取得了阶段性的成果。

在北斋馆的周围，开始飘荡着一种让人能隐约感受到北斋、鸿山时期历史文化风貌的气氛。酿酒工坊的砖砌烟囱，土特产店的粉白墙壁，竹林中蕴含着北信浓的清新大自然气息，栗小路的尽头仿佛能引着你走向另一个神秘空间，所有这一些让北斋馆周围充满了一种"令人怀念的气氛"。

景观工程的评价日渐升高。1987 年，北斋馆在创立十周年时迎来了第一百万位观众。四年后，这一数字又刷新为两百万人次。景观美化工程让这一数字的到来快了一倍。除此之外还相继获得了许多奖项，1986 年获"城市规划优良地方公共团体自治大臣表彰"，1987 年获"地域文化设计奖"，1988 年获建设大臣颁发的"城市规划功勋奖"，1989 年获"公共的色彩奖励"和"乡土文化奖"。

然而小布施的特点是，在一个项目上取得了成功，也不会终止城市规划事业的脚步。一个项目结束后马上就会产生下一个新的项目，总有人在前面牵头，带领大多数人参与其中。正如那连绵不绝、推波翻涌的巨浪。

比如 1993 年 1 月那次商工会与町政府的携手合作。商工会的原计划是"提升农工商业的生产积极性"，之后他们将目光投向"城市规划"，打算成立一家在城市规划事业中承担起据点作用的公司。同时町政府方面有意搭建一个面向观光客的正式的町营游客中心。两者在充分研讨之后决定携手合作，最终决定以第三部门的形式建立"ALA[1] 小布施"，这里的"主人公"就是町中居民。

市村良三（时任小布施堂的副社长）是建立 ALA 小布施部门的核心人物，他说："其实真正起到关键作用的，是一次为组织话剧公演而聚集的年轻人。那次演出非常成功。于是商工会邀请我担任观光部长，我和这帮朋友在一起做了两期共六年的观光项目。但是（基于商工会法律）遇到了许多法律方面的瓶颈，无法实现经济上的自主独立，所以我就产生了自己着手进行城市规划的想法，最后这个想法在 ALA 小布施部门上结出了果实。"

1994 年，三十三名年轻人和两个团体以每股五万日元、每人持十股的条件，共同出资建立了"ALA 小布施株式会社"。这不仅是一处游客服务中心，旁边还建有四间客房投入运营。除此之外还经营简餐茶点、自行车租赁、活动策划、迎接町内视察等工作项目，目前仍然保持着盈利状态。成立之初，他们对盈利的考虑是"不进行资金分红，以城市发展作为投资的回报"，这一初衷直到今天依然没有变。

2000 年 5 月，唐泽彦三担任町长时启动了"庭院开放运动"。当你漫步在小布施的街道，经常会看到有的住家门口放着一块小牌子 ——"欢迎光临我家的院子"（Welcome

---

[1] ALA 是日语接头词，代表"新"的意思。——译者注

to My Garden）。凡挂有这块牌子的人家，无论是游客还是
居民，都可以随意进出庭院观赏。庭院的空间在居民的精心
打理下，呈现出四季各异的缤纷美景。参与这一运动的住户
越来越多，到现在已达数百户。

　　这样的城市规划行动，也在民间悄然展开。

　　"大学毕业后，我在东京工作了一段时间，之后回到小
布施。那时我家的房子还是父亲在 20 世纪 70 年代建的木制
砂浆建筑。""谷平"的现任老板、小山洋史如此说道。"谷
平"自古以来是一家经营大米、谷物、木炭，也生产味噌、
酱油、酒等制品的大商铺。从父亲那一辈开始经营液化气生
意赚了钱，在洋史上中学的时候家里建了大厦一般的建筑，
在当时周围一片木质建筑中显得耀眼夺目。人们甚至开玩
笑说："从谷平家门前走一下都能感受到大城市的气息啊。"

　　转变发生在洋史三十多岁回老家后的那几年。北斋馆的
城市景观美化工程不断推进，"令人怀念的空间"的出现让整
个城市的氛围为之一变。洋史回忆道："城市景观的美化使得
越来越多的外地游客来到小布施，我感到自豪的同时，也由
衷钦佩这项工作。附近的竹风堂家开始制作板栗红豆蒸饭，
大受欢迎。大巴车载着游客源源不断地从四面八方来到这里，
在我家门前驶过。于是我也改变了经营方针，不再把液化气
摆在门口，而是重新将味噌、酒、腌菜等食品摆在了店门口。
我还对整个店铺重新装修，营造成江户时期的贮存仓库的风
格，也算是尽我所能为城市景观美化事业出了一份力吧。"

2017 年，邻近城镇开了一家用谷平的味噌制作拉面的店铺——"阿竹长野土锅拉面"，在长野市内非常受人欢迎，白天的时候也会排起长队，在许多人的注视下品尝食用谷平家味噌的拉面。这家店的布局基本也与谷平家类似。

即使跨越了时代，从外面归来的年轻人依然会被这个美化城市街景的事业打动，进而投身其中。巨浪还在继续，就像北斋画的那幅"超越巨浪"一样。

培养未来的北斋、鸿山——年轻人团结在一起肯定能干出成绩！

2009 年，小布施又起新"波澜"——"日美学生会议"。

这一年的夏天，来自日本和美国的七十二名学生计划在小布施参加为期三天的交流会议，按照不同议题进行分组讨论。这个会议原本是计划在长野进行的，但良三町长通过努力将其中三天的行程引到了小布施町。学生们寄宿在当地家庭，体验生活的同时学习小布施"城市规划"的历史。

计划中会有一场学生与小布施城市规划的关键人物进行研讨的"城市规划论坛"。这些年轻人在深入考察了小布施这座城市后，将自己的想法和意见与大人们交流，甚至还和大人们产生了激烈的辩论。面对这样的场面，最为欣喜的是市村良三町长。会议结束后，良三町长发出倡议：

"年轻人用最坦诚的态度与町民进行交流，我们小布施町在今后也将继续为新价值观的产生营造土壤。"为了能在2012年召开一次"小布施青年会议"，各项准备工作陆续开始了。

信州大学中岛闻多教授（当时）参加了会议，他汲取了良三町长的意见，将2009年参加日美学生会议的大宫透邀请到自己的团队。2012年，大宫透成为东京大学的一名硕士研究生，从那次经历开始，他与小布施之间就建立起了一种深厚的关系。他说道："2009年日美学生会议的那场论坛上，我把自己想说的话畅快地说了个够，说不定正是因为这样町长才注意到了我吧。他希望我参与2012年青年会议的准备工作。我在学校就是研究自治体在城市规划时下达的相关条令，所以我对小布施这个案例也十分感兴趣，顺其自然地应下了这个工作。"

（写作此书时）二十九岁的大宫，在第一次到访小布施的时候就被那里的人文、自然以及城市规划的理念所折服。可能是他与小布施之间脾性相投，日后也越发活跃地参与到青年会议的筹备工作中，更醉心于小布施的魅力了。

正是由于大宫在内的会议组委会的辛勤努力，2012年的第一届青年会议吸引到了来自全日本共二百四十名三十五岁以下的青年代表参会。会议的主题是"将小布施建成全世界最有意思的城市"，基于这个主题青年人展现出了他们热情洋溢的思辨能力，同时也有许多町民与青年结下了深厚的友谊。

从第二年开始，这项会议继续举办下去，中间出现了很多不同形态的主题，比如"一起给无解的讨论一个答案吧——食与农、地域社区、地域贸易""建设一个新的地区""与企业一起画个未来的蓝图"等。随着主题的变换，这个会议一直坚持举办到了现在。

积极参与小布施的建设

大宫回忆起当年的往事，说道："2012 年的青年会议之后，小布施町对下一步的工作还举棋未定，因此我也提出了很多自己的想法。小布施町很想将青年会议的人员聚集效应持续下去。那时开始了一个增加青年人口相关的项目，比如为了吸引更多的年轻人到来，曾开通过连接东京和小布施的每月一次的班车。年轻人聚集在一起，总能干出些事情——这也是小布施的想法。"

HLAB 就是基于这种想法而诞生的，这是一个哈佛的大学生邀请集合日本高中生举办的夏校项目。大宫的朋友负责这个项目，所以大宫直接找了町长商量此事。町长欣然接受提议，HLAB 就此成功走进了小布施。于是从 2013 年起，作为和青年会议并行的一项活动，日本的高中生与哈佛的大学生共同来到小布施进行体验。

经过几次活动，大宫等这一批工作人员已经多次体验了小布施的家庭寄宿活动，有时还在政府和小学校园里铺设临时床铺，供参与人员就寝。通过不断积累这样的活动举办经验，小布施获得了"全町都是会议设施""提供日本最棒接待的自治体"等盛名，很多企业研修、学术会议都选择到小布施举办。由日本观光厅推动的 DMO（政府民间合作的新型旅游业组织）落户到了小布施。此外，小布施还与东京的大型百货商店开展合作，开发面向富裕阶层的定制旅游产品等。

其实大宫并没有在政府内任职。他当时的身份是与小布施町有合作办学的法政大学"地域创造研究所"的一名研究员，从参与的每个项目里他仅能拿到一些微薄的报酬而已，"但我还是会每天都去政府报到，全力以赴帮助町里解决各种难题，从而获得了町里人的信任。只要是有助于解决小布施难题的信息，无论是哪方面的内容，我都会积极发表意见"。

其中有一个例子，就是"人员招聘"。町里的工坊和旅游设施经常会发来一些请求："我们开始做某个项目了，因此需要相应的人才。"找大宫商量，也是町民对他信任的证据。大宫会利用自己在大学期间和研究所里的人脉关系，寻找合适的人才并介绍到町里。

如今，青年会议已经积累了许多成功的经验，并获得了较高的社会评价。参与者中也有人提出，"能否也在自己的家乡举办这样的会议"，于是在小布施之外，札幌、名古屋、京都、宫崎等地区也开始有了举办会议的尝试。

　　小布施的这次项目，是 HLAB 首次走出东京，在地方城市举办。在小布施成功经验的引领下，HLAB 已经走向全日本，目前每年固定在东京、德岛县牟岐町、宫城县女川町和小布施町这四个地方举办。

永远的北斋

　　在经历了这些项目之后，大宫的想法也发生了变化。

　　"当时搬过来的时候想着，两年内要干出点成绩，然后就离开小布施。但在 HLAB 项目开始的那阵子，我感觉要想做出成果，起码得花五年以上。现在我已经参与到更加深入的行政课题的研究中，未来十年我都会继续生活在小布施吧。"

　　市村良三町长经常将"五个协同"挂在嘴边："町民协同""大学协同""町内企业协同""町外企业协同"，还有就是"青年协同"。

　　大宫的任务就是将这些政策理念具体化到政策方案中去。

　　而他的另一项任务，则是受托助力小布施的"行政机构内部的工作方式改革"："我希望营造一种能让政府工作人员都怀有对工作的认同感、成就感的工作环境。行政机构内部工作方式改革是一项全国性课题。我想先从小布施町开始，提出一些本地化的方案。"

　　财政方面也有难题。目前市村家在町政府的任务已经进入第四届、第十四个年头，当初的七十多亿日元的债务如今已经压缩了一半以上了。尽管如此，考虑到未来的人口老龄化和出生人口减少的趋势已是定局，国家拨付的地方税收补贴也会减少。市村表示："我常怀一种乐观主义下的危机感，必须要放眼十年、二十年来看问题。"

利用小布施引以为傲的两大支柱产业——农业和旅游业，一定要把它建设成为一个可持续发展的城市。大官将这些都作为自己的"分内事"，每天为此绞尽脑汁。

看着他的身影，我不禁想，正是这块土地成就了北斋，成就了鸿山这样的人物。

一百七十年前的高井鸿山和小布施的巨贾们，树立起了公共意识的思想，展现其对本土之爱，又从外部吸引了文化艺术界人才，以创造这个小村镇的魅力。作为对这种思想的回应，北斋、一茶等人也展现了他们对这方土地的热爱，并留下了让当地居民热爱终生的灿烂瑰宝。

鸿山等人以这种文化为内核，提升了小布施的向心力，孕育出了当地人人引以为傲的财富。而这段历史由市村郁夫重新发掘整理，经过次夫、良三等世代的传承，现在又要由像大官这样的年轻人继续传承下去。在这段历史中，小布施的町民培养出了凝聚力，又时常接收来自外部的新鲜知识。正像那循环往复、层层叠叠、不断翻滚而来的巨浪。

小布施的北斋还活着。活在人们心中，活在城市的各个细节中。

終章

北斋被世界认可的理由
——墨田北斋美术馆的诞生

今天为何要关注北斋？

　　从 19 世纪末以巴黎为中心掀起的日本主义热潮，到留存有北斋诸多肉笔画、天井绘的长野县小布施町，我怀揣着一个疑问 —— 今天为何要关注北斋？采访了许许多多的人，翻阅了众多文献后，我逐渐对北斋这样一个毁誉评价如此极端的人物有了更深层的认知。

　　无论在东方还是西方，"北斋"在当今美术界无疑是一大潮流。

　　我为什么会执笔写这本书呢？2017 年在大英博物馆和阿倍野海阔天空美术馆分别举办的"北斋 —— 超越巨浪展"和"北斋 —— 超越富士山展"，就是这一潮流的象征。日本国内的国立西洋美术馆、东京都美术馆、太田纪念美术馆等全国各地美术馆以及百货商店的展览厅等，都举办着各类以"北斋""浮世绘""日本主义"等为主题的美术展。再把目光转向世界，2014 年巴黎大皇宫举办了世界上最大规模的"北斋展"，以此为开端，伦敦、波士顿、柏林、罗马、米兰等地相继举办了以北斋或浮世绘为主题的大型展览。而日本国内也将于 2019 年举办"北斋展"、2020 年东京奥运会期间举办"大浮世绘展"，地点均在六本木的森美术馆。

这种热潮不仅席卷美术界，也带动了媒体行业的反应。NHK 的《历史秘话》栏目、电视剧《眩：北斋的女儿》以及民营电视台的节目中多次出现北斋的形象。大英博物馆以"北斋展"为素材制作的电影《大英博物馆的礼物：北斋》也已经在世界各地上映。其他还有各类以北斋为主题的杂志、书籍（本书也是其中之一）等。

上面提到的这些策划并非北斋或日本主义的周年纪念活动。其实对于美术界的策展人而言，扎堆举办主题类似的展览，反而会出现互相争夺浮世绘、真迹的展出机会的情况，大家都会避免这种现象。

但我们仍然在当下不约而同地选择了北斋，选择了日本主义，选择了浮世绘。这到底又是出于什么原因呢？

我问过许多接受采访的策展人和业内人士一个同样的问题："为什么当今世界如此追捧北斋和浮世绘？"

阿倍野海阔天空美术馆的馆长浅野秀刚先生的回答是："欧美国家的美术起源于古希腊、古罗马的宗教绘画。他们的绘画中讲求造型科学合理、主题层次分明，且上帝是这一切的出发点，人类是上帝的产物，侧重于描绘肉体的美感。与此相对，亚洲美术有着完全不同的文脉（语境）：造型相较欧美更加自由，只要有意境，不刻意追求合理性。尤其是浮世绘，只运用简洁的线条和平面，明了易懂。而浮世绘中又以北斋作品的主题最为自由，绘画技法丰富多彩。我想这些就是欧美艺术家看中的特质吧。"

也就是说，在 19 世纪末的欧美艺术界，北斋和他的浮世绘代表着一片拥有自由的色彩、构图和主题的"新领域"。西方社会无论是艺术家还是一般观众，都竞相收藏这一新领域的美术作品。这也就是所谓的西方社会的"收藏主义"。

但仅凭这些仍然无法解释今日再度出现的北斋热潮。那么在 19 世纪末和当下的社会之间，有什么共通性存在吗？

我在采访法国吉美博物馆的策展人海伦·贝约（Hélène Bayou）时，向她提出了我在这三年间感受到的当下东西方社会的关联性。

19 世纪末的欧洲社会，世纪末的"不安定"和对新世纪到来的"期待感"交织在一起。18 世纪的英国工业革命开启了钢铁时代。同时，又有人大声呼吁"回归自然"。印象派画家们一致走到户外，开始以自然为主题的创作。此时的印象派似乎是感受到了当时主导美术界的沙龙文化走到了尽头，所以尝试着打破这种困局。而与此相对，在 21 世纪的今天，人们也感受到了资本主义的困局，可以说如今的世界上已经没有所谓的新领域，社会不平等在逐渐扩大，互联网的发展也显露出疲态。每个人都在寻找着能开启下一个时代的新兴价值观。也就是说，西方社会正试图从东方的美术、哲学、价值观、多神教的包容性中寻找一种其自身不具备的新的可能。北斋、浮世绘就是这种尝试的象征，体现了西方社会正热切关注着日本。或许可以说，现在世界各地上演的对于北斋、浮世绘的追捧，就是一种西方社会对东方社会、对东方思想哲学所发出的"情书"吧。

对于我的观点，海伦说："我同意你提出的关于资本主义在经历长期发展后正面临困局的观点。或许正因为如此，我们潜意识中就在不断寻找着与此不同的另一种价值观。"

很多像海伦这样的策展人、美术行业相关人员，都对我的假说表达了肯定的回应。

西方社会在为自己创造财富的资本主义制度中面临困局。地球环境不是无限的，所以说现实社会中的新领域在逐渐消失。正如经济学家托马斯·皮凯蒂（Thomas Piketty）说的那样，如果不加以控制，经济不平等只会不断扩大。

或许正是这些原因，让西方社会的人们下意识地开始寻找东方社会的奥秘，那种基于"共生、共感"的哲学、价值观、多神论社会的包容力。对于北斋、浮世绘的重新评价、重新认识的过程，或许就是一种对东方事物的探寻过程吧。

以这种理念反观当下，答案就呼之欲出了。当下的情况是在放弃西方的"拥有""征服""独占"等概念后，转向东方的"共有""共感""认同"等概念的一种趋势。

而这种趋势下，"北斋"来了。这种趋势也席卷了北斋的出生地——他在九十年人生中度过绝大多数时光的墨田区。

奇迹般的美术馆

"这座美术馆从建成之初就与众不同。"

我面前的雷克斯基金（Fundrex）株式会社董事长鹈尾雅隆如此说道。那时，我为了了解2016年开馆的"墨田北斋美术馆"建设经过，采访了在政府相关人员口中有着"资金调度人"（fundraiser）这一陌生头衔的鹈尾。

墨田区北斋美术馆建设负责人鹿岛田和宏（现任产业观光部长）说道："那时候要是没有鹈尾先生他们的努力，墨田北斋美术馆的建设肯定就触礁了。"

能让负责美术馆建设工作的责任人给出如此高的评价，这位鹈尾到底是何许人也？他的基金会又在从事什么活动呢？鹈尾在2004年通过JICA[1]和外务省前往美国凯斯西储大学，取得了非营利组织管理学硕士的学位。同年在美国印第安纳大学修完了众筹基金的课程。2008年他成立了雷克斯基金株式会社。2009年组建了日本众筹基金协会。一直以来，他都为1995年阪神淡路大地震之后诞生的众多非营利组织以及学校、自治体的社会部门提供关于众筹基金方面的专业指导。

雷克斯基金株式会社在2014年春接受了墨田区政府的委托，担负起筹措"墨田北斋美术馆"部分建设资金的任

---

[1]　日本国际协力机构，全称为Japan International Cooperation Agency。——编者注

务。鹈尾向我们讲述了当时的经过："在那之前，日本的美术馆大多是由国家、自治体、大企业或富豪们出资建立的。但是墨田北斋美术馆的建设初衷完全不一样。这是一座众筹的美术馆。"

正如鹈尾介绍的，在日本建立美术馆往往依赖于政府税收、企业利润或是个人资产。不仅是美术馆，很多公共设施的建立都通过这个途径。但是墨田北斋美术馆是一座"众筹建成的美术馆"，是依靠广大民众捐款而建成的一座公共设施。

鹈尾认为，从这层意义上讲，该美术馆的建立确实是日本社会的一个"奇迹"，一个打破常规的举动。为什么说是奇迹呢？其实在 2014 年春，鹈尾团队刚接手"墨田北斋美术馆建设计划"时，他们面对的是一个看不到前景、令人绝望的烂摊子。

这个建设计划早在三十年前的 1989 年就已经提出。当时，日本正处于泡沫经济最鼎盛时期，各地纷纷兴建起各种"文化场所"。墨田区也趁着这个劲儿，讨论起了建设"本区象征"北斋的主题美术馆。

但自那之后，墨田北斋美术馆的建设构想却走入了重重迷雾，甚至能听到资本主义或者说现代日本社会体系发出的所谓"垂死挣扎的呐喊"。

没有藏品的美术馆

"建设墨田区的标志性建筑北斋美术馆，首先遇到的困难就是，区内根本没有收藏北斋的作品。"

2014 年时负责北斋美术馆建设工作的鹿岛田和宏如此坦言。这项计划于 1989 年提出，当时鹿岛田和宏的前辈们在关于"墨田区有什么能拿得出手的标志性事物"的讨论中，将"北斋"提了出来。但是如果没有藏品，即使建了个房子摆在那里也没有意义。说到底，当时连建美术馆的方案都没有。但泡沫经济时期的日本的作风就是先上车再买票，哪怕计划还没有，工作可以先推进下去。

墨田区邀请了北斋研究的重量级人物永田生慈参与到该项目之中。永田大学期间的恩师、日本浮世绘协会首任理事长楢崎宗重听闻此项目后表示："如果是建设这个主题的美术馆，我愿意把我的藏品全部捐赠。"在 2001 年楢崎宗重去世之前，他将自己的四百八十余件藏品悉数赠予了墨田区。

1993 年，墨田区还以极低的价格（约一亿四千五百万日元）成功打包收购了被称作欧美最大规模的北斋藏品——彼得·莫尔斯藏品（总数约六百件），据说这些藏品如果参加拍卖，总金额将达到数十亿日元。墨田区得到了包括世界上唯一现存浮世绘作品在内的珍贵收藏。《朝日新闻》在 1994 年 1 月 23 日的晨报上以整整一个版面报道了这一事件，写道：

　　世界上收藏浮世绘画师葛饰北斋作品的第一人、已故的美国人彼得·莫尔斯收藏的所有作品，被北斋出生地墨田区全数收购，回到故乡。

　　1993 年 1 月，东京东武美术馆举行了"大北斋展"。莫尔斯带着自己的二百零一件藏品前来日本展出，但就在来日本的路上，他突发疾病，在酒店去世。莫尔斯的亲属表示"不希望藏品因此散佚"，并且理解墨田区要建设北斋馆（当时的临时名称）的计划，于是同意了墨田区提出的收购申请。永田也在这一事件中发挥了至关重要的推动作用。

　　至此，墨田区解决了建设北斋美术馆道路上的最大难题 —— 藏品的缺乏。

建馆之路再遇难关

　　令人哭笑不得的是，建馆之路自此才真正进入了蜿蜒崎岖的阶段。如果我们翻看报纸，会发现在 1995 年的报道中写着"2000 年开馆"（《朝日新闻》，11 月 22 日晚报）的消息，然而在预计开馆时间的九年后，没错就是 2009 年，我们又看到了"配合东京晴空塔的开业，预计将于 2012 年开馆"（《朝日新闻》，4 月 10 日）的消息。但其实美术馆真正的开馆时间，是在这之后的 2016 年秋季。

　　我请鹿岛田解释了当时的情况："这在当时是全国范围内的普遍情况。20 世纪 90 年代后期由于泡沫经济崩溃，墨田区的财政情况也不容乐观，甚至一度有人提出要冻结该项目。然而区民提出了愤怒的质疑：当初花了大价钱买的作品凭什么不让人看呢！区政府大楼的一层倒是有一个画廊展厅，但由于采用的是自然光照设计，无法进行浮世绘的陈列展示。这样一来，也无法向出于好意把作品转让给我们的收藏家交代。当时真的是进退维谷。"

　　而这一时期唯一的好消息是，2006 年时确定要建设"东京晴空塔"。以这个建设项目为条件，国土交通省下拨给墨田区一笔预算用于城市规划建设，而美术馆建设所需的约三成资金可以用这笔预算来解决。

　　于是建设计划再度启动，然而意料之外的情况却接踵而来。

　　最先遭遇的是美术馆建在哪里的问题。当初划定的区域遭到了当地居民的强烈反对，于是只好改变计划另选地址，等最终确定了现在的所在地 —— 绿町公园（墨田区龟泽）旁边的土地时，已经过去了两三年的时间。之后，2011 年日本遭遇了东日本大地震，建筑家妹岛和世先生做的设计在地震发生后被文化厅要求修改。就在这一时期，鹿岛田作为负责人开始参与了这个项目。

　　"我们和文化厅进行了多次交涉后终于达成了共识。预算问题也得到了解决。选址也进行了变更。和妹岛先生沟通进行设计方面的修改，他也答应配合我们。到这一步，我以为所有的问题总算解决了，剩下的就只有施工阶段了。"

但这时却又出现了新的意外。受东日本大地震影响，施工费用上涨、建筑工人不足等一系列未曾考虑过的情况纷至沓来。墨田区在 2011 年 3 月前，好不容易在议会上协调成功，形成了"建筑费用约十二亿日元"的结论。但在地震后的 2013 年 6 月，却出现了流标的局面。复杂的外观设计、建材价格上涨等原因，导致建筑费用超出当时的预算六亿日元，达到了十八亿日元。加上周围环境的整备费用，整个项目的总花费预算一下子从二十二亿日元激增到三十四亿日元。

"预算做得太差了""区长必须负起责任来"等意见频频在议会响起。于是，建设计划再一次受挫。

区民的意见也很尖锐：从当初的建设费用预算十一亿六千万日元，一下子变成包括周围整备费用在内的总额三十多亿日元，这样的项目到底有没有必要继续下去？失学儿童、老龄化等更加迫切的问题摆在那里不去解决，推动这种烧钱的美术馆算怎么回事？对区民而言有什么实际好处？美术馆计划自诞生以来已经在购买用于陈列的作品上花费了十六亿日元，在此基础上还有用于保管作品所花费的成本。这不就是典型的"暗箱行政"吗？为什么不能用隔壁的江户东京博物馆？据说江户东京博物馆的建设费用为五百八十三亿日元，每年亏损百分之十五，亏损额高达八十八亿日元。

北斋美术馆会由指定管理者进行运营，每年的运营成本预计需要一亿日元。运营成本的亏空部分是不是就要从纳税人的血汗钱里挤出来呢？

当时，据问卷调查显示，百分之九十五的居民都持"反对建设"的意见。

最终，在 2013 年的区议会上，区长被迫接受了这样的决议："只有在开馆前从民间筹集到五亿日元的资金，才会通过建设预算案。"

这是一份附带条件的决议。然而更复杂的情况是，2015 年 4 月即将进行区长选举，之前一直力推北斋美术馆建设的区长山崎昇，原本的目标是在第四个任期内完成这个项目。但随着建设进度的一再延迟，山崎不得已也发表了退休声明。美术馆建设变成了区长参与这项政治斗争的一枚棋子。

鹿岛田还记得当时的情景："那个时候，政府方面真的是进退维谷。但也是在那个时候，区民中出现了支持者的声音——'北斋美术馆必须要建起来'。"

众筹的创意

支持者中有一位叫久米信行，他身兼墨田区文化振兴财团评论员、新日本爱乐交响乐团评论员等多重身份，以民间立场担任区文化行政要职。同时，他也是 T 恤厂商久米纤维工业的董事长。

久米觉得，"很不理解人们为什么要反对这个项目。墨田区土生土长的北斋应该值得我们尊敬，这个项目也能促进本区的发展"。他将日本众筹领域的先驱者鹈尾介绍给了鹿岛田。从那时起，鹈尾以及他的雷克斯基金开始发挥作用。

鹈尾团队正式接受墨田区的咨询是在 2014 年 3 月。此时距离预计的开馆时间 2015 年秋季还剩不到两年的时间。当时首先要解决的问题是 6 月的区议会，必须在议会之前形成一份众筹方案，以便在议会上进行说明。鹈尾说："通常我们在接受咨询委托后要花三个月左右的时间进行战略方案研究工作，但墨田区的这个事情是个救火项目，留给我们的时间只有一个半月左右。"

5 月 26 日，雷克斯基金的工作人员召集了区政府的各级官员，尝试举行了一次头脑风暴式的工作会："我们请区政府的大小官员都讲一讲，北斋美术馆的建成对自己所负责的工作而言有何意义，自己所在部门能与该项目产生怎样的互动，然后再进行跨部门的对话。"

如果仅由北斋美术馆建设项目的直接负责部门单打独斗，是很难引起区民整体的共鸣的。所以，首先在区政府内部就要有共同感受。在这样的引导下，很多部门纷纷提出了自己的想法，比如负责水管施工的部门提出能否在施工现场的外壁上也画上北斋的画，垃圾清运车的车身能否也画上北斋的画等，各种创意频出。

接着他们也倾听了当地居民的声音。大家如何理解北斋与墨田区的关系？对北斋美术馆这个项目有多深的认知？美术馆建成后会给墨田区带来怎样的变化？结合民间调查和区政府会议的成果，鹈尾团队完成了一份约一百五十页的提案报告交给了区长。报告中指出，项目面临的最大难题就是取得民众的"共鸣"。

如何让整个地区和居民都期待北斋美术馆的建成，然后能做哪些努力，搞清了这些问题，也就找到了众筹的关键点。鹈尾认为："要想让区民以及整个地区都能在此项目上获得共感，必须要先让大家将北斋当成一件与自己切身相关的事情。希望墨田区居民能把北斋当成自家的事情来看待，来感受。为此，我们开始了名为'北斋 × 创意'的宣传活动。"

在调查途中，鹈尾团队发现了一个切入口——"北斋 × 瑜伽"。那是区内一位经营瑜伽教室的女性，她将《北斋漫画》中描绘的人物姿态运用到了她的瑜伽课上。

找到了！兴奋的心情溢于言表，鹈尾由此提出了"征集'北斋 × 创意'"的宣传活动。结果从区民中收到大约五百份创意内容。鹈尾认为："当时区内涌动着对建设北斋美术馆的不解。大家认为，明明有很多如出生人口减少、育儿困难等民生问题摆在那里无法解决，因此对美术馆的项目表示反对。针对这种想法，我们认为要在区民中形成一种共识，

那就是美术馆的建成能让自己的生活发生改变，能带给整个
地区活力。我们当时工作的目的，就是在地区内酝酿出这样
的气氛。"

与对象之间的距离感

　　鹈尾认为，要产生"共鸣连锁的正向循环"，拉近与对
象之间的距离十分重要。

　　"比如要开展拯救非洲难民的活动，即使这个内容十分
正确，人们也难以把它当成自己的问题，从而无法将对它的
共鸣扩散开去。而东日本大地震就极易抓住人们的情绪。所
以关键就是要让大家觉得，北斋就在我身边，让每个人都将
北斋作为自己的分内事去考虑。"

　　这时，鹈尾团队关注到了墨田区的一个特色。

　　墨田区有着浓厚的江户时期传承下来的工匠传统，到处
都能感受到江户风情和平民城市的氛围。这种宣传风格非常
容易受到当地百姓的欢迎。

　　另一个重要的原因是政府方面的负责人鹿岛田的举动。
鹈尾回忆道："7月开展'北斋×创意'征集活动时，政府
方面的负责人鹿岛田先生在台上掷地有声的那句'我会努力
的'，言语间充满斗志。我想很多人在听到这句话后肯定都
有所触动。"

冠名权

　　另外，在 7 月的众筹宣传开始前，山崎区长已经拜访了区内几家重点企业，开展了一轮顶级营销。众筹宣传中最为重要的成功因素，就是筹款活动开始后最初的几次大额捐款。面对五亿日元目标，普通百姓如果看到最开始的捐款都是一两万日元这种金额，肯定会产生一种遥遥无期的"绝望感"。鹈尾团队与区长商议后，决定将一千万日元以上的大额捐款方定义为美术馆的共同创始人，将冠名权与捐款打包宣传。共同创始人的名称将被镌刻在美术馆的入口处，并面向所有的参观者宣传。

　　这个策略大获成功。筹款宣传开始后，东京东信用合作社等十家企业立刻报名提出要捐款成为共同创始人。从企业方面来说，做出一种与本地区共存共荣的姿态，在企业内外都会是一个绝佳的打造企业品牌的机会。鹈尾团队的策略十分有效。

　　东京东信用合作社董事长涩谷哲一甚至为此开发了一个新产品——"墨田北斋美术馆开馆纪念、有奖定期存款'北斋'"。从一等奖十万日元到四等奖五千日元，加上前后赏[1]的定存产品，很快就吸引到数十亿日元的存款，可以说业务上也取得了成功。

---

[1]　日本一种彩票的特殊奖，在大奖号码的前后号上开出。——编者注

北斋美术馆建设的众筹项目从最开始的逆风起航，经过鹈尾、鹿岛田等相关人员的不懈努力，逐渐变得顺风顺水。就在第二年，2015 年的春天，他们又等来了一个好消息。

家乡纳税的"家乡选择"

鹈尾说："自 2014 年 7 月开始筹款宣传至 10 月左右，除共同创立人的大额捐款外，仅通过网络途径筹集到的款项就达到一千万日元。加之 2015 年 4 月'家乡纳税'制度的修正，申告特例制度带来了约两倍的减税额度。于是，我们也尝试着使用'家乡纳税'的政策。"

日本在 2008 年推出的"家乡纳税"制度，其本质在于变纳税为自主选择自治体进行"捐赠"。每个人在故乡出生、成长，小时候肯定接受了那里的医疗、教育等各种服务，而成年后离开家乡的人们却无法给养育过自己的故乡纳税。为了能让人们在离开家乡生活后也能给曾经的家乡纳税（捐赠），从而产生了这样的制度。原则上，纳税（捐赠）金额减掉两千日元后的金额，可以抵扣自己的住民税及个人所得税。当时这项制度在日本全国形成了约八十亿日元的规模。

后期，接受纳税（捐赠）的自治体开始将一些当地土特产返赠给纳税人，使得这一制度更加热门。2016 年 2 月 6

日的《西日本新闻》报道：随着吸引捐款的竞争日渐激烈，有些自治体的收入在增加，而有些自治体流失了许多居民的捐赠，收入反而减少了。

根据收集整理返赠礼品信息的网页显示，有些自治体的返赠率甚至超过了百分之百。

"即使如此，当地返赠礼品行业也是挣钱的。"这是政府相关负责人对此现象的解释。

2015 年度日本全国的家乡纳税总额约为一千六百五十三亿日元，约是七年前的二十倍。鹈尾一直密切关注着这个制度："2015 年春，我们与家乡纳税的最大型门户网站'家乡选择'合作。我们在网站首页打出了宣传口号，凡是向墨田北斋美术馆的建设基金'北斋基金'进行家乡纳税，都属于社会贡献的一种，对基金的捐款都会成为美术馆日后的运营经费。"

继 2014 年 7 月启动众筹宣传之后，2015 年 4 月在该网站的宣传活动成为众筹宣传的第二波高潮，而且效果明显。鹿岛田说："当时东京都内二十三区对家乡纳税制度都没有积极响应，其实说到底还是因为这项制度的初衷是将税收从中央转移至地方。但通过与网站进行合作宣传，加上将晴空塔餐饮券、墨田区工匠亲手制作的工艺品等作为返赠礼品，我们的宣传取得了巨大的反响。"

宣传活动开始后，捐赠申请与日俱增，尤其是在每年年末的报税截止日之前，墨田区网站平均每天能收到三百万日元左右的捐赠申请，最多的一天甚至有五百万日元。2015年9月3日的《每日新闻》有这样的报道：

　　墨田北斋美术馆，收到捐款两亿五千七百七十九万日元，预计明年开馆。

　　在这篇报道的前一天，墨田区新区长山本亨宣布："墨田北斋美术馆预计将于2016年11月开馆，截止到8月末已累计收到捐款两亿五千七百七十九万日元。这些捐款将用作建设费用及后期的展览项目经费。"从家乡纳税制度变化的2015年4月起到当年8月，共有六百九十七个申请、约三千万日元的捐款。作为整体的宣传活动用了约一年时间就达成了目标额的一半。

　　当时墨田区准备的返赠礼品是名为"摩登墨田"的区内特产。其中人气最高的还是晴空塔的餐饮券。捐赠五万日元以上可以获得午餐券、十万日元以上可以获得晚餐券（均为双人份），除此以外还有雕花玻璃工艺品和T恤衫等礼品。

　　简直是如有神助。第二年，也就是2016年的秋季，新闻报道了"墨田北斋美术馆开馆"的消息（《每日新闻》，2016年11月22日）：

　　为了获得用于收集藏品的资金，墨田区从2014年起

用家乡纳税和捐款的资金成立了"北斋基金"，结果收到
了超出预计目标的约五亿两千万日元捐款（约五千五百
件申请）。美术馆设置了一块铭牌，上面镌刻着捐款金额
十万日元以上的捐款人姓名，以此感谢他们对建馆项目做
出的贡献和支持。

到美术馆开馆前，之前设定的五亿日元目标达成了。鹿
岛田继续说道："美术馆完工后，北斋基金仍在吸收捐款，
直至今天。现在累计差不多有八亿日元。2018 年的目标金
额为两亿五千万日元。这些资金将用于购买藏品以及各类运
营和修缮工作。"

开馆后产生的运营费用赤字，没有使用纳税人的血汗
钱，用这笔捐款填补了。鹈尾团队发起的众筹基金，也在
"家乡纳税"这一撒手锏的作用下取得了优异的成绩。墨田
北斋美术馆可以说是一座名副其实的"众筹美术馆"。

北斋的力量

为何逆风起航的美术馆建设项目，在经历了种种挫折后
能扬帆远航呢？即使采用家乡纳税的方式，别的地方也有很
多吸引人的返赠礼品，为什么大家依然纷纷选择北斋呢？当
我向鹈尾抛出这个问题，他说道：

"北斋是平民英雄。他不是一个受权威保护的艺术家，而是一个生活在平民之中的凡人，所以他与'人和人共同合作'这一潮流的适应性非常高。小孩子也会去临摹北斋的画。他是一个能让所有人都感到亲切的存在。"

宣传活动进行得如火如荼的时候，鹈尾曾被问过这样的问题："都是用于建设美术馆，用税收和用捐款，有什么区别呢？"很多人都觉得，反正我在纳税，即使不去捐款，我也在为美术馆的建设做贡献啊。

鹈尾认为："用税收建造的美术馆是一种旧价值观的体现。但众筹而成的北斋美术馆则不一样，这里能产生新的价值观，以及照亮年轻的艺术家和墨田区未来的新艺术。所有人都把这里当成是自己的分内事而参与到建设工作中。"

对于自己所做的工作，鹈尾说："我们团队所从事的基金众筹工作，不仅是筹集资金而已，我们在用手头的这份事业，寻找着产生新的价值的可能性。"

迄今为止，日本的公共设施建设模式都是由政府从纳税人身上吸收税款，然后将之如同淋浴效果[1]一般分散到全国各地用于各种建设。地方位于底部，霞关（官僚机构）位于顶点，形成了"完美三角形"结构，加之资本主义成长和成熟，战后的日本才能在世界范围内取得如此骄人的发展和成就。

---

[1] 日本的心理学名词，原指在百货商店充实楼上的设施，像淋浴一样从上到下创造客流，增加百货商店整体的销售额。——编者注

　　但是随着资本主义出现种种困局，国家税收减少，过去发行的赤字国债的利息越来越重，以霞关为中心的税收制度和官僚制度开始出现闭塞感。在这种背景下，拥有强大专业知识和特殊才能的非营利组织等社会部门逐渐活跃起来。筹集到资金后，像鹈尾那样的基金会也能开始从事更多的活动。

　　而这一过程中必不可缺的环节，就是人们的"共鸣"。必须放下资本主义与生俱来的"独占"的想法，开始进行"共享"的尝试——弃"夺取"而转向"互相认同"的尝试。如果缺少了这种精神，上述过程是无法展开的。这种新兴的模式无疑会是照亮"后资本主义社会"的明灯。

　　北斋，就是这样的象征。他已成为承担起后资本主义世界希望之光的"新领域"的代表。

后记

　　从浅草步行约十五分钟，田原町与稻荷町中间的地方，那座寺庙安静地存在着。

　　4 月的一个午后，我前去寺庙拜访。靠近门口的地方有一个玻璃柜，表面贴了一张纸，写着"北斋忌"这三个字。但当我沿着建筑物一侧的小道穿过去，走到那块被高楼大厦包围的洼地，我在那块墓地前看不到一个人影。一百七十年风雨冲刷过后的墓碑，前面只简单摆放着再寻常不过的花束和落满灰尘的塑料瓶。墓地后方立着两尊窣堵波（浮屠），写着"一百六十九忌"。

　　明年就是北斋逝世一百七十周年了啊。

　　想象一下，如果没有北斋，世界会对日本有怎样的印象呢？会是"核泄漏""大地震"等负面词语呢，还是工业产品的汽车、手工艺的和服，近来应该是流行的动画与漫画吧？如果想到的是日本料理、日本酒等词汇，那应该属于相当富裕的阶层。但仅仅想到以上事物，（日本）应该也称不上是一个优秀的国家。

　　你知道巴黎的蒙娜丽莎像的价格吗？

　　本书的采访人物之一、画商山本丰津先生曾经问过我这个问题。当时正好有 ZOZOTOWN 网站的创始人前泽友作花了一亿一千五十万美金（折合一百二十三亿日元）买下巴斯奎特作品的新闻。我想蒙娜丽莎的价格应该是这个数字的好几倍吧，而山本认为差不多需要"两兆日元"。

　　据说 20 世纪初发生蒙娜丽莎被盗事件时，黑市上的赝作（八幅）的交易价格按现在的汇率换算的话，差不多就是这个数字。

　　我想，这也合理。法国在近十多年来每年接待游客的数量一直维持在七千万至八千万人次。这些游客的目的就是"艺术之都巴黎"。围绕蒙娜丽莎，如此庞大数量的游客到访巴黎，餐饮、住宿、购物等各种日常开销金额之上再加百分之二十的附加价值税（在日本叫消费税），这样试算下来得到两兆日元这个数字，也不完全是夸张。

　　那么北斋呢？北斋本人及其作品到底又让日本及其人民受益几何呢？比如说富士山。我曾沿着明治时期打遍世界的武术家前田光世的足迹，前往南美的亚马孙、古巴等地采访。无论我走到多么偏僻的地方，都能看到可口可乐的红色看板和柔道、空手道的道场。并且当一些上了年纪的人得知我来自日本，肯定会笑眯眯地对我说 "Fuji-yama"（富士山）、"Geisya"（艺伎）这些词。

　　为什么从没去过日本的外国人也知道富士山和艺伎这些词呢？摄影、电影的影响自不必说，本书所论述的始自 19

世纪末的那场日本主义热潮，尤其是浮世绘与北斋起到的巨大作用是无法否认的。

　　将北斋的价值换算成货币是一件很难的工作。至少从现在北斋在日本所处的地位和拥有的评价来看，不得不说日本及日本人民对这个人成就的伟业缺乏相应的敬意。

　　林忠正也曾表达过类似的观点："世博会是一场和平的战争。"当今有谁还能再说出这样含蓄的话语？有官员和政治家提出，要在 2020 年东京奥运会之后，再次将世博会带到大阪，他们心中是否也认识到，世博会是世界发达国家之间的一场"和平战争"？闭幕后可以将场馆改建成赌场等娱乐场所，以这种浅薄的想法就决定在大阪举办世博会，日本必将会被别国轻视为一个对美术、文化缺乏国家战略规划的国家，也会丧失在国际舞台上的地位和尊重。据说，2020年东京奥运会组委会决定不指定总厨师长，而是将选手村的饮食外包给一家餐饮公司。日前在巴黎举行的"日本主义2018"综合推进会议上，演员津川雅彦担任了会议主席。所谓的"日本主义"是世界其他国家观察日本的一种视角，现在竟然由一个日本人站出来主导会议方向，让人感到滑稽。而且将专家学者抛在旁边，却选择一位演员担任代言人，也让人感觉非常胡闹。

　　这个国家毫无疑问开始偏离了轨道，忠正在横滨郊外的一座墓地里一定注视着这一切。"苍龙之墓"——作家木木康子建造的古铜色的墓地，坐落在一块隐约能看到大海的高地上。然而在忠正死后过去将近一个世纪的今天，每到忌日时仍然只有亲属家人才会去献花祭奠。

　　我们至少要正确评价忠正的功绩，并将他的存在传承给下一代人。我们至少要在 2019 年北斋一百七十周年忌时，让北斋的丰功伟业和作品在日本人中获得广泛的认可。

　　即使在本书完稿后的现在，我仍然感觉肩头的担子十分沉重。

　　本书诞生于长野县小布施町町长市村良三的提议，以木下丰先生为首的"墨田·小布施·北斋项目"全体成员给予了大力支持，使我能以一种众筹的全新手法写成本书。在此向给予本书帮助和支持的各位表示感谢。本书的采访写作由小布施町所有居民共同参与完成，实乃一次"壮举"。在此也向小布施町的所有居民深表感谢。

　　林忠正相关的采访来源于木木康子和已故的定塚武敏的著作。没有二位的研究成果，忠正的形象也无法真实地复原在大家的面前。

　　最后向采访过程中遇到的所有人表示感谢。

　　谢谢大家。

　　当然，也要感谢北斋。

2018 年　初夏

神山典士

参考书目

全书相关

《葛饰北斋传》，[日]饭岛虚心著，岩波文库

《北斋 —— 某个画狂人的生涯》，[日]尾崎周道著，日经新书

《葛饰北斋的夙愿》，[日]永田生慈著，角川选书

《北斋》，[日]楢崎宗重著，讲谈社原色写真文库

《新译北斋传》，[日]荒井勉著，信浓每日新闻社

《解开北斋之谜 —— 生活、艺术、信仰》，[日]诹访春雄著，吉川弘文馆

《以宇宙为目标的北斋》，[日]内田千鹤子著，日经高级系列

《北斋漫画入门》，[日]浦上满著，文春新书

《北斋与德加》，[日]小林太市郎著，全国书房

《林忠正》，[日]木木康子著，Minerva 书房

《林忠正及其时代》，[日]木木康子著，筑摩书房

《画商林忠正》，[日]定塚武敏著，北日本出版社

《漂洋过海的浮世绘》，[日]定塚武敏著，美术公论社

《林忠正书简·资料集》，[日]木木康子编，高头麻子译，信山社出版

《林忠正 —— 日本主义与文化交流》，林忠正研讨会实行委员会编，布吕克出版

《梦想的日本 —— 埃德蒙·德·龚古尔与林忠正》，[法]小山布丽吉特著，高头麻子、三宅京子译，平凡社

《春画与印象派》，[日] 木木康子著，筑摩书房

《歪歪斜斜的丰国》，[日] 梶洋子著，讲谈社

《漂流而不沉》，[日] 原田マハ著，幻冬舍

《纸鱼的过去：明治大正编》，[日] 反町茂雄著，八木书店

《日本主义——幻想的日本》，[日] 马渊明子著，布吕克出版

《是中国风，还是日本主义》，[日] 东田雅博著，中公丛书

《巴黎万国博览会与日本主义的诞生》，[日] 寺本敬子著，思文阁出版

《艺术预言资本主义的走向》，[日] 山本丰津著，PHP 新书

《收藏与资本主义》[日] 山本丰津，水野和夫著，角川新书

《梵高的信》上中下，[法] 乔安娜·梵高·邦格编，硲伊之助译，岩波文库

《龚古尔日记》，[日] 斋藤一郎编译，岩波文库

小布施和北斋相关

《研究纪要》（一般财团法人北斋馆北斋研究所，一～九集，2008—2016 年）

《栗之诗》（柊书房，4、7、8、15、16、19、20、33、35、36、40、44、48、50 号，1990—2013 年）

《把北斋带到小布施的男人：高井鸿山》，小布施町教育委员会发行

《小布施：城市建设的奇迹》，[日] 川向正人著，新潮新书

美术展官方图录

《莫奈展，1973》，读卖新闻社

《北斋与日本主义，2017》，国立西洋美术馆，读卖新闻社

《梵高展，周游日本的梦想，2017》，北海道新闻社，NHK 电视台，NHK 推广

《法国绘画与浮世绘 —— 东西文化的桥梁，林忠正之眼展》，同展执行委员会，读卖新闻社

《北斋 —— 超越富士》，阿倍野海阔天空美术馆

《北斋，东西的桥梁，1998》，日本经济新闻社

《日本主义和新艺术运动，1981》，西武美术馆，朝日新闻社

莫奈相关

《莫奈的 D 系列日本木版画》，克劳德·莫奈基金会出版

《吉维尼的莫奈》，阿德里安·格茨著

第一章相关

《北斋的大浪，在伦敦的小巷里也同样高耸》，BBC 新闻，网络

《近代技术的展示场 —— 博览会》，网络

《闲逛世博会，1900 年万国博览会看点，协和广场的纪念碑门、地铁的开通》，《画刊》，1900 年 4 月 14 日、1900 年 7 月 4 日

《北斋的风景版画与蓝色》，《北斋研究所研究纪要第三集》，北斋研究所

《富岳三十六景 —— 富士山隐藏自己存在的理由》，[日]日野原健司著，庆应义塾大学

《同时代人眼中的北斋》，[日]濑木慎一著，综合美术研究所

《埃德蒙·德·龚古尔的歌麿，北斋评释的时代精神》，[日]太田康子著

《印象主义美学》，[日]中山公男著，中央公论社 1981 年 9 月 30 日

《北斋作品是如何传入西方的？》，[法]热纳维耶芙·拉康布尔著

《葛饰北斋与西博尔德的相遇》，[德]马蒂亚斯·福雷尔著

《作家论 —— 莫奈在日本的作品》，[日]黑江光彦著

《作家论 —— 梵高的生平及其作品》，[日]中山公男著

《作家论 —— 马奈的生平及其作品》，[日]佐佐木英也著

《北斋所爱的独特蓝色"北斋蓝"诞生的秘密》，小学馆 serai 编辑部著，serai.jp

《反映浮世绘江户最尖端的媒体》，[法] 小山布丽吉特著，nippon.com

《巴黎纪行十一：在西博尔德所见到的》，网络

《二之丸暴动（诹访藩）的发生是因为领主诹访忠厚是个白痴吗？》，网络

第二章相关

《翻译林忠正著〈日本〉》，《巴黎插画》1886 年 5 月号，日本女子大学大学院人类社会研究科纪要第 16 号，马渊明子监修

日本经济新闻（解说版），1964 年 10 月 13 日

《明治时代的一日元换算成现在的价值是多少？》，雅虎智慧袋

《雷东、高更、德拉克洛瓦的画何时进入日本？》，[日] 木木康子著，筑摩书房 1989 年 9 月号

《林忠正与毕沙罗 —— 林忠正西洋画的评论》，[日] 马渊明子著，《月刊百科》1995 年 10 月号

《巴黎的美术商人与林忠正》，[法] 热纳维耶芙·拉康布尔著

《林的收藏与销售目录全三册》，[日] 岸文和著

《林忠正与印象派画家们》，[日] 木木康子著，《中央公论》1981 年 9 月30 日

《林忠正向明治时期美术界指示的指针》，[日] 山梨绘美子著

《埃德蒙·德·龚古尔著〈北斋〉概要》，拉尔斯出版

《夏目漱石为什么讨厌伦敦？》，雅虎智慧袋

《那个浮世绘师超帅！》，[日] 增田吉孝著，网络

《葛饰北斋肖像画中的自我演出》，[日] 山本阳子著，明星大学研究纪

要—人文学部第 52 号

《走进"林忠正展"》，[日] 木木康子著

《维系日本主义与文明开化的林忠正》，[日] 定塚武敏著

《林忠正 —— 东西文化的桥梁》，[法] 乔瓦尼·佩尔诺利著

《林忠正 —— 伟大的牵头人》，[日] 金原宏行著

《北斋》，[法] 埃德蒙·德·龚古尔著，[日] 佐藤东洋麿译，《月刊浮世
绘》1~5 回

《给林忠正，龚古尔的书信集》，[日] 佐藤东洋麿译，《月刊浮世绘》

《江户时代的货币价值和物价表》，网络

《林忠正：日本主义与文化交流》《林忠正的西方美术收藏与贝尔
特·莫里索》，[日] 马渊明子著

《梦幻的五大美术馆与明治的实业家们》，[日] 中野明著，祥伝社新书

第三章相关

《小布施的北斋曼陀罗》，《在引导下，旅行》，JTB 集团、横尾忠则

《北斋秘画本的处女作》，[日] 林美一著，《月刊浮世绘》

《厉害了北斋》，[俄] 贝娅塔·波罗诺亚著，《日本经济新闻》，1966 年
11 月 29 日

《对苏联的巨大感触》，[日] 尾崎周道著，《日本经济新闻》，1967 年 4
月 11 日

《冈仓天心与北斋》，[法] 乌拉拉·桑贝德里著

《我的日本》，《北斋的足迹》，[德] 马利特·霍格斯贝肯著

《北斋的肖像》，[日] 小林忠著，学习院大学

《关于歌川国芳的猫的拟人化表现》，[日] 川中菜摘著

《高井鸿山小传》，[日] 岩崎长思著，上高井教育会

《画狂人北斋的真实一面》，[日] 小林忠著

《苏联北斋展与北斋扇面的肉笔画〈まいかの图〉》，[日] 金子孚水著，
月刊浮世绘

《关于苏联北斋展的图录》，[日] 池田宪治著，《北斋研究所研究纪要第
五集》

第四章相关

《须坂纺纱业的兴盛与衰落》，长野县须坂市，网络

《北斋的世界名声》，[英] 彼得·莫尔斯著

《费诺罗萨浮世绘论》，[日] 山口静一著，浮世绘艺术

《作为先知和改革者的欧内斯特·费诺罗萨》，[日] 伊藤丰著

《北斋博物馆简史：北斋博物馆二十年来的历史》，北斋博物馆的年表
和照片

《首次发现江户时代后期葛饰北斋使用的阿拉伯树胶》，[日] 山内章著

《小布施町町报》，1977—1980 年

《小布施的城市发展》，小布施町

《小布施町城市发展一：什么是小布施町美化工程？》，COREZO 奖，网络

《须坂报》等，2017 年 4 月 22 日

《信浓每日新闻》等，2017 年 5 月 16 日

《伊势町》，1999 年 9 月 25 日

终章相关

《资金调度人认定》，日本资金调度协会、网络

《家乡纳税门户网站》，总务省、网络

《跨越北斋美术馆反对和中止的危机，11 月 22 日开放！！》，news-ana.com、
网络